三请樊梨花

韩志晨影视剧作品选集

韩志晨 ◎ 著

长春出版社

全国百佳图书出版单位

图书在版编目（CIP）数据

三请樊梨花：韩志晨影视剧作品选集 / 韩志晨著.

长春：长春出版社，2025.1. -- ISBN 978-7-5445

-7575-1

Ⅰ.Ⅰ235

中国国家版本馆CIP数据核字第20246NK917号

三请樊梨花——韩志晨影视剧作品选集

著　　者　韩志晨

责任编辑　赵宇鹤　李玺楠

封面设计　宁荣刚

出版发行　长春出版社

总　编　室　0431-88563443

市场营销　0431-88561180

网络营销　0431-88587345

地　　址　吉林省长春市南关区长春大街309号

邮　　编　130041

网　　址　www.cccbs.net

制　　版　长春出版社美术设计制作中心

印　　刷　长春天行健印刷有限公司

开　　本　880mm×1230mm　1/32

字　　数　290千字

印　　张　13.875

版　　次　2025年1月第1版

印　　次　2025年1月第1次印刷

定　　价　69.80元

目　录

电视剧文学本

山　爷

字幕：谨以此片献给沂蒙山区著名治山模范——"当代新愚公"李奉田老人和他的乡亲们！

上　集

片头字幕衬底：

暮霭，灰棉絮一样的暮霭，在山坳里铺展。远山顶上，血紫色的太阳只默默露着半个脸儿。

大山啊，好重好长的影子！

山脚下的小村子里，已是炊烟袅袅。画外的自然音响中，有山民嘶哑的吆喝牛羊回村的声音、妇女呼唤小鸡的声音和推碾子所发出的沉重的吱扭声……

在这幅山民们世代熟稔的灰蒙蒙的乡情画面上，推出红红堂堂的两个大字：山爷！

1. 村中碾道旁，黄昏

一双古铜色的脚板有力地蹬踏在石板上，哦，还有那条补丁摞着补丁沾满了灰土和汗渍的裤子。

山爷那张古铜色的老脸。

他的青筋虬突的大手。

此刻，他正推动着石碾，发出吱扭吱扭的响声。

碾道的那一侧，是山爷的老伴儿——山奶。她满脸都是核桃纹儿似的纹络，正伴着石碾声有节奏地颠着簸箕。

突然，从村口传来了敲响石的声响！

这声响，在小村子里回荡。

山爷微微一愣，停住碾子，用那双深邃的老眼朝响石声传来的方向望去。

2. 村头一棵古树下，黄昏

村主任——一位四十出头的汉子正用力地敲着响石。那巨大的音响把整个大山都震撼了！

3. 村中碾道旁，黄昏

山爷怔怔地引颈张望。

山奶颠着簸箕看他一眼，说："天眼瞅着就麻黑儿啦，还不快点儿碾！"

山爷倔倔地瞪她一眼，依然不动。

这时候，二蟒子——一位二十多岁的年轻人和村里的一些三老四少有说有笑地沿村街走来。

"二蚂子"，山爷瓮声瓮气地，"敲响石，啥事儿啊？"

二蚂子笑吟吟地："山爷，没啥事儿。"

山爷眉峰一耸："屁话，没事儿咋会敲响石！"

二蚂子依然笑吟吟地："哦，俺说没事儿，是说……没山爷你的事儿。"

"唔？"山爷不禁一愣。

二蚂子见状忙说："一会儿，要公布承包田方案。你们是五保老人，村里说不用包了。"

山爷皱紧了眉头，盯着二蚂子，从嗓子眼儿里轱辘出一句："咋？没俺家的田了？"

"没就没呗。"二蚂子很不经意地，"这回，俺也铁下心，得出山挣点儿活泛钱儿。这鳖田，俺也定下不包了。"

山爷目光逼人："混账话！田是鳖，你是啥？你是鳖下的蛋！没有田养你，你活得了！"

二蚂子一见他动气了，忙嬉皮笑脸地："哟，山爷，你老别生气呀！俺的话是带把儿的，说不对了可以拉回来。咱沂蒙山人啊，都是沂蒙山下的石头蛋。山爷你是老蛋，俺哩，才是小蛋！嘻，俺这回说的不是混账话了吧？嘻嘻……"他边说笑着边走开了。

山爷手扶碾杠望着他，脸色渐渐沉下来，喃喃自语地："咋？没……俺家的田了？"

山奶瞥他一眼。边低下头挑粮食里的草棍儿边劝慰他："没就没呗，人家村里还不是照顾咱！"

"哼，照顾！"山爷愤愤地低吼了一声，然后就丢下碾杆，蹲到地上。

山奶看看他，只好无奈地放下簸箕，自己走过来推碾子。

山爷点着烟，猛吸了一口，呛得一连声地咳嗽起来。

山奶忙过来为他捶背。

他轻轻推开老伴儿的手，然后站起身，猛地往鞋底上磕磕烟锅，便倔倔地朝村口走去。

山奶急喊："哎，你……"

山爷头也不回，径直走了。

山奶嘟囔着："倔种，总拿人家好心当驴肝肺！"

4. 村头卧牛石滩，黄昏

村民们散坐在卧牛石上。

山月儿——一位眉目清秀的年轻姑娘手里拿张纸单正向村民们公布着土地承包方案，村主任蹲在她的身边。她银铃似的声音，在薄暮中回荡："……张石头家承包东山根下 5 号地，赵长有家承包西山根下 6 号地，姚永发家承包南山根下 7 号地，靠北山根下的 8 号地，土质不大好，地里有碎石头子儿，俺爹说了，就包给俺家……"

人群中，二蟒子的眼睛定定地盯着山月儿那张很好看的脸，眸子里无法掩饰地流淌出他心底的那一份深深的迷恋。

他身边的墩子瞧出来了，调皮地用胳膊肘碰碰他。

二蟒子一激灵，忙从山月儿脸上收回目光。

墩子压低了声音，狡黠地说："哎，二蟒子，不是说你不承包田了吗，咋也来了？"

二蛮子讪笑道："哦，凑个乐子，看看热闹。"

墩子审视地盯着他："不对吧？是不是来看人家山月儿呀？"

二蛮子脸唰地红了："山月儿？俺……看她做啥！"

墩子接着逗他："相中人家了吧？"

二蛮子一下子被揭了短，显得更加不自然："别……别闹！人家……是农业专科学校毕业生，又是村主任的千金，咱……咋敢攀那高枝儿！"说着，脸上沁出了汗。

墩子龇牙乐了："兄弟，甭急，有钱能使鬼推磨。等你小子把钱挣足了，村主任一准推上小车把闺女送你家去。到那时，还只怕你不肯开门哩！"

"去你的！"二蛮子嗔怪地给了他一拳头。

"二蛮子！"村主任威严地瞪着这边，"还开会不？"

二蛮子赶忙噤声了。

这当儿，山爷来了。他圪蹴在二蛮子和墩子身边，打着火镰，点着了烟锅，滋啦滋啦地抽着。

山月儿已经念完了。村主任说："咱村田少，又有好有孬。这承包方案，掂掇来掂掇去，脑汁子都绞干了。大伙儿看这么分，中不？"

"俺看中！"二蛮子讨好似的喊了声，"都是乡里乡亲，田分给谁了都得种。有啥不中！"

村主任瞪他一眼："二蛮子，你不承包田，你莫吭声！"

二蛮子让他给噎得直抻脖子。

"嘻。"墩子幸灾乐祸地低声笑道，"拍马屁，拍到马腿上啦！"

"墩子！"村主任这时却又威严地喝道，"啥事嬉皮笑脸？"

墩子慌忙敛起笑容。

村主任盯着他："你乐啥？田这么分，不中？"

墩子忙不迭地："中，中。反正就那么几块巴掌大小的田，都民主好几回了，有啥不中！"

村主任笑了："你小子，是个鬼子六，啥事儿不吃亏。要论田，你那是头等的。说不中？敢！"说罢，扫一眼四周，"大伙儿还有意见没？"

"没，没了。"村民们嚷道："都民主好几回了，还有啥意见！"

"那……"村主任松了口气，一声令下："散会！"

"莫散！"人们正三三两两地站起来，却突然响起了山爷那洪钟般的声音。

山月儿、村主任和众人都不禁一愣。

山爷缓缓站起身来，沉着脸："村主任，俺家的……田呢？"

村主任看清是他，忙热情地招呼道："哟，山爷呀！"

"咋？还认得我？"山爷依然沉着脸。

村主任卟地乐了："这大山里，哪块石头敢说不认识咱山爷！"

"那……"山爷忿忿然地，"咋没俺家的田了，嗯？"

"山爷，"山月儿这时忙挤过来，笑吟吟地解释道，"您是五保老人，村上养了，不包田。"

山爷斩钉截铁地："不行，俺得包！"

村主任笑容可掬地："不让您包，是好心！"

山爷冷峻地："俺不要好心，俺要田！"

村主任面呈难色了："可……这田，都包完了。"

山爷倔强地：“包没包完，俺不管。俺就朝你要。”

村主任小心地赔着笑：“唉，咱这山里，石头比土多，土比油贵。山爷，这你比俺明白，你……哈，让俺上哪找田去！”

山爷顿时生气了：“好啊，福生，你个兔崽子！老子在这山上给小鬼子埋地雷的时候，这世上还没你哩！眼下你翅膀硬了？说不给老子田就不给了？实话当你说，不中！没田了，你生也得给俺生出一块来！”

他甩下这句话，便把手一背，气咻咻地走了。

“山爷！”山月儿喊了声，欲去追他，却叫村主任一把拽住了：“山月儿，先甭搭理他。这死老爷子就那脾气，还是让他自个儿回去先巴搭巴搭滋味儿吧！”

“就是的，不知好歹！”二蟒子这时也搭讪着凑过来，满脸是笑地，“大叔，谁不知道您不让他包田是好心。山爷八成老糊涂了，咋搬屁股当嘴亲——不分香臭哩！”

“二蟒子！”山月儿扭过脸愤愤地朝他吼了一声。

二蟒吓得一哆嗦。

山月儿用那双很好看的眼睛瞪着他，正色道：“你少这样说山爷，俺不乐意听！”说罢，一甩手走了。

二蟒子和村主任都呆呆地看着她。

5. 山爷家院子里，夜

一束微光透过窗棂射出来，罩在山爷的身上。

他一动不动地蹲在院子里抽着闷烟，仿佛一块黑色的石头。

山奶从屋内出，关切地走到他身边，轻声劝道：“嗨，你呀，别又犯倔。老天巴地的，不让包就不包呗！"

"去，"山爷梗着脖子，"你懂个啥！咱能伸胳膊能撂腿儿的，就让人养了？那饭，俺吃不下。"

"可……"山奶通情达理地，"咱村山多田少，满坡都是石头蛋。壮小伙子都没田耕，村主任哪能舍得包给咱哩！"

山爷心情烦闷地："你别唠叨中不中？这些理，就你懂？"

山奶登时便噤声了。她转过头，想走开，一抬眼却见山月儿来了："哟，山月儿！"

"山爷，"山月儿笑盈盈地走进院儿，"你老人家还生气呢？"

山爷瞅瞅她，瓮声瓮气地："你来干啥？"

"俺爹叫俺来看看你。"山月儿柔声细语地说。

"他小子咋不来？"山爷直愣愣地问。

"正忙哩。"山月儿忙解释。

"忙？"山爷一语道破地，"不对吧？叫俺说，他小子是怕俺要田，不敢来！"

山月儿卟地笑了，调侃地："哟，你老人家还这么大的火儿呀！要不，俺替俺爹让你打几下出出气？"

"你当俺打不动了，对不？"山爷逞强地瞪着眼睛，"告诉你，俺一指头，能把你杵到西山峪去！"这时，他肚子里的气事实上已经让山月儿给化解了不少。脸色也比刚才平和多了。

山奶一见，冲山月儿努努嘴，扭身回屋去了。

"嘻嘻，山爷吹牛！"山月儿边说，边笑盈盈地蹲在他的身边。

"吹牛？"山爷瞪圆眼睛，"山月儿，你……也嫌山爷老了？

不，山爷没老。庄稼人恋土，小草恋山，你山爷一辈子也没离开过庄稼地呀！要是……村里还能给俺二亩田，俺照样……还能种得出好庄稼！"他说这话的时候，声音不免有些酸涩，一汪老泪也涌到了眶里。

山月儿不语了，沉默地看着他。良久，才轻声说：

"山爷，你老人家别难受。你……不是就想包田吗？俺跟俺爹说，干脆，俺家那块田，就算咱俩家合包吧。"

山爷沉重地摇摇头："傻话。那几亩田，养得了两家人！"

山月儿不语了，无言地注视着这位饱经风霜的老汉。

山爷沉吟有顷，又说："……唉，细一想，你爹，也有你爹的难处。村里人多田少，他……还能再生出田来吗！"

山月儿很动情地："山爷呀，你老人家的脾气秉性，俺知道。你是不乐意拖累乡亲们。可……不管咋说，你是咱村里的功臣。乡亲们，乐意养活你！"

"不，"山爷倔强地，"俺……不要乡亲们养活。俺和你山奶，自个儿养活得了自个儿！"

"唔？"山月儿怔怔地望着他。

山爷猛地把烟锅一磕，呼地从地上站起身来，掷地有声地："山月儿，回去当你爹说，俺不朝村里要田了。你就等着瞧，看你山爷咋样从石头蛋子里抠出田来！"他的脸上，闪耀着一种异样的光彩。

山月儿的情绪，也仿佛受到了他的感染……

6. 西峪，晨

秋阳把她懒懒的光洒在光秃秃的石头山上。一群雪白的山羊在山坡上游弋。

墩子夹着根牧羊鞭，正依偎在一块石头旁拿自己身上的虱子。

远处，有雄鸡在啼鸣。

山爷背着手朝西峪走来。

墩子瞧见了他："哟，山爷，大清早的，不在家睡个懒觉儿，上这老秃山逛啥风景？"

山爷："俺随便看看！"

墩子："哈，这有啥可看的。满山石头蛋，兔子都不拉屎！"

山爷没答话，却问他："咦，墩子，这山上连根草毛儿都没有，你咋上这儿来放羊？"

墩子："不是放羊，俺这是遛羊。羊不遛遛，会闹病！咱村的田一承包，连个遛羊的地方都不好找了！"

山爷眯细了眼睛打量那座石头山。说："墩子你说，这山……还能不能想法儿让它长点儿啥？"

墩子哑然失笑，却又故意逗他："能啊！"

山爷仿佛找到了知音，眼睛登时亮了起来。

可墩子这时又说："你看，那不是已经长了满山的石头蛋子吗！"

山爷瞪他一眼，不再吭声。他又继续朝山上走去，边走边看。

墩子用疑惑的目光追随着他。

7. 村头小路上，晨

一辆小独轮车上装着几串火红的辣椒、漂白的大蒜，还有一些山货等。这是村主任和山月儿。他们爷俩一个推车，一个拉车，正从村中走出来。

从西峪崾回来的山爷刚好跟他们走了个碰头。

爷俩停下车，热情地："山爷！"

山爷也停下脚："卖山货去？"

村主任："是哩！"

山爷："福生啊，俺刚好要找你商量个事儿！"

村主任："啥事儿？"

山爷："俺想包一块山。"

村主任惊愕地："包山？哪块山？"

山爷："西峪那块，包给俺吧！"

村主任哈哈大笑："啥？西峪那块？好啊，全包给你！哎呀山爷，你可笑死俺啦！"

山爷："笑？笑啥哩！俺跟你说的，可是正经话！"

村主任："俺跟你说的也是正经话！"

山爷："你不反悔？"

村主任笑着拍胸脯："咱山里人，吐口唾沫就是钉儿！"

山爷："好。福生，俺要的就是你小子的这句话！"说罢，把手一背，便朝村里走去。

村主任推起独轮车，走两步又回头看山爷，嘴里嘟囔着："这老爷子，想田都想疯了！"

山月儿拉着车，回眸对爹说："爹，你也别这么说话。山爷那人，是有心劲的人！"

村主任笑了："再有心劲，就凭他，还能从石头蛋子里抠出田来？"

话不投机，山月儿不再吭声了。

8. 村街上，黄昏

斜阳晚照里，炊烟袅袅。

村民们都赶着牛啊羊啊，沿着村街回家了。牛羊哞咩欢叫着，间或夹杂着村民的吆喊声。

突然，村头的响石被敲响了！那脆脆的声音，震荡着黄昏的村落。

村主任边提鞋边从屋内跑出来，隔着院墙惊异地朝外面张望，正遇上赶羊回来的墩子。

墩子问村主任："昨儿个刚开完会，今儿咋又开？"

村主任满脸疑云地："俺……俺没张罗开会呀！"

墩子也愣了："那……是谁敲响石呢？"

9. 村头大树下，黄昏

敲响石的是山爷！

此刻，他正兀立在大树下，奋力地敲着。

他那张苍老的脸上，溢满了神圣和庄严……

10. 卧牛石滩，黄昏

人们三三两两地来了。

村主任也火燎屁股似的赶来。他一到，就大声嚷嚷："谁？谁敲响石？"

众人面面相觑。

就在这时，响起了山爷的声音。他极响亮地："俺！"

村主任和众人惊怔地回眸。

山爷大步走来："俺大号叫李奉田，你们大伙都叫俺山爷！今儿，是俺请乡亲们开会！"

"欧……"乡亲们登时议论声骤起。

山月儿忙招呼大伙儿："哎，都静一静……听山爷讲！"

山爷："俺不多说，就两句话！头一句，俺虽说老了，可别的没有，还有一把子穷力气，俺不要乡亲们养！后一句，村主任批了，打今儿个起，西峪那座石头山俺包了！……就这！"

说完，他一转身，背着手走了。

村民们登时都被惊呆在那里。

还是墩子最先醒过腔儿来。他紧颠了几步，跑到村主任跟前："村主任，你咋能答应山爷承包那山呢？你想砸碎他那把老骨头啊！再说了……"墩子压低了声音："算卦先生说过，西峪那山是神山，系着咱村的风水，动不得的！"

山月儿一听，立刻反驳道："墩子，你又要小心眼儿！啥神山？你不就是怕山爷一承包,没地方遛羊吗！还神山,唬谁啊！"

墩子被她揭了短，不无尴尬地："山月儿，你……"

村主任一见，忙替他解围:"嗨，墩子，山月儿是说着玩的,山爷也是说着玩的,你都别当真。那石头山还能抠出田来？包不包算咋的!今儿俺当大伙把话撂下,谁从那山上抠出一分田来。

俺给他牵马坠镫，然后拿大顶绕村子走三圈儿！"

说完，他便哈哈大笑起来。

在他的笑声中，墩子，还有不少乡亲们也都跟着笑开了。

山月儿呢，却没笑。

她生气地瞪了爹和墩子一眼……

11. 山爷家院子里，黄昏

山奶正用石杵舂糠，一边舂一边"咕咕"叫着，把糠洒给院里的几只鸡。

山爷呢，则蹲在那儿安镐把，往镐头上钉楔子。

二蟒子骑一辆破自行车风尘仆仆地从外边回来，瞧见山爷便停住车，从墙外探进头，笑嘻嘻地：

"山爷，听说你老放'卫星'啦！"

山爷瞪他一眼，没吭气。

二蟒子继续笑嘻嘻地："西峪那石头山，你老包得好啊！管它能不能抠出田来，就当锻炼身板儿了呗！咋也比甩手疗法儿、练气功啥的强。"

山爷依然不理他。

可这时山奶却听出了名堂，忙过来问山爷：

"咋？你……你包了西峪那山？"

山爷头也不抬地："嗯！"

"你……"山奶登时急了："你包它干啥呀？"

山爷："种树呗！"

山奶："种树？土从哪来！"

山爷："从石头缝儿里抠，从山下背！"

山奶更急地："那……水呢？从泉子到山上好几里，你一天能挑几挑水？"

山爷："挑不了多，还挑不了少！一天挑个几十挑儿累不垮俺！"

山奶生气地："你当你自个儿还是二十郎当儿岁的小伙儿啊！"

二蜢子呢，则诡黠地一笑："山奶，你老别拉后腿儿呀，得支持山爷的革命行动呀！好，好，他这山包得好，树也种得好！山爷哎，凭你老这身子骨儿，再活一百年没问题！种树用不了几十年就成材了，你能借上力！"

山爷没吭声，拿眼瞪着二蜢子。

二蜢子嘻嘻一笑，忙转身走开，踅进了自家门。这时，我们才注意到他跟山爷是邻居。

山奶不无抱怨地："老头子，你放耳听听，人家说的那都是啥话？满村子老少，就你一个能人！"

山爷："能人不能人。光说不好使。干着看！"

"还用看！"山奶据理力争地，"一寻思就明白呀！老话说，五十不盖屋，六十不种树！咱没儿没女，又是两个老棺材瓢子。你种树，为的啥？能不能给俺说出个子丑寅卯来！"

山爷："人活一口气，佛争一炉香！咱，能走能撂，当那个五保户，心里安生吗！啥叫五十不种树，六十不盖屋？'前人栽树，后人遮阴'，不也是老话吗！俺宁可苦干，也不苦熬，就这！"

山奶："你……你浑身是嘴，俺说不过你！"

山爷不无得意地笑了："这叫有理走遍天下，没理寸步难行！"

山奶瞪他一眼："好好，你去'走遍天下'吧！咱们先说下，你包你的山，俺管俺的家。你可别把俺也牵进去！"说完，就端着糠盆进屋了。

山爷呢，冲她的背影微微一笑，便又梆梆地钉起了木楔子。

12. 西峪，黎明

山爷的镐头，惊扰了大山的安宁！

在萧瑟的秋风中，老汉吃力地别着一块大石头，发出吱吱的声响。

他的小褂子，已经湿透了，额上和脸上，也尽是汗。

那一副硬朗的身子，弯成了一张弓！

他就这样奋力地同大山拼搏着……

13. 村主任家院墙内外，中午

二蟒子推一辆崭新的自行车在门外村街上停下，引颈朝院内张望。

村主任正蹲在院内晒辣椒。

二蟒子有意地按响了自行车铃铛。

村主任起身："哟，二蟒子。"他一眼瞧见了他的新自行车，不无艳羡地："咦，鸟枪换炮了！瞅这模样，是发了？"

二蟒子："嘿嘿，还中！"

说完，一伸手，从车把上摘下两瓶酒和一包点心递向村主任："大叔，哈，俺赚了点儿！这，算孝敬你了！"

"哟，这可不敢。"村主任笑眉笑眼地，"无功不受禄！"

"咋无功！"二蟒子讨好地，"大叔你为全村操劳。没你的好主意，俺……也没今天！大叔，你可别瞧不起俺二蟒子。"他执拗举着酒和点心。

"好吧，好。"村主任笑了，爽快地接了过去。

这时，山月儿从院外进来。

二蟒子一见到她，登时有些局促。

山月儿却落落大方地："哎，二蟒子，你忙啥呢？"

二蟒子红着脸："啥……啥也没忙。"

"山月儿，你看。"村主任乐呵呵地举起手中的酒和点心，"这小子，让俺多吃多占来了！"

这时，二蟒子忙对山月儿说："山月儿妹子，今儿俺先孝敬孝敬大叔。等俺再赚了钱，也给你……"

"别，俺可不要你的东西！"山月儿忙说。

"可……"二蟒子的脸登时憋红了。

这时，村主任仿佛听出了点儿什么名堂，便微微一笑，悄然回屋了。

山月儿见爹走了，才说："二蟒子，俺不要你为俺花钱。俺……只想求你帮俺做件事。"

二蟒子喜出望外地："啥事？你说！"

山月儿："把你的那帮铁哥们儿多叫几个来。"

二蟒子不解地："唔？"

山月儿很认真地："从今儿起，你们别一有空儿就凑在一堆儿喝大酒、扯闲淡。你们每天都拿出点时间，咱们帮山爷造田去！"

"这……"二蟒子一听愣住了。

"咋？"山月儿审视地望着他，"不乐意？"

"乐意，乐意！"二蟒子赶忙说，"山月儿妹子，只要是你让俺办的事，哪怕是钻狗洞、下油锅，俺也乐意。俺……这就……这就去！"说罢，就忙不迭地跨上自行车走了，走几步又回过头跟山月儿打招呼，不小心跟一位挑水的妇女撞了个满怀，连人带车都摔在了村街上。

山月儿忍不住笑得弯了腰。

14. 西峪，下午

山爷正搬石头垒坝堰。

他青筋虬突的双手；

他那晃晃荡荡投在山石上瘦弱的身影；

当然，也有他那粗重的喘息……

他委实累了，一屁股坐在石头上，俯下身，捧起水罐咕咚咕咚地喝水！这时，从不远处的山脚下传来人声。他惊怔地朝那边望去——

山月儿、二蟒子和一些青年人扛着镐头从山下走来了。

山爷登时就明白了是咋回事，忙从地上爬起来，跌跌撞撞地朝那边迎过去。

他挡在众人面前："山月儿，你们这是干啥？"

山月儿："山爷，这山，你一个人啃不动。从今儿起，俺们大伙帮你！"

山爷忙摇手："不，不用，不用！"

山月儿："山爷，俺们帮帮你咋了？"

山爷："俺不用帮。你们要帮，俺就不干了！"

二蟒子心虚地："为啥呢？是为那天俺跟你胡说道吧？俺，那是跟你逗乐子，你老人家别记仇啊！"

山爷："你这是瞎想。俺哪，不是年轻人啦，老啦，又没儿没女！欠下别人的情，咋还哪？"

山月儿一听，眼窝儿湿润了："山爷，俺们是真心帮你，没人要你还人情债！"

山爷执拗地摇头，情真意切地："不行！俺这辈子，就见不得别人对俺好！"

面对这位倔强的老人，山月儿、二蟒子和众人登时都沉默了。

那坚硬的大山，也同他们一起沉默着……

15. 山爷家院内，下午

山奶一个人在院里磨豆浆。

村主任从门外进。

山奶瞧见了他，搭讪道："福生来了，坐。"

"山爷呢？"村主任往屋里探探头，见没人便说："也没睡个晌午觉。就又上山了？"

山奶抱怨地："那个犟种，心里头光有石头山，没俺啦！他心里没俺，俺心里也不要他！"

村主任一听扑哧乐了。

山奶瞪他："福生，你小子乐啥？"

村主任逗趣地："你老又说气话了。不要他，咋还给他磨小豆腐哇！"

"谁给他磨小豆腐？"山奶强辩地，"俺这是……喂猪的！"

"真的？"村主任一把就抓过地上的豆汁罐，装模作样的，"那……俺帮你喂！"

"哎哎！"吓得山奶赶忙夺过。

村主任哈哈大笑："俺就不信你老人家舍得用这好东西喂猪！"

山奶的小把戏被戳穿，自己也忍俊不禁地乐了。

村主任乘机开导她："你啊，也别生气。山爷那脾气，谁不知道？硬拧回不了头，得让他自个儿慢慢地品滋味儿！"

山奶忧虑地："可他……"

"别怕。"村主任劝慰道，"人哪，要老，总是从腿上先老。咱就顶算让山爷他上山活动活动筋骨啦！"

山奶："还有这么活动的？遭罪呀！"

"你看，"村主任打趣道，"刚才你还说心里不要他了，这不，又心疼上了！"

"福生，你这兔崽子！"山奶嗔笑道，"俺绕来绕去，也没绕过你！"

说得两个人都笑了。

他们的笑声，把小院儿涨得很满。

16. 村街上，夜

月上柳梢头。

山月儿哼着小曲，沿村街往家走。

突然，从路边闪出了二蛏子，吓了山月儿一跳。

"山月儿……"二蛏子喃喃地，"俺……"

山月儿努力平静了一下自己："咋，找俺有事？"

"没，没事。"二蛏子忙说。

山月儿："那你在这儿干啥？"

二蛏子局促地："俺……俺是想问问，今儿你让俺找人帮山爷，俺做的……你满意不满意？"

山月儿爽快地："挺好的！"

二蛏子心里很乐，便又走上一步："那……山月儿，俺还想再问问，你还有没有啥事让俺干？"

山月儿摇头："没了。"

二蛏子多少有点儿失望，恳切地："你……你再想想。"

山月儿善解人意地笑了："今儿没了。二蛏子，往后有事，俺会找你！"

"哎！"二蛏子立马高兴起来，"不管啥事，你都说。山月儿，你的话，就是皇上的圣旨。俺二蛏子一定两肋插刀、哗哗淌血，要是牙崩半个不字，俺是你孙子！"

山月儿强忍着不让自己笑出来，然后礼貌地点点头："好。你明天还得出去做生意，快回去休息吧。"说完，就轻盈地离去了。

二蛏子站在那儿，久久地望着她的背影。

17．曲曲弯弯的山路上，黎明

雄鸡一声啼唱，喊醒了沉睡的大山。

山爷出现在山路上。

他扛着大镐，朝西峪走去。

突然，他停下了脚。

从不远处，传来婴儿的啼哭。

他急忙走过去。

荒草丛中，躺着一个裹在褓褓里的弃婴。

山爷忙抛开镐头，笨拙地将那弃婴抱起，嘴里不停"噢噢"地哄着她。

18．山爷家院内，黎明

山奶正忙着喂猪。

山爷抱弃婴从外面进。

山奶回头："呀，吓俺一跳！咋刚走又回来了？"

山爷仿佛捧着个千年古参，笑吟吟地："你快来，看俺给你拣回个好东西！"边说边小心翼翼地进了屋。

山奶惶惑地望着。

山爷刚跨过门槛，弃婴便发出了一阵凄厉的哭声。

山奶听到这哭声心里不禁一惊又一颤，忙跟着进屋。

19．屋内，黎明

山奶从后面追上山爷："老头子，你又作啥妖？"

山爷笑嘻嘻地："你看，俺给你抱回个心肝宝贝儿！"说着，便把孩子放在炕上，小心地用手撩开了襁褓。

婴儿发出了更响亮的啼哭！

山奶惊得一屁股坐在炕沿上："你……你打哪儿弄来个娃子？"

山爷看着女娃，乐得直搓手："拣的呗，准是那些城里人扔这儿的！你快看，这妞儿多好看，连哭都带酒窝儿哩！"

山奶正颜厉色地："你先别说妞不妞，先说拣这玩意儿干啥！"

"嘿嘿，你不是老说俺种了树没人传吗？"山爷笑逐颜开地，"这，不就有了人啦！年轻那会儿，你不是整天都盼着有个娃吗？"

山奶急得想哭："那是啥时候，现今又是啥时候！不，俺不要，你麻溜拿走，拿走！"

"那好！"山爷瞥她一眼，欲擒故纵地，"那俺还把她丢到山上去，让野狗吃了她！"说罢，伸手抱娃子。

"可这……"山奶却又忙把他的手按住，"这……好歹也是条命啊！"

山爷佯怒地："这也不让，那也不行，你说咋办？"

"这……"山奶颇有点六神无主了。

山爷暗自一笑，也没说话，便往外走。

"哎，"山奶急喊他，"你别走啊，先说这娃子咋整！"

山爷："你看着办吧！"

山奶焦灼地："咱家里、外头，都穷得锅底朝天，留下她，吃啥喝啥？"

山爷狡黠地笑笑："那俺不管。你说过，你管家里，俺管山上！"说完，竟哼起了山东吕剧，头也不回地走出屋去。

山奶只好小心地从炕上抱起了孩子。

20. 山爷家院子里，黎明

山爷哼唱着，不无得意地走向院门。

山月儿这时在大门口出现了。她手里拎着酒和点心。

山爷兴犹未尽地："嚯。山月儿，给俺送酒来了？"

山月儿笑盈盈地："这是二蟮子给俺爹的，让俺给您偷了出来！"

"偷得好！"山爷笑得眯起了眼睛，"你爹当村主任，少喝这尿汤子！这玩意儿，喝多了迷糊。"

山月儿："给，还有点心。"

山爷轻轻摆手；"哎，这点心，别给俺！你进屋去，给俺那个'老蒯'！"

"唔？"山月儿探询地望着他。

"你别说是偷出来的。"山爷明显地压低了声音，"你得说是你爹代表全村给她的，感谢她支持俺治山和抱养那个娃子！"

"娃子？"山月儿不解地，"哪儿来的娃子？"

山爷一指屋内："你进屋就知道了！"说完，又哼起吕剧，扬长而去了。

21. 西峪，下午

崎岖的山路上。山爷弓着腰，用柳箕背着土走了上来。

他背得很艰难。

太阳把他在石上一跌一闪的影子投得很长很长……

这时候，山月儿、山奶抱着孩子，拎着水罐和饭罐也上山来了！

山爷看她们一眼，把土倾在了刚修好的一小圈坝堰上。倒土的响声和他粗重的喘息声杂糅在一起。

他的脸上，满是汗渍！

山奶嗔怪地："俺看你该娶这石头山当老婆了！给，吃饭！"

山爷龇牙乐乐，拿起镐头继续平土！

山月儿忙又喊他："山爷。趁热吃吧。要不，凉三瓦块地吃了胃疼！"

山爷这才坐下，从饭罐里摸出张煎饼，抹上酱，卷好葱，便大吃大嚼起来！

山奶看他这副模样，又看看满山的石头，不禁犯愁地："唉，山月儿，你看这漫山遍岭都是石头蛋蛋，凭他这把老骨头，得猴年马月才开得出田来！"

"嗯，话不能这么说。"山爷猛地咽下一口煎饼，指着山奶怀中的孩子，"今儿，俺把话给你们撂下：等这娃子会爬了，俺要把这山上山下都筑成坝堰；再等你们见她能跑了，俺就让这山顶变成果林！"

山月儿钦佩地望着老人。

山奶没再说话。

她忧心忡忡地看看老伴儿，然后又俯下脸去看孩子。那个弃婴此刻早已不再哭闹。她安静地躺在褓褓中，睁着一双可爱的小眼睛，望着眼前这几位陌生的人和那也曾像她一样被遗弃了的光秃秃的大山……

22. 还是西峪，夏日一个美丽的黄昏

那绿毡子般的草地，那白色的小羊，那与小羊在一起玩耍的红衣小女娃。

孩子这时已经两岁了。两年的时光，使西峪那座光秃秃的石头山也同女娃一起焕发出了生命的活力：山上，已经造出好几处用坝堰筑起的梯田。那是山爷血与汗交融的颂歌！

山爷背着一柳箕土朝山上走去。

他大弓着脊背，每一步都坚忍而扎实。

他停了一下。揩着汗，笑眯眯地望着红衣女娃。

这时，我们才发现：他比两年前黑了，瘦了，也苍老了。

"山爷——"不远处有人喊他。

他回眸望去。

原来是二蜢子。他骑辆崭新的摩托，像阵风似的朝山爷刮过来。

山爷放下柳箕。

二蜢子走近，打兜里掏出个铃铛，晃着说："您要的铃铛！"

"哎！"山爷笑眯眯地接过，并掏给他五元钱。

二蜢子接过，连看也不看，就揣进了兜里。

"山爷，没事儿俺就走了！"话音未落，他的摩托已经驶出了挺远。

山爷蹲下身子，把铃铛系在小羊的脖子上。

小女娃拿手拨拉着铃铛。那叮叮咚咚的响声，使她脸上现出灿烂的微笑……

23. 村头，黄昏

山月儿正为自家的果树喷药。

二蟒子驾摩托驶来，见到山月儿，戛然刹车。

"山月儿！"他不无炫耀地拍着摩托。

"哟，"山月儿落落大方地，"大款啦！"

"嘿……"二蟒子摸着脖子傻笑，然后又盛邀山月儿，"走，俺带你兜一圈去l"

"不，"山月儿摇头。

二蟒子很真诚地："咋，还瞧不起俺？"

山月儿沉默地看着他，不语。

二蟒子急切地："山月儿，俺就不明白！在咱村，俺虽不敢说最趁，可也不相信还有谁比俺趁。为啥你家大叔早就答应的事，你就硬是不撒口！"

山月儿平心静气地："二蟒子，俺早就当你说过：俺爹是俺爹，俺是俺！"

二蟒子："你……到底为啥哩？是嫌俺……还不够趁？"

山月儿微微笑了："不，俺是嫌你除了钱，啥都不趁！"

"啥？"二蟒子脸倏地红了，"……山月儿呀，俺……俺知道，你是嫌俺文化浅。可……不管咋说，俺也算个初中生吧，不比你低多少啊！"

山月儿朗声笑了："不服咋的？来，俺随便考你俩字儿，你认出一个，俺二话不说，跳上摩托跟你走！”

二蟒子眼睛一亮："说话算数？"

山月儿："铆上钉钉！"

二蟒子又撸胳膊又挽袖子地："俺也是豁出来了。你说，你说！"

山月儿调皮地："难的不说，考你笔画少的。"

二蟒子感激涕零地："那对，那对。"

山月儿："你听好：把银行的'行'字儿从中间劈开，那两个字念啥？"

"唔？"二蟒子登时傻眼了。

山月儿歪着脑袋望着他。

"有这字儿吗？"二蟒子满脸狐疑。

山月儿："没有算俺输。"

二蟒子苦涩地摇头："那……你说，念……念啥？"

山月儿一字一板地："彳亍。"

"吃醋？"二蟒子哈地笑了，"你唬俺了。那两个字不那样写。俺总在外面做生意，连'吃醋'俩字儿还会不知道！山西人常吃那玩意儿，有半句假话，俺是你孙子！"

"哈……"山月儿一听，乐得连腰都直不起来了。她上气不接下气地："俺说二蟒子啊，你说'喝酱油'得了呗！哈……"

在她的笑声中，二蟒子懵懂地站在那里，脸都涨成了茄子色！

24. 二蜢子家院内，月夜

屋檐下，闷闷地坐着一个人。这是二蜢子。沉重的心事，使他格外地郁郁寡欢。

院门一响，墩子从外面挤进来。

"哎，走啊。"墩子兴冲冲地，"搓几圈去！"

二蜢子摇头："俺不玩。"

"咦，咋啦？"墩子关切地，"让霜打了？"

"唉……"二蜢子仰天长叹一声。

"哦，"墩子恍然大悟地，"是又叫山月儿给卷了吧？"

二蜢子不语。

"嗨！"墩子笑道，"这事愁啥？你……去求一个人啊！"

"嗯？"二蜢子一怔，"求谁？"

"山爷呗！"墩子怂恿道，"那老爷子，在山月儿心里有分量。他替你去说，准成！"

"嘿！"二蜢子茅塞顿开地，"俺真笨，咋连这都没想到哩！"

25. 西峪，晨

山爷正挥着大镐对付一块巨大的山石。

二蜢子来了："呀，山爷，这么早就干上啦！"

山爷："庄稼人，受苦的命。一闲下来，浑身不自在。"他放下手中的家什，"二蜢子，你来得正好。俺刚好有事儿想求你！"

二蜢子笑眯眯地："啥事儿？"

山爷沉吟了一下，然后说："这一阵子，你那生意，赚头儿咋样？”

二蟒子眨眨眼：“挺好！”

山爷：“那……俺可就直话直说了。”

二蟒子：“咱爷俩谁跟谁，绕弯儿干啥！”

山爷：“二蟒子，你看这西峪，这两年让山爷整治出点儿模样来了。眼下，田不算多，也一亩有余了。俺……得买树苗，栽果树。”

二蟒子明白了：“哦，山爷，你是要用钱吧？”

“哎，哎！”山爷急点头。

二蟒子笑了：“小事一桩。咱爷俩的事，好说。”

山爷如释重负地：“那……俺下了工去取，中吗？”

二蟒子：“这事，好说。山爷呀，俺这会儿来，也有急事儿求你。”

山爷：“求俺？啥事呀？”

“俺……”二蟒子单刀直入地，“俺想托你……给俺提个亲。”

山爷：“跟哪个？”

二蟒子：“山月儿呗！”。

“唔？”山爷不禁一愣。

二蟒子期待地：“山爷，满村子，她最信你的话。你去说，兴许中！”

“不，”山爷忙摇头，“这种事，俺不做。”

“咋呢？”二蟒子立时瞪大了眼睛。

山爷心直口快地：“你，配不上那闺女！”

二蟒子不服地：“哪儿配不上？俺干三天，顶别人仨月！”

山爷依然摇头："俺知道你有钱。可……山月儿那闺女，不是光认钱的人。实话说，你跟她，不配！"

二蟒子更加不服了："你的话，俺不信。有钱，能让鬼推磨！"

山爷掷地有声地："你说的那是鬼，可山月儿她哩，是人，是上好上好的人！"

二蟒子沉下脸，不吭声了。

山爷笑道："你小子，先别胡思乱想。真要想娶那闺女，俺倒有一法。"

二蟒子闷闷地："啥法？"

山爷："你小子，得立马去找山月儿，老老实实地拜个师傅，跟人家学上几年文化！"

二蟒子一听，登时火了："啥？你……你让俺拜她一个黄毛丫头当师傅？山爷呀，你糟践人呗，也不能这么糟践呀！"说罢，愤愤地扭过身，朝山下走去。

"哎，"山爷急急地追上几步，"二蟒子，那……俺朝你借钱的事……"

二蟒子铁着脸："你们都是不认钱的人，咋又来找俺借钱啦？"

山爷只得赔着小心："俺不是急着买树苗嘛！你放心，俺手头一宽绰，立马还你！"

二蟒子冷冷地一笑："山爷，俺知道你张回嘴不易，可俺那钱挣得也不易！你要是用个块儿八角的，中，可多了，俺不借！"

山爷一辈子也没让人家这样说过，登时呆呆地怔在了那里！他的心，仿佛被人给用尖刀剜了一下，好疼痛、好苦涩。他的

那张老脸，几乎都痉挛了！（定格）

下　集

1. 西峪，晨

二蟒子的话，使山爷的心像被人用尖刀给剜了一下，好疼痛、好苦涩！

他呆呆地站在那里。

山风吹过来，吹落了他满眼的老泪。

他就这样无言地站着，一动不动，仿佛同身边的大山融为一体了，仿佛他也变成了那坚硬的石头。

2. 山爷家屋内，夜

孩子已经在炕上安详地睡熟了。

山爷圪蹴在门槛边抽烟，神情忧郁而沉闷。山奶呢，则在专注地摊着煎饼。

热气腾腾的煎饼鏊子，弄得满屋都是热气！

山奶拎起一张刚摊好的煎饼，递给山爷："你尝尝，喷儿香！"

山爷仿佛没听见似的，一动不动。

"哎，"山奶轻轻踢了他一脚，"寻思啥呢？"

山爷一激灵，忙掩饰地："没，俺啥也没寻思。"说罢，继续抽烟。那烟雾，好像愁云，缠绕着他的心！

山奶用审视的目光注视着他，关切地："你……到底咋了？"

山爷："俺说过了，没咋。"

山奶："没咋？你懵得了别人，懵不了俺！"

"唉……"山爷从心底长叹出一声。

山奶："又遇啥难处了？"

山爷闷闷地："钱！咱那儿毛半钱，都搭在治山上了。眼下，没钱买树苗！"

山奶一听也愁了："那咋整哩？不行，借点儿吧！"

山爷摇头："不是小数儿，上哪儿借去！"

"找二蜢子呗！"山奶说，"咱村，数他趁。"

山爷："找过了，那小子不开面儿。"

"那……"山奶献计道，"你找山月儿去呀！俺瞧出来了，只要山月儿一开口，就是要二蜢子的命他也舍得出！"

山爷又摇头："不，俺不想瓜连山月儿！"

"那咋办？"山奶也愁了。可突然，她却又眼睛一亮，急急地走到屋角。那里，有好大一堆磨秃的镐头。她说："这些你磨烂的镐头，怕也有百八十斤。要不，咱卖了它？"

"你甭瞎掺和！"山爷苦着脸，"那……都成了废铁，卖得了几个钱儿！"

山奶："咱家里不是还有几百鸡蛋吗？不行，把两只羊也卖一只！"

山爷："唉，那点儿钱顶啥用！"

山奶犯难地："那……俺可就没辙了。你有主意，你想吧。"

"俺哪，"山爷磕磕烟袋，慢吞吞地，"倒也不是没想过……"

山奶催他："你有主意，你说呀！"

山爷："俺这主意，是主意也不是主意。"

山奶："你……这是啥话？"

山爷："怕你不乐意哩！"

山奶微微一愣："唔？"

山爷："俺想……把咱俩那棺木卖喽！"

山奶惊得瞪大了眼睛："啥？亏你想得出！那棺木是卖得的？咱都是奔七十的人啦，你想……死时让人家卷炕席筒啊！"

山爷语气强硬地："俺不怕死了卷炕席筒，也笃定不会卷炕席筒。今儿，俺当你把话说定：那山不治好，树不成材，咱手里的钱赶不上他二蜢子……俺不死！"

山奶呆呆地望着自己这位倔强的老伴儿……

3. 山爷家大门口，翌日晨

一挂马车停在那里。

几个壮汉正往车上抬木头，山爷也跟着忙里忙外。

山奶抱着孩子站在窗前。她默默地注视着这一切，目光中有一种叫人看了潸然泪下的东西！

二蜢子正蹲在隔壁院子里学刷牙，听到动静，带着满嘴的牙膏和血沫子从墙上探过头来，怔怔地看。

车老板挥动了鞭子："驾！……"

山爷伫立在那儿，眯起细眼看着远去的马车，心里也同老伴儿一样，有一股子说不出来的味道……

4. 村主任家院内，晨

村主任和山月儿正在菜园子里忙着搭黄瓜架。

"爹，"山月儿笑眉笑眼地，"抽空儿，你上西峪看看呗。山爷的田，造出足有一亩多了！"

村主任笑笑："用你说？俺早就看过八百六十遍了！这倔老头子，硬是一镐一镐抠出来的，不简单哩！"

山月儿："眼下，他怕是得张罗买树苗了。他家，笃定没钱。俺想……帮他张罗点儿，别让他老人家再难心啦。"

"中啊！"村主任爽快地，"你找二蟒子去。"

"又是二蟒子！"山月儿娇嗔地，"咱家就不能拿出点儿？"

"嗨，"村主任瞪她一眼，"爹不是想让你们俩串通串通感情吗！"

"俺不跟他串通。"山月儿噘起了嘴，"他那人……"

"他那人咋了？"村主任嗔怪地，"俺查过，人家那钱可都是正道儿来的！"

山月儿："可他……肚子里的文化水儿，挤干了也装不了半茶壶！"

"文化，文化，"村主任瞪她一眼，"都开放搞活了，那玩意儿，顶几个钱！"

"爹，"山月儿正色道，"吃人的嘴短，拿人的手短。往后，二蟒子再送这送那，你别收。俺的事儿，你也别管！"

"你……"村主任生气了，"你，你这丫头……"

这时，院门响了，山爷一步跨进来。他见气氛有点儿不对，便说："哟，你们爷俩咋了？"

村主任忙笑吟吟地："没咋，没咋。俺们……哈，正说国家大事哩！"

山月儿瞪他一眼："谁跟你说国家大事！"

村主任强辩地："咋了？刚才，咱说没说山爷造田的事？山爷造田属不属于农业基础？农业基础是不是国家大事？"说罢，他瞪山月儿一眼，才转向山爷，"你老人家，找俺吧？"

"不，俺不找你。"山爷揩了把脸上的汗，"俺找山月儿！"他一把拉过山月儿，"好闺女，俺得求你一件事儿。你答应也得答应，不答应也得答应！"

山月儿："是要借钱买树苗吧？"

"不，"山爷摇头，"买树苗的钱，俺有了。俺……把棺木卖了！"

"唔？"村主任和山月儿都不禁一惊。

山爷呢，却继续说下去："眼下，田，造出了一点儿，钱，也凑齐了。可山爷俺不懂技术，俺……得求你收俺当个徒弟！"

山月儿一时不知如何是好了："山爷，这……"

"山月儿，"山爷情真意切地，"你知道，俺造这点儿田，不易；凑这笔钱，也不易。你山爷，苦不怕累也不怕，可就是没文化呀！那些冬桃、黄梨、柿子、葡萄，没文化咋养得活！山爷老了，输不起了。俺是怕……怕再有闪失，得拜你当师傅。就算俺求你了……"说着，竟双腿跪了下去。

山月儿和村主任都登时慌了手脚："山爷，山爷，你……你这是干啥？快，快点儿起来！"

山爷却执拗地："山月儿，你不答应俺，俺就不起来！"

山月儿泪光莹莹地："山爷，俺答应，俺咋会不答应！"

山爷追问："你的话当真？"

山月儿忙连连点头。

"那……"山爷高兴地，"俺可就按咱山东家的规矩，给你行拜师礼了！"说着，竟俯下身去，很虔敬地给山月儿磕了个头。

山月儿和村主任都慌得手足无措，忙把他扶起来。

"山爷，"山月儿流着泪，"你老人家放心。俺从栽培到管理。都给你当帮手！"

"那就好，那就好。"山爷欢喜得老泪纵横……

5. 空镜

沂蒙山区一个晴丽的早晨。那乳雾中初升的太阳又大、又红、又圆！

6. 山路上，晨

一辆小毛驴车，装着高高摇摇的树苗，在曲曲弯弯的山路上蠕动。

赶车人是山爷。他边走边又扯开嗓门儿唱起了山东吕剧。这久违了的歌声，传达出他心底那按捺不住的欢乐和倾吐不尽的激情。

山坡上，墩子，还有他的羊，都被山爷苍老的吼声吸引了，伸着脖子，呆呆地朝这边看。

山爷忘情地吼着。

他的步履坚实而有力……

7. 西峪，黄昏

白色的小羊和红衣女娃在山脚下嬉戏。那小白羊脖子上的铃铛，不时发出悠远的响声。

山坡上，山爷、山奶和山月儿，正紧张地忙着栽树。

山爷抖开一团马尾儿，用嘴叼着，小心翼翼地往树上绑！

山奶："你那是做啥？"

山爷："人哪，吃一样饭，有百样心！咱这树苗来得金贵，绑上这，当个记号。"

山月儿憋不住扑哧乐了："山爷，这一手，你可是俺的师傅啦！"

山爷一听，也忍不住笑出声来："姜，是老的辣嘛！"

又一个坑挖好了。

山爷拿来一棵树苗，双手正正地放在坑里，乐滋滋地好像在举行什么仪式。

山月儿开始用锹细心地填土："山爷，树栽下了要略微向上拔一拔，才不蜷须子，能吃上水！"

山爷："哎，俺记下了。"

这时。从山脚下传来小羊脖子上那叮咚叮咚的铃铛声和女娃甜甜的笑声。

山爷朝那边望一眼，然后说："哎，山月儿，俺那娃子都两岁多了，还没名字哩。你是文化人，给起一个呗！"

山奶也说："对对，俺早就想让山月儿起！"

"中啊！"山月儿爽快地答应。她略一沉吟，便说："山爷，咱沂蒙山的冬桃，风霜雨雪都不怕。叫俺说，干脆就叫她桃桃吧！"

山爷高兴地：“中！叫桃桃好。等咱桃桃长大了，咱的这果树也就长高了！"

这时，夕阳已经下山了。她用紫色的微光涂抹着山崮平川。

西峪上已经栽起了不少树！

山爷望着那些树，脸上焕发出异彩。

8. 村头大树下，黄昏

那块响石又被“当当"地敲起来。

还是山爷。

他用力地敲着，一下又一下。那苍老而刚健的身影显示出一种极其优美的力的旋律！

9. 卧牛石滩，黄昏

响石声中，村民们络绎不绝地来到这里。

山爷站在一块大青石上，双手抱拳：“各位父老乡亲，俺李奉田，在这给大伙儿施礼啦！"

村民中响起轻微的议论声。

山爷扫一眼众人，又进一步抬高了嗓门：“俺不说，大伙也知道。俺那巴掌大的一块田，都栽上果树了。在这村里，俺活了六十多年，从没做过对不起乡亲们的事。眼下，求各位父老乡亲，看在俺李奉田的面上．好好待承俺那些小苗儿。等它们长大了，俺挨门挨户给你们送果子。就这！"

他话音刚落，山奶便急匆匆地跑来：“老头子，老头子……"

山爷急扭头望她。

她跑到山爷跟前，凑到他耳边小声嘀咕了几句。

"啥？"山爷大惊失色地喊了声，噌地跳下大青石，跌跌撞撞地朝西峪那个方向跑去。

10. 西峪，黄昏

那座石头山上，刚栽好的果树已经被啃坏了不少。

山爷发疯似的跑来，跌倒了，又爬起……腿上胳膊上都被石头划出了血道子！

他在那些被啃坏的树苗前停住，无力地蹲下身。

山风啊，掀动他破旧的衣衫，还有他的头发。

他一动不动，目光和神情都仿佛呆滞了。

山月儿这时也匆匆跑来，望着那些狼藉的树苗，心中十分痛惜。

她想劝山爷点什么，可一时又不知从哪儿开口。

他们就这样沉默着！

沉默良久，山爷才缓缓站起身。

他朝着山野，茫然四顾。

突然，他的脸痉挛了一下，目光也骤然在一个方向上凝住了。

11. 离山爷不远的山坡上，黄昏

墩子蜷在一块大石头下睡觉。

他的身边，那群羊在自由自在地游弋。其中的几只，还拖着一棵树苗在津津有味地啃着。

12. 山爷栽树的地方，黄昏

山爷瞧见了睡觉的墩子，气得脸都变了色。他一哈腰，从地上操起大镐，怒气冲冲地直奔墩子那边去了。

山月儿一见，赶忙跟上。

13. 墩子睡觉的山坡，黄昏

墩子依然在蜷着身子酣睡。

山月儿冲过来，拿脚踢他："起来，起来！"

墩子睡眼惺忪地："……山月儿啊，咋、咋了？"

山月儿声色俱厉地："你看看你的羊！"

"羊？"墩子还没醒过腔来，"羊、羊咋了？"

"把山爷的树苗都啃了！"山月儿气得眼泪都快下来了。

墩子这才意识到问题的严重性，忙一骨碌爬起身："不，不能吧！"

"啥不能！"山月儿一把从羊嘴里扯过那棵树苗，"你看，还在啃！"

墩子登时怔住了。

可他只怔了一刹那，旋即便嘿嘿笑了："山月儿、山爷。你们真能逗！那……是俺自家的树苗。"

"你自家的树苗？"山月儿冷笑了一下，然后嘣地扯断树上的马尾，"你家的树苗有这个？"

墩子一惊，眯细了眼睛："这……这是啥？"

山爷："马尾儿！俺特意做了记号！"

墩子傻了："你家的树苗，棵棵都有记号？"

山爷:"是哩,每棵俺都绑了马尾儿!"

一听这话,墩子却又静下来。他狡黠地:"哟……这可是巧了!俺家的树苗,也有的绑了马尾儿!"

"你……"山爷气得身子都发抖了。

墩子却嬉皮笑脸地:"山爷,你别生气。人老了生气,容易气坏肝儿。这树苗,真不是你的。不信,你老人家就喊两声,它要是答应了,俺就赔你!"

"兔崽子,你反天啦!"山爷气得猛地抡起大镐,朝墩子冲去!

墩子见势不好,赶忙撒腿就跑。

山爷还想继续追,却叫山月儿给拽住了。

他余怒未息地大喘着气:"兔崽子,这个兔崽子!"

山月儿轻声劝他:"山爷,跟这种人,犯不上生气。毁的树苗,咱重栽。钱,俺家有。"

山爷心疼得眼里沁出了老泪:"多好的树苗儿哇。墩子这兔崽子,造孽呀!"

"饶不了他!"山月儿咬牙切齿地,"这回,非罚他!"

14. 村街上,傍晚

"罚俺?"说话的是墩子,"凭啥!"

村主任冷着脸:"就凭你的羊祸害了人家的树苗!"

墩子梗着脖子:"咋,你就听你闺女的一面之词?"

"俺调查了!"村主任也是寸步不让,"你小子,说话办事得讲良心。山爷快七十的人了,豁出命来造了那么一块田,栽了那么几棵树。你就忍心……"

"啥叫忍心？"墩子鸡蛋里挑骨头，"你说俺故意破坏得了呗！"

"你……"村主任叫他给噎住了。

这时候，二蟒子不知从哪儿钻了出来。他责备地："墩子，你拿啥态度对待大叔哩？"

墩子见他来了，别过脸，不再吭声。

二蟒子瞅一眼村主任，然后又批评墩子："男子汉大丈夫，好汉做事好汉当。自个有毛病，装啥狗熊？"说着，从口袋里掏出二百块钱，"拿着，给山爷和山月儿赔礼去！"

墩子赶忙接过，又假装不乐意地："得，大叔，看你的面子，俺认倒霉。"说完就走了。

村主任冲着他的背影："真是块滚刀肉，蒸不熟煮不烂。"

二蟒子笑吟吟地："大叔，圣人不见小人怪，甭跟他生气。走，咱爷俩上俺那儿喝几盅儿去！"

村主任被他拉着走了几步，却又猛然停下脚："呀，不行！"

二蟒子："咋了？"

村主任："山月儿说过，不让俺再喝你的酒。"

"唔？"二蟒子不免有些尴尬。

这时候，村主任却拍着他的肩膀："你小子啊，得意山月儿，得直接找他，别从俺这儿转弯抹角地兜圈子。那闺女，俺当不了她的家。你的酒，俺喝多少也都是白喝！"

"哦，哦……"二蟒子像傻了似的，一时不知道该说啥好了。

15. 西峪山上，暮霭中

这里已经搭起了锅灶，铺好了地铺。

灶膛里火光熊熊，山爷正往锅里熥煎饼。

山奶背着孩子、拎着水罐儿走上山来。

她一眼瞧见了那锅灶和地铺，便说："咋，想在这儿过日子啦？老婆不要了，娃儿不要了，家也不要了？这山，比啥都亲啦？"

山爷笑道："老婆也亲，娃儿也亲，可咱对山也不能不亲！你看，这山上有咱栽的树哩！"

山奶疼爱有加地："你睡这凉石头上，也不怕冰瘫了身子！"

山爷笑眯眯地："俺只怕……这一身硬骨头，咱把这山硌疼哩！"

"你呀，"山奶忍不住笑了，"孙猴子，也没你这份折腾法儿！"

山爷："好了，别絮叨了。往灶里添把火，就在山上吃饭吧。俺吃了一辈子你做的饭菜，今儿你也尝尝俺做的！"

山奶惊愕地："你？还做了饭菜啦？"

山爷："熬了点儿地瓜汤。"说着，他盛出一碗，端过来。"你尝尝，好喝不？"

山奶半信半疑地端过汤，尝了口，顿时皱起眉头："哎呀，你往这汤里放了多少盐哪？"

山爷接过去也尝了口，品品说："不咸呀。淡了，没滋味儿！"

山奶："还不咸？就差点儿把卖盐的打死啦！"

山爷自知理亏，像孩子似的嘿嘿笑了。

16. 山爷家院门口，暮霭中

院门紧关着。

空旷的院子里，只有那只脖子上带铃铛的小羊。

莫非是它太寂寞了吗？此刻，它正不安分地拱着院门……

17. 村外一个山坡下，暮霭中

墩子在田里干活儿。

突然，从不远处，传来小羊的叫声。

他伸头一看，原来是山爷的那只小羊从家里跑出来了，不禁心中窃喜，就赶忙钻出，把它往庄稼地里驱赶。

他把小羊赶进地，就坐在地边一个大水塘上看着，还不时用土坷垃堵截，不许它出来。

他的脸上，浮着一丝狡黠的笑容。

18. 西峪，夜色中

山坡上，亮起一盏马灯。

山爷正挑灯夜战。他用镐头用力地撬着石头，黑色的身影，在灯光中一跌一闪。

这时的山野，已经阒然无声。只有山爷撬石头的声响和他粗重的喘息，在广袤的天穹下回荡……

19. 村主任家院门口，夜

山奶匆匆跑来，隔着院墙朝屋内喊："山月儿，山月儿……"

"哎！"山月儿应声出来，走到院门边，"您喊俺？"

山奶焦灼地："山月儿，俺上山给你山爷送饭的那么一会儿，俺那羊……就不见了！"

"唔？"山月儿微微想了一下，便开门出院，把山奶一拉："走，俺帮您找去！"

她们匆匆的脚步。

20. 西峪，拂晓

村主任撩开大步，急急地上山。

山爷的地铺上，老人正疲倦地酣睡。

村主任弓下腰："山爷，山爷！"

山爷微微睁开眼睛："哦……福生啊。"他从地上爬起来，边搓着脸边说，"你……咋来了？"

村主任："山爷，墩子一大早就去闹俺！"

山爷一惊："啥事儿呀？"

村主任："你家的羊，跑进了他家地里！他拴了羊，非要找你说话哩！"

山爷慌忙起身："呀，坏了人家庄稼吧？"

村主任："俺去看了，没坏多少。可那小子，得理不让人，非要俺主持'公道'哩！"

山爷忙不迭地："俺去，俺去。"

他急急地走了。

村主任走两步，又回过身，用手撩开山爷地铺上的褥子。这是一层很薄很薄的褥子啊！

村主任的神情，登时变得深沉而凝重。

21．墩子家田边，拂晓

墩子跷着二郎腿坐在地边的水塘沿上。

山爷的小羊，可怜兮兮被拴在旁边。

墩子觑见山爷来了，就悠然自得地划着火柴，点起了一根喇叭筒烟。那烟气，从他的鼻孔和嘴里喷溢出来。

山爷走到他跟前："墩子，俺家的羊，进了你家的田了？"

墩子："莫问，自个儿看！"

山爷痛惜地看着那些被啃坏了的庄稼。

墩子慢声拉语地："山爷，俺家的庄稼，倒是没拴马尾儿，可它们都长在俺的田里。你老人家，不会赖账吧？"说罢往起耸耸身子！

山爷愧怍地："墩子，你罚吧。啃的庄稼，俺认罚。"

墩子："罚是要罚。可……你是老辈人了，俺咋也不能像你那样抡起大镐吓唬人。俺不打也不骂，用个文明法儿：你就代羊认个错吧！"

山爷看了看墩子："这中。羊的错，俺都领了。你再说罚吧。"

墩子："俺也不朝你多要。那天，你罚了俺二百，俺也就罚你二百得了！"

这时，村主任从后面赶到了。一听，便说："墩子，你别耍赖。地里才倒了几棵庄稼，就要二百！"

墩子反唇相讥道："咦，主任，你可是一村之长啊，对人……不该有薄有厚吧？"

"中了,中了。"山爷忙将村主任拉到自个身后,"墩子,这钱,俺还你。还有,俺跟你动镐头那事,你也别记心上。俺那是心疼树苗,昏了头。"

墩子眨眨眼,摆着手说:"打盆说盆,打碗论碗儿。那事儿你不提,俺也不提了!"

22. 山泉旁,晨

"墩子那人。真黑!"这是山月儿的声音。"羊才啃了他几棵庄稼,就要二百块!"

"也不怪人家黑,"山爷宽容地,"哪个庄稼人,会不心疼庄稼!"

此刻,这爷俩正在泉边汲水。

乱石丛中淌出一泓清流。

山月儿用木瓢往陶罐里舀:"山爷,你总是拿好心眼儿对人!"

"嗨,"山爷裤腿高挽、拄着条扁担站在一边。

"都是村里人,抬头不见低头见,闹得别别扭扭的不好!"

"您看着,墩子那号人,俺这辈子也不搭理他!"山月儿舀完了水,捋了一把头发,站起身抢扁担:"山爷,给俺!"

山爷:"不成,不成。你一个闺女家,稀嫩的骨头,咋能让你挑哩!"说罢,又笑笑,打趣地:"再说了,你好歹还是俺师傅哩!"

山月儿也让他逗笑了。

这时,山爷温情地注视着眼前这位善良的女孩子,很关切地:

"山月儿，你听说没有？二蟒子那小子，让你一气，去念农民夜校了！"

山月儿："他那人，只怕是心血来潮，图上几天热闹哩！"

"哎，"山爷摇头，"你也别把人家一碗水看到底。说不定，还真能收住心哩！那小子，对人心肠不坏。昨晚上，硬送到俺家八百块钱，非让俺把卖掉的棺木再买回来。"

山月儿生气地："他早咋不借哩！"

山爷替二蟒子解释道："那天，也是俺戗了他！"

山月儿不加置否地淡然一笑。

山爷看她一眼，不说话了。

他挑起水罐，朝山上走去……

23. 山坡上，上午

山爷家那只惹过祸的小羊，安分多了。它摇着铃铛，在悠闲地寻觅着青草。

桃桃跟在它后面，不时蹲下身采集山花。

一簇美丽的小花！

当桃桃伸出小手把它们采起来的时候，她已经是一个五岁的女娃了！离她不远处的那只小羊，也长大了，长高了。只有它脖子上的那只铜铃，还依然像几年前一样在叮叮咚咚地作响……

24. 西峪山上，上午

几年的苦战奋斗，使山爷的田明显扩大了。那层层用坝堰垒成的梯田，几乎覆盖了大半座石头山。

当年栽下的果树，已经蔚然成林。

山爷正在给果树剪枝。

这时，桃桃身边的那只羊突然悄悄钻进了果林。它贪馋地啃着果树。

"桃桃，桃桃！"山爷大喊。

"哎！"桃桃应声跑来，"爷爷，啥事？"

山爷怒气冲冲地："你看看，叫你带好羊，你偏不，它把树给啃了！"说着，便抡起镐头打那羊！

桃桃心疼地哭了："爷爷，你别它，别打了！"

山爷气呼呼地跳到桃桃跟前："你不让打羊，那俺就打你！"说着用手打了她屁股一下："俺让你留个记想，看你还好不好好看羊！"

桃桃挨了打，先是一愣，继而哭了。

恰巧，山奶挎着饭篮、拎着水罐上山来了："呀。桃桃，咋啦？"

桃桃只是哭，不说话。

山爷："咋啦？羊啃树，俺顺手打了她！"

山奶登时火了："啥？你个老不死的，敢打孩子哩！俺今儿个看看你到底有多大的本事儿！要打，你连俺一块打！"说着，就扑向了山爷。

山爷抿挲着两手，只是挣脱："桃桃……快。快来帮帮爷爷！"

桃桃忙上前抱住了奶奶的腿，喊道："奶奶，别打了……别打了……"

山奶这才松开了手："老东西！不是怕吓着了孩子，今儿个跟你没完！"说完转身问桃桃："他打你哪啦？来,奶给你揉揉！"

桃桃抹了把眼泪，很懂事地替爷爷掩饰："爷没打俺，光打了羊！俺哭，是疼羊哩……"

山奶转身逼问山爷："你到底打没打桃桃？"

山爷狡黠地一笑："她自个儿不是说了嘛！"

桃桃抹干了泪，冲山爷挤了挤眼儿。

山奶嗔笑道："你敢打孩子，俺让你三天没饭吃！"

桃桃一听，赶忙拿起煎饼和大葱："爷，你吃饭吧，快吃！"

山爷接过来，大口大口地嚼着。

他望着那满目丰腴的大山和自己可爱的女娃，内心里有了许多欣慰。

25. 山月儿家果林，下午

山月儿在林中查看果树。

突然，有人怯怯地轻声喊她："山月儿……"

她回眸一看，原来是墩子，便立马绷紧了脸："喊俺啥事？"

墩子羞赧地："山月儿呀，俺也不知咋惹了你，你都好几年不搭理俺了。俺今儿硬着头皮来，是……有事求你。"

山月儿："求俺？"

墩子："嗯。"

山月儿："你别是进错庙，烧错香了吧！"

墩子脑袋晃得像个拨浪鼓儿："不不！俺寻思来寻思去，这事儿就得求你！"

山月儿："啥事呀？"

墩子苦着脸："俺家种的那十几棵樱桃树，叶子累累见黄，不知是得了啥怪病？"

山月儿冷冷一笑："人没病舌头不短，树没病枝叶不黄。你家那树，病了。"

墩子央求道："山月儿，不看僧面看佛面。俺一春零八夏地侍弄那些果树，你说啥也得去给看一眼呀！"

山月儿想了想："俺去是去，可话得先挑明：能不能看好，没一定！"说完，便一甩扭头，走了。

墩子忙谦恭地跟上。

26. 墩子家田里，下午

满眼都是泛黄的樱桃叶子。

山月儿从树丛中直起腰来，说："墩子，这树的病，能治。"

墩子急切地："到底是啥病呀？"

山月儿淡然一笑："你想让俺说出这树的病来，得先让俺问问你的病！"

墩子："俺有啥病？"

山月儿："你实话实说，那年罚山爷是咋回事？"

墩子脸红了，口吃地："那……那都是过去的事了。"

山月儿咄咄逼人地："俺今儿要问的，就是过去的事！"

墩子为难了。

他想不说，却又不敢，窨了好一会儿，才抹了把额上的汗水吞吞吐吐地："山……山爷那羊，是俺……是俺赶进田里的。"

山月儿轻蔑地瞥他一眼："不缺德吗？"

墩子低下头，不敢吭声。

山月儿："墩子，俺可不是吓唬你。你这树的病，就是你缺德的报应！"

墩子焦灼地："山月儿，到底咋治呀？"

山月儿："俺告诉你，给多少咨询费？"

墩子忙不迭地："你……你开价儿！"

山月儿："不多要，二百五！"

墩子一听："这么多呀！"

山月儿："明码实价儿，你用俺不用？"

墩子忙掏钱："用用用。"

山月儿接过钱，淡然一笑："这树的病，不用治。往后，你少上点儿生肥就行了！"

"啊？"墩子后悔不迭地，"一句话，就值二百五？"

山月儿："不服咋的？这叫知识！"说完，便扭身走去。她走了几步，又回过头来，抖着手中的钱，很气人地："别心疼，没多要你，那年，你罚山爷二百块，这是连本带利息！"

墩子很沮丧地望着她轻捷的背影。

27．村头，下午

山月儿带着胜利的喜悦兴冲冲地走在村路上。

二蟒子驾着摩托从后面追上来。这时的他，从举止到衣饰，都显得文雅多了，仿佛是变了一个人似的。

"山月儿！"他嘎地刹住车，兴冲冲地从贴胸的口袋里掏出个小红本儿，不无炫耀地，"你看，你看——"

山月儿："啥玩意儿？"

"毕业证呗！"二蟒子笑逐颜开地，"山月儿，俺从农民夜校毕业了！"

山月儿拿过那红本儿看一眼。莞尔一笑："是不是花钱买的呀？"

"不不不，"二蟒子急切地分辩，"俺要说半句假话，是你孙子！"

山月儿微微沉下脸："往后，你能不能少说这种粗话！"

"能，俺能！"二蟒子信誓旦旦地一拍胸脯，然后就忙不迭地说起了"细话"："雄关漫道真如铁，俺从今起就要迈步从头越了！山月儿呀，古话说，'试玉要烧三日满，辨材须待七年期'。你要是还信不过俺，就拭目以待。俺二蟒子是'言必信，行必果'，要是说了不算绝对是你孙子！"他"孙子"两个字刚出口，便自知又一次失言，慌忙后悔不迭地拿手掩住了口。

山月儿被他这番话和他的那副模样逗得咯咯笑出声来。

她银铃似的笑声，铺满了阳光明媚的村路……

28. 墩子家田边，黄昏

夕阳晚照中，墩子勾着头默默坐在田边的水塘沿上。

山爷朝他走来："墩子！"

墩子猛一回头，不无疑惑地看着他。

山爷："墩子，给——你的钱，俺不要！"说着，把手中的二百五十块钱递到他面前！

墩子万没想到山爷会来送钱，很感动，忙把住他的手说："山爷，俺，俺都当山月儿说了。那件事……俺对不住你……"

山爷："哎哎哎，老邻旧居，哪有舌头碰不着牙的。来，这是山月儿给俺的那二百五，拿着！"

墩子急摇头："山爷，这钱，俺不能要！上回那二百元钱，是俺故意坑你的！要是再收回来，俺墩子还算人吗！"

"嗯，能说出这话，就是好小子！等俺那果子下来，山爷拿这钱给你们这帮兔崽子买酒喝！"山爷收起钱，同时脸上也现出一片欣慰。

29. 山爷家院子里，黄昏

桃桃正拿着草叶喂羊。

山爷从院外进。

桃桃瞧见了，急扑过去："爷爷！"

山爷弯下腰亲她。她呢，却伸出小手，把一块糖塞进了山爷嘴中。

山爷心里都淌蜜了："呀，好甜！"

桃桃歪着小脑袋："这是山月儿阿姨给俺买的。"

山爷乐了："桃桃，等咱山上的果子下来，卖了钱，爷爷也给你买好多好多你爱吃的东西！"

"不嘛，不嘛。"桃桃连连摇着小手，"奶奶说了，那山上的果子，是爷爷一镐一镐刨出来的、一罐一罐浇出来的。俺可舍不得换糖吃！爷爷，咱不换，咱不换嘛！"

桃桃这句话，说得山爷鼻子一酸。他那双深陷的老眼里，禁不住飘出了好大好大的一片水雾……

30．空镜

溟蒙小雨来无际，云与青山淡不分……

31．西峪山上，雨中

山爷冒着雨，挥着他的那把大镐，又开始向一大片新裸露的石头开战了！

显然，他是在进一步扩大自己的"疆域"。

雨和汗，早就把他的衣裳湿透了，可他却浑然不觉。

那把沉甸甸的大镐，在越来越猛烈地撞击着大山……

32．山爷家院子里，雨中

桃桃从屋内跑出来，挺焦灼地看天。

"奶奶，奶奶——"她喊，山奶没在。

她想了想，忙跑到仓子里扯出山爷的一件破雨衣和草帽儿，往胳膊下一夹，又小心地脱掉了鞋，整整齐齐地摆放在窗台上，然后就光着两只小脚丫，顶着雨，朝西峪的方向踉踉跄跄地跑去了。

33．村外，墩子家田边，雨中

桃桃夹着要给爷爷的雨具，挣扎着跑到了这里。

突然，她停下脚。原来，她发现有几只羊正在田里啃树。

"去去！"她从地上抓起泥巴，往外驱赶那些羊。

羊惊慌地跑向了田边的大水塘。

桃桃急追过去。

有只羊蹿到了水塘的边缘。

"别上去，别上去！"桃桃急喊，"羊，你快下来！"

羊却依然在水塘边上兜圈子。

桃桃急了，忙爬上水塘。

她在水塘边缘上转圈撵羊！

突然，那羊返身冲了回来。桃桃猛然一躲，脚下滑了一下，扑通跌进了塘里！

"爷……"这个幼小的然而却饱经忧患的生命，只留给这世界一个字，便在雨中倏然消逝了。

山爷的雨衣和草帽儿，忧伤地飘浮在浑浊的溅着雨花的水面上。还有那羊像是发觉自己闯了祸，站地塘边，不时地发出"咩咩"的悲鸣……

34. 山爷家院子里，雨中

山奶挎着个筐，头上顶片大荷叶，匆匆地从外面回来。

"桃桃，"她笑眯眯地，"奶奶给你买罐头来啦！"

没人应声。

这使她感到有些异样，忙走进屋内。她刚进屋，便又冲了出来，陡然色变地："桃桃！桃桃……"

35．村外，夜

山奶的呼唤，变成了无数个人的呼唤："桃桃，桃桃……"在这些人中，有山爷、山奶、山月儿、二蛭子、村主任、墩子和我们已经熟悉的那些父老乡亲们，他们都焦灼地奔跑在雨中。

最急的当然还是山爷和山奶。他们不停地晃着手电筒，声声啼血。

突然，从不远处传来山月儿的喊声："快来，在这儿哩！"

山爷、山奶踉跄地奔过去。

36．水塘边，夜

数十支手电光一齐交织在塘面上。

那件破旧的雨衣和草帽儿，依然还在忧伤地飘浮。

山月儿、二蛭子、村主任和墩子纷纷跳进塘去。

山爷和山奶跑来了。

"桃子，桃子……"山奶惊恐的喊叫声里夹着哭腔。

山爷也扑到水里。

他从山月儿的手中接过了水淋淋的桃桃。

他一步一步，木讷地走上岸来。

山奶目光呆滞地看着这一切。

良久，她才踉跄地扑向桃桃，嘶声狂喊："桃桃，俺的桃挑！你……这是咋的了你呀……"

人们都缄默不语。

山爷欲哭无泪。

偌大的夜空下，只有风声、雨声和山奶凄厉的哭声……

37. 西峪山上，雨后的黎明

一座石头堆成的小坟。

山爷、山奶，还有桃桃的那只白羊，都伫立在坟前。

山奶仍在啜泣。

山爷木然无语。

那只白羊脖子上的铃铛，叮咚作响，仿佛一曲悲伤的挽歌。

这时，我们才看到，那白羊的眼里居然也在流泪。

38. 山爷家里，夜

窗台上，整齐地摆着桃桃的那双小鞋。

山奶失神地躺在炕上。

山月儿坐在炕边，悉心地照料着她。

在门槛边，圪蹴着山爷。他身边，偎着那只白羊。

山爷深深地抽了一口烟，突然猛烈咳嗽起来。

山月儿忙过来为他捶背。

山爷长叹一声，缓缓站起了身，从门后拎出了镐头。

山月儿关切地："山爷，这么晚了……"

山爷没吭声，只是沉重地摇摇手，然后就佝着身子走了。

山月儿无言地望着他。

39. 西峪山上，夜

马灯光里，山爷在刨石头！

铁镐与山石撞击，溅起点点火星。

他发疯似的刨着，用那把铁镐拼命地宣泄心底的悲痛！

突然，大镐"啪"地断了。

他这才丢开镐把，缓缓蹲下去，拿手捂着脸，发出了一声苍老的悲鸣。

那黑黢黢的石头山，那一层一层的坝堰，那坝堰中的果树，都在他的哭声中战栗了……

40．村主任家院门口，夜

村主任披着衣服从屋内出来，倚门张望。

这时，山月儿打着手电回家了。

村主任关切地："俺让二蟒子上山找山爷，找回来没？"

"嗯！"山月儿点点头，然后便不再说话了。

"唉……"村主任从心底发出一声长叹。

41．山爷家，深夜

那只白羊依然偎在门边。

山爷斜倚在窗台旁闷闷抽烟。他把全部的悲痛都深深地刻进了脸上的褶皱。

"桃桃，桃桃……"山奶突然在梦中哭喊起来。

山爷忙轻轻地摇她，她懵懂地看着山爷。

"做梦了吧？"山爷问。

山奶流泪了，哽咽地："俺……梦见咱的桃桃了。"

山爷："唔？"

山奶："她……躲在果树底下，跟俺藏猫猫……还说，她要吃桃子！"

山爷悲苦地："桃桃馋桃子，可……还没等俺把桃子种出来，她就……"说罢一回身，从窗台上拿过桃桃的那双小鞋，捧在手里细细地看。

山奶瞧见这双小鞋，眼泪流得更欢了。她哽咽地："桃桃命苦……等咱那树上结了桃子，第一个……就送到桃桃坟上！"

山爷摇摇头："桃三杏四梨五年。咱那桃树去年刚栽，还得两年结果哩！"

山奶不语了。

山爷看她那悲痛的样子，马上又劝慰道："哦，两年，也不长。"

山奶沉重地摇头："桃桃没了，咱也老了。叫俺说，那山，就交给村里吧！"

"不！"山爷斩钉截铁地，"只要天没塌下来，地没陷进去，俺……就跟那山没完！"

42. 一组山爷治山的镜头

他抡着大镐的英姿；

他搬石头继续垒坝堰；

他和山奶一起用柳箕往山上背土；

他挑着陶罐在泉边汲水……

当他和山月儿、村主任一起再走上西峪山顶那一大片果林的时候，已经是"绿树荫浓百鸟唱，满枝硕果一山香"了！

43. 果林中，晨

望着眼前这硕果累累的景象，村主任乐得连嘴儿都合不拢了。

他朗声笑道："哈哈，山爷呀，当初俺还跟你打赌，说你治得了这山，俺就在村里拿大顶。没想到……哈，你的事，连市里、县里领导都晓得了，还说过些天要来给你立碑哩！"

"真的？"山月儿也笑盈盈地，"那……爹，俺看你那大顶可怎么拿！"

村主任让女儿逗乐了。

可山爷呢，却没说话。他沉默有顷，便悄悄朝果林深处走去了。

山月儿和村主任都惊异地望着他。

山爷走到一棵桃树下，庄严地停下脚。

他举起一双粗大的老手，颤颤地伸向了枝丫间最大最红的一颗桃子……

44. 桃桃坟前

那颗硕大的桃子摆放在桃桃坟前。

山爷和山奶无言地伫立。

突然，从他们身后，从那曲曲弯弯的山路上，远远地传来了热闹的锣声、鼓声和唢呐声。

山爷、山奶都缓缓地扭过头朝那边望去。

45. 通往西峪的山路，晨

二蟒子兴冲冲地开着一辆崭新的半截子车。

车上，有山月儿、村主任、墩子和乡亲们。他们都在兴高采烈地吹吹打打。

在他们身后，还有一辆大彩车，上面竖着一块刻好的大石碑——"当代新愚公"几个大字格外醒目！一缕红绸，在石碑上飘飘扬扬……

车驶到西峪山坡下停住，人们纷纷跳下车来。

二蛏子和墩子扯开嗓门大喊："山爷，政府给你立碑来啦！"

唢呐鼓乐响声一片。

突然，在人群中出现一阵骚动。

二蛏子、墩子忙挤过去。他们一看，原来是村主任正笑嘻嘻地表演拿大顶！

二蛏子挤到山月儿身边，笑着问："山月儿，咱大叔啥时候练出这一手啊？"

山月儿友好地瞥他一眼，调皮地："这是俺家的秘密，还不到该你知道的时候！"

二蛏子嘿嘿笑了。

这时候，山爷和山奶从山上下来了。

望着欢乐的人群，他们的两双老眼里都储满了激动的泪……

46．那山，那碑……

哦，多么贫瘠而又多么丰腴的沂蒙山区啊！

那漫山遍岭的石头、庄稼和果林……

在这丛山峻岭间，在西峪，在山爷的那一大片果林前，"当代新愚公"的石碑巍然耸立。

就在这块黑色的石碑上，叠印出两行醒目的大字：山东省枣庄市山亭区农民李奉田，十几年治山如一日，被人民政府授予"当代新愚公"的光荣称号！

片尾字幕衬底：

扮演山爷、山奶的演员与现实生活中的李奉田老人和老伴儿的形象交替地出现在屏幕中。在他们各种姿态的影像上，不时叠化出片尾字幕……

（《中国电视》杂志刊登，中央电视台播出）

电视剧文学本
小镇女部长

字幕：谨以此片献给"模范基层武装干部"——长春市绿园区锦程街道办事处武装部部长张敏！

1. 大街

北方冬日的一个晚上，老北风打着呼哨儿，在大街上搅起股股雪烟。

街上车少人稀。街灯闪着迷迷离离的光。

两个骑自行车的人，身上落满雪花，她们围着红绿围巾，是两个女人。

车轮飞溅着积雪，雪地发出吱吱的声响。她们骑得很艰难，飞雪扑打着脸颊，有些睁不开眼睛。

忽然，一个女人从车上栽了下来。车子倒在了一边，软软地扑倒在了雪地上。另一女人停下车子，回转身来。"啊！张明大姐！你这是咋啦？"

张明躺在雪地上，闭着眼睛，喘着粗气，额上渗出虚汗来。

她没有力气吭声。

另一女人急急地抱起了张明，带着哭腔问："大姐，你这是咋的啦？"

张明微微睁开眼睛，颤声说："大……丽……你别急……我这是……低血糖病……又犯了……你手头有吃的吗？"

孟大丽应道："我看看……"

孟大丽的手在自己的挎包里翻来翻去，急得要哭："哎呀"没有，啥吃的也没有哇！"

张明依然颤着声说："看看……我……那包里……"

孟大丽又翻张明挂在车前的小皮包，说："呀，只有这么个小橘子，都长毛啦！"

张明："快……给我……"她接过橘子，狼吞虎咽地吃了起来。

孟大丽："咋？你连皮带瓤都吃了？"

张明："我不吃，还回得了家啊，你背我？"

孟大丽看着张明的狼狈相，忍俊不禁地："你看你，你看你……"说着，笑了起来。张明也笑了。

孟大丽笑着笑着，笑声却戛然而止，眼窝里盈满了莹莹的泪花……

孟大丽扶起张明："大姐，天这样冷，雪这样大，我家离这近，先到我家，吃口热乎饭再走吧！"

张明："行！你不让我去，我也想去来着。不的话，你大姐今儿个怕是回不了家啦！"

风雪中，两人推着车子。孟大丽搀着张明，缓缓地向前走去。

2. 孟大丽家

小保姆把两碗热腾腾的面条端上桌。张明端起来，就往嘴里扒拉。

孟大丽一惊："妈呀！我的傻大姐呀！这面条刚出锅呀！"

张明边吃边说："傻也好，呆也好，反正我就是得吃了！哎，大丽，你不行笑我啊，我今儿个可是饿坏了！"

孟大丽的丈夫边看电视，边向这边投来轻蔑的目光。

孟大丽狠狠盯了他一眼。

孟大丽的丈夫立马假笑道："饿了就吃！多吃！大丽，咋没给大姐端上点卤子来？"

张明一边吃着面条，一边摆手道："不要什么卤子，这面条蛮好吃的！"又对孟大丽的丈夫说，"我说，别让大丽忙乎了，这面条里搁肉了，挺香的！"

孟大丽："张明大姐，敢情你是饿急眼了吧？你看好喽，这面条里哪有肉哇？"

张明抬头看看孟大丽："你说啥？没肉？你可别逗了，我都吃着肉了，你咋说没肉！你可真是，我这么大人了，还吃不出有肉没肉？"

孟大丽："那你吃着啥肉了？"

张明："肉！这还有假呀！"

孟大丽："那是你头两口，吃得急，没吃出滋味儿来，你再吃，看还有肉没？"

张明听了，慢慢地向嘴里边扒拉面条，没咽下面条，却疼得张开了嘴："哟哟……"

孟大丽："是刚才烫着了吧！"

张明："没烫着，没烫着！"而后小声对孟大丽说，就是把牙堂上的肉就着面条吃了！"

孟大丽一惊："啊？"

张明向孟大丽丈夫那边一努嘴儿，示意孟大丽别吭声。

孟大丽摇着张明的肩头："哎呀，我的傻大姐，可疼不疼死了！"

门铃响了起来，小保姆去开门。张明的爱人老王披一身雪花，走了进来。

老王进了屋，摘下上了哈气的眼镜，一边擦镜片上的水汽，一边关切地看着张明，老王的脸上，似乎是冷冰冰的，但张明能看出冷冰冰下面埋藏着的那股炽热，还有关切的问询……

孟大丽的丈夫寒暄："哎，王工程师，王大哥来了！你看你，真是模范丈夫，刚撂下电话。嘎嘣嘎嘣冷的天，你看你说来就来了！"

老王谦和地："不来咋整？你大姐她身体不好！"

孟大丽的丈夫："坐，坐！"

老王："就不坐了！张明啊，咱们走吧？"

张明一边扎围脖，一边说："走，走！"

孟大丽："大姐！雪这么大，要不车子就锁到我家楼下，你们打'的'走吧！"

老王接过话茬小声说："大丽，也许你能说动她！"

张明："哎，你们别犯嘀咕！打什么'的'呢！老王，推车子走！"

老王对孟大丽调侃地说："'一把手'说了，不打'的'，你们回吧，我们能骑就骑。不能骑，就推着走！留步，留步！"

3. 大街上

老王和张明在风雪中推着车子。他们默默地走，谁也不说话。

张明看了看老王："哎，你咋不说话？"

老王的话语柔中带倔地："说话？说啥？没话！"

又是一阵沉默。

张明打破沉闷的气氛："你和孩子还没吃饭吧？"

老王："嗯……吃了。"

张明："吃了？吃的啥？"

老王："方便面。"

张明眼睛有些发潮。"吃方便面，那能叫吃饭吗？"

老王："还行！我跟孩子都吃惯了，还行！"

张明掉泪了："你和孩子多理解我吧！这两天，我们对应征青年家访任务重，这步工作完不成，直接影响下步工作，我没工夫照顾你们……"

老王憨直地："哎，你说你这个人怪不怪哎，我们吃方便面怎么了？我们吃方便面挺好……我们倒是惦着你，大雪泡天，深一脚浅一脚的……你哭什么？我们真的是挺好……"

张明："别说了，好不好我心里知道！"她已热泪潸然。

老王，"哭，哭吧！不怕讪了脸，就使劲儿哭！站下！"

张明站下了。

老王扬起胳膊用衣袖给张明轻轻揩了揩泪。

风雪扑打在衣袖和张明的脸上……

张明看着自己的丈夫。眼泪流得更欢了，嘴上却深情地微微一笑……

4. 孟大丽家

孟大丽拾掇着床，招呼着丈夫："哎，睡觉吧！"

孟大丽的丈夫头也不回："你睡吧！"

孟大丽莫名其妙地："你咋不睡？"

孟大丽的丈夫话里有话地："你睡了，就等于我睡了！"

孟大丽一愣："哎，你这是啥话？"

孟大丽的丈夫："啥话？你还问啥话？我问你，你到底想不想要这个家了？一天到晚你跟着那个张明瞎跑，跑什么！人家跑，人家是全国出了名的，人家有图希！你跟着瞎跑，你算个干啥的？啊，人家是'兵妈妈'，还能树你是'兵姨'呀？你这不是缺心眼吗！出头的椽子先烂，你知道不知道？枪打出头鸟，你知道不知道？精人碰着这种事儿，躲还躲不及呢，你还往跟前凑合！"

孟大丽："我的事儿，你少管！各人有各人的活法儿！看见别人先进了，你也躲我也躲，再不就是拆台使坏，这事儿我孟大丽干不出来！好花还得绿叶扶呢，别说人了！"

孟大丽的丈夫："对，你是绿叶，无名的绿叶，你去扶去吧！你也不拿镜子照照自己，你和人家张明般儿的般儿的大学毕业，般儿的般儿的参加工作，人家当了街道办事处的武装部长，全国出了名，你，你是个啥？大白扔一个！你乐意当绿叶，你当，好好的当，咱是不反对，也反对不了！"继而像朗诵似的，"啊！

绿叶！永远也变不成红花的绿叶！我为你悲伤，我为你歌唱！"

孟大丽继续拾掇床："见不得别人比自己好了是不是？瞅别人出名，心里吃醋了是不是？亏你也是个有文化水儿的人！我说这话，你别不乐意听，自打你下了海，经了商，你心里的小算盘儿就比以前拨拉得更响了！"

孟大丽的丈夫不无揶揄地："哎呀！过了十年日子了，今儿个我眼前一亮啊，改革开放到了这年月了，咱们家又出了个'白求恩'！行了，算我有眼不识金镶玉，可我得告诉你，有你撞南墙后悔那天！"

孟大丽听了这话，再没吱声，啪地拉灭了电灯，钻进了被窝儿。

5. 张明家

老王和张明走进屋。他们互相扑打身上的雪。客厅的沙发上坐着两位客人。一位是绰号叫'梆子'的男青年，一位是梆子的母亲，他们见张明他们回来了。慌忙站了起来。

张明见了，忙说："坐，坐！"

二人坐下了。

梆子妈："张部长，我们来是为我儿子梆子的事儿……"

张明给他们各倒了一杯水："梆子的事儿，我知道，他政审不合格。"

梆子妈："是，是，这孩子年轻不懂事，以前和别人打过架。"

张明："这位大姐，你想送子参军的心情我理解，可你家梆子可不光是跟别人打过架啊……"

梆子妈："是啊，是啊……是有难处……所以……还得请张部长多帮忙……"

张明沉吟了一下："大姐，你这个忙，我怕是帮不上啊。"

梆子妈："哪能呢！人家都说了，这事就你说了算！"

张明："你说得对。这事是我说了算！可我的身后站着人民站着党呢，他们在拿眼睛看着我办事，不能违背了原则！"

梆子妈："张部长大概不知道吧，梆子是和你一起的孟大丽丈夫亲姐夫的亲外甥啊……"

张明沉吟了一下："合不合格靠的是自身条件，不是靠的什么关系！"

梆子妈："张部长，我知道这事儿你也难！梆子，来！眼瞅着快过阳历年了，先给你张姨磕头拜个早年！"

张明忙拦住："哎，这可不行！"

可梆子还是跪下磕了头。那头磕得梆梆响！

张明扶起了梆子："哎哟！这头都磕起包了，麻溜儿的，揉揉！"

梆子妈："不用揉！只要张部长答应帮忙，我和梆子都认了！"

张明叹了口气，没有吭声。

梆子妈："张部长，我也是有心的人，这事儿不能叫你白忙活，这两千元钱你收下！"

张明一惊："哎呀，那可不行！"

梆子妈："你要是不收，那就是嫌少，要不就是太外道了！我在副食商店上班，以后有事儿只管找我！这事儿就是天知地知，你知我知！"

张明："还有知道的！"

梆子妈瞪大了眼睛："还有谁？"

张明："人格！良心！"

梆子妈好像听明白了什么，说："看来张部长是不肯给面子了？"

张明："这位大姐，当妈的不容易，这大雪泡天的，我理解你，同情你，可部队征兵是有条件的。"

梆子妈有些不乐意："行了，你别说那么多了，既然你说不行，我们也不强求了，梆子，咱们走！"

梆子抱拳硬邦邦地说："那好！咱们可是后会有期了！"

张明并没有听出弦外之音："好，后会有期，后会有期！"

梆子的母亲和梆子悻悻然地走了。

老王自里屋出来："什么后会有期，后会有期呀？你还寻思那是啥好话呢？跟你说，那是给你扔话听呢！往后你还真得注意点儿呢！"

张明："注意？怎么注意？我怕他们？他们不能把我眼珠抠出来当泡儿踩吧！再说我想还不至于！怕啥！"说着，在桌子上摊开了信纸……

老王："咋的？你还要写信？"

张明："有几封信来了几天了，孩子们在军营里盼信呢！"

老王一时无语。

张明开始写信了。

老王进来放了一杯水，摊开手，手上有大大小小的一些药片。

张明接过水，把药咽了下去。

老王："看看，吃这老些药，快顶饭了！"

6. 风雪路上

梆子和他的母亲，推着自行车往家走。

梆子抱怨地："我说不来嘛，你偏来！弄了个白搭白不说，还弄得我脑门起了个大包！"

梆子妈："你说这种人，也真是，属茅楼儿石头的又臭又硬！人情人情套不住她，金钱金钱买不动她！"

梆子："你别听那些，这种人，她就是穷装！我不信她不收钱不收礼！哼！她不是跟我装吗？那好，咱们骑毛驴看唱本——走着瞧！"

梆子妈："我说梆子，你得学好了，你可别让妈跟你太操心了！寻思让你当兵，也是奔着你学好！"

梆于："兵，是当不上了！"

风雪，把路封得迷迷蒙蒙……

7. 大街上

雪霁天晴，街上有不少上班的人。

张明骑着自行车，行进在人流中。

"张明大姐！"孟大丽骑着自行车从旁边冲了过来。

张明："哎，大丽！"

孟大丽："哎，张姐！你身体咋样了？没事儿啦？"

张明："没事儿了！"

孟大丽笑着问；"我是问你那上牙膛啊？"

张明："啊，哎，到了班上可别说，说了，还不叫人笑掉大牙啊！哎，大丽，昨儿晚上，你丈夫亲姐夫的亲外甥找我。"

孟大丽："谁呀？"

张明："就是那个政审不合格的梆子。"

孟大丽："啊，我知道！"

张明："大姐没给他们开面儿！你回去跟你们家那口子解释解释，别生大姐的气！"

孟大丽："别理他！愿意生气他去生！气得大肚子病才好呢！"

张明："咋的？你和他闹别扭了！"

孟大丽掩饰地："没有！"

张明："没有？大丽，你骗得了别人可骗不了我。怕是因为我吧？"

孟大丽："别神经兮兮的，没你的事儿！"

8. 街道办公楼外

张明、孟大丽她们正在扫雪。

一位二十岁左右女青年也在那里扫雪，她叫晓玲。

不知道谁堆了个大雪人，一位精神病女人，正手舞足蹈地围着雪人转。

扫雪的人，有谁向这边扫一眼，这女人就用雪球打过去。被打的人身上、脸上立马雪球开花……人们都显出有些不高兴，但谁也没吭声。

晓玲一边扫雪，一边用忧郁的目光看着那精神病女人。

张明正在埋头扫雪。

孟大丽说："张姐，你看看，那女人也太不像话了，大家伙儿看你面子，都没吱声。"

张明走了过来。

那女人停住手，站在那里，眼神直勾勾地："张部长……"

张明把手里的扫把递给她："大姐！你是军属，一会儿应征的青年都到办事处来，你不是看这些青年人个个都像你儿子吗，那就扫扫雪，省着他们滑倒喽！"

那女人接过扫把，不管东西，使劲儿扫了起来。

张明："大姐，别往两边儿扫，往这边儿扫！"

刚才被雪球打了的两个人在那里说："张明也真是的，整这么个女人来，豆腐掉进灰堆里，打打不得，拍拍不得！真是的！"

"咱们这才接触几回，那女人的儿子都当兵三年了，这女人也就缠了张明三年了！"

"就是，烦不烦哪！"

张明走过来解释说："这女人有精神病，来明白那阵儿还真挺好！刚才她打了你们一身雪，要怨，你们别怨别人，就怨大姐吧！"

其中一人忙说："哎——算了，算了！别提这茬儿了！"

孟大丽对晓玲说："晓玲，你那对象张军倒是不错，可你将来守这么个老婆婆，也是够你受的！"

晓玲沉吟了一会儿说："还多亏了张姨调教她，不的话，那病就得更厉害！"

9. 办公室

张明正在那里给那女人洗手，剪指甲。

那女人嘴里不知哼着什么歌。

晓玲把洗手的水端了出去。

那女人对张明神经兮兮地说："这闺女，不正经！我们家张军以后不能要她！"

张明："大姐呀。说话可不能张嘴瞎说，人家晓玲是个多好的闺女呀！"

那女人："她好？她好我就不好！不行！他们的好事儿我得给他们搅黄喽！"

张明："大姐，这就是你的不好，人家有好事儿，你凭啥搅人家？"

那女人："我这辈子，男人就是不正经！下辈子呢？儿子又碰上个女人不正经……"

孟大丽："大姐，我看你呀，才是对牛弹琴呢！她一个病人，你跟她说那些，她懂吗？"

那女人啐了孟大丽一口："我不懂！你懂！"

一个男青年走了进来："谁叫张明？"

张明："我是！"

男青年不客气地坐在椅子上，跷着二郎腿，燃着了一支烟："我是刘二林，人家都叫我二林子，我来当兵来了！"

张明用审视的目光看了一眼这位不速之客："你是哪个单位的？"

刘二林："出租车司机！"

张明："为啥要当兵？"

刘二林："没爹没妈。就我老哥一个，钱挣腻了，想到部队逛逛！"

那女人出其不意地亲了刘二林一下："哎哟我的儿子呀，钱还有挣够的，钱可是好东西！"

刘二林用手抹了一把脸上被女人弄上的涎水："这是咋回事儿，她要咬我一口，还不把我也给传染上病啊！"

张明："到部队是扛枪保家卫国，责任重大，可不是闲逛！我问你，青年人要做'四有'青年，这'四有'是哪'四有'？"

刘二林一笑："说别的我不知道，说这'四有'我知道！"

张明："知道好，来应征的青年没有说不出来的，你说说我听听！"

刘二林："'四有'吗，就是有房子，有钱花，有女朋友……还有一有吗……就是……对了……有摩托车……对了，小青年都爱骑摩托车兜风……"

孟大丽和晓玲都哑然失笑。

刘二林愣头愣脑地："咋的？你们笑啥？我说的不对吗？哪不对了？真要是我说的不对了，你们说！真是，就知道傻笑，你们懂啥！"

张明也笑了："行了，别瞎蒙了！左溜儿你在家待着也没什么事儿，别再东跑西颠的了。想当兵有一条，必须每天跟我一起正点上下班！"

刘二林："只要能当兵，咋的都行！"

10. 副食商店

张明急匆匆地走进来。她来到菜摊前："服务员，麻烦给我来二斤黄瓜，三斤西红柿……"

服务员拿眼觑了张明一眼，没动，反而去查钱匣子里的钱。

张明又说："服务员，我买黄瓜和西红柿！"

服务员没好气地："喊什么喊！又不是你爹你妈死了，服务员服务员的叫什么魂儿！"

张明细细打量，看出服务员有些面熟。

张明："这位大姐，看着好面熟哇！"

服务员："哟，是张部长啊！真是贵人多忘事，我是梆子的妈呀！十多天前我上过你家呀！"

张明："哟！大姐，你在这上班哪！"

梆子妈："对了！咋的？张部长这么大干部，也和老百姓一样吃这玩意儿啊？真的，上次打你家回来，我直寻思，像张部长这样的干部，肯定不食人间烟火，没想到你也到这来买菜！你要买，就买吧，碰巧我这菜摊上的菜，眼下涨价……"

张明："大姐，我知道你对我有不理解的地方，有时间，咱们唠唠……"

梆子妈："哎，你可别瞎猜，我对你理解着呢！你要不坚持原则，那这地球上还有人坚持原则了？是不是？我可没对你不理解！咋样？这黄瓜 15 块钱一斤,西红柿 20 块钱一斤。买不？"

张明愣了一下，客气地："我再到别的商店看看！"

梆子妈："那好，对不起了，我也不能因为你张部长来，拉低菜价，这也是原则！"

张明："那好，我走了！"

梆子妈："好，您走好！"

张明挤入了人流中。

一服务员对梆子妈："你为啥对她漫天要价？"

梆子妈："当个小部长，芝麻大的官，到这还牛哄哄的，我这菜就是烂扔喽，也不卖她！"

11. 军营操场上

一队男青年列队在那里。

张明在队前讲话："经过体检、政审，你们都是初定的兵员了，今天，咱们来进行军营一日兵活动！刘二林！出列！"

刘二林："是！"

张明："你看看你戴的这个帽子，大冬天的不戴棉帽戴单帽，玩什么俏？不怕把耳朵冻掉啊？再看看你那鞋子，不穿棉鞋穿双球鞋。要什么单儿？脚趾头给你冻掉喽！"

刘二林："报告部长，我从小肋臌惯了，没谁管我，我也一冬一冬地不感冒！阿嚏……"

张明厉声厉色地："不行！要当兵就得守当兵的规矩！跑步回去换！"

刘二林："是！阿嚏……"跑步走了。

张明："下面请部队的同志带我们操练科目！"

一位军人立在队前："立正！稍息！立正……注意挺胸收腹，目视前方……"

12. 军营食堂

青年们围在一块很大的面板旁，有的揉面，有的揪剂子。

一青年端着一盆馅子，吆喊着："哎，慢回身，馅子来嘞——"

一青年："哎——过年嘞！今儿个提前过年嘞！"

张明看一青年揪的剂子有大有小，就说："田壮子！你那剂子咋揪的？大的大小的小，大的像个猪羔子，小的像个小耗子，重揪！都揪匀乎喽！"

被称作田壮子的青年人应声："哎！"

张明："哎什么哎，你应该回答'是'！"

田壮子立马立正："是！"

有人笑了。

张明："笑啥？军人就得有军人的样子！"

刘二林在擀皮儿，不停地回头："阿嚏！"

张明："刘二林！你不是说你从来不感冒吗？"

刘二林："是呀！今儿个这不知咋的了！"

张明："你感冒了，上旁边休息去吧！"

刘二林："是！"

一青年擀的皮子三扁四不圆。

张明："哎，李金虎！你擀的那叫饺子皮呀？三扁四不圆的！来，我擀给你看看！大家伙儿听着，我们锦程街道办事处去的兵，都要学会擀饺子皮儿，逢年过节，同志们聚在一起，你们得多干点儿！"

李金虎："张部长，你真赶上我们亲妈了，亲妈也没这么告诉我们！从今儿开始，我们就喊你妈了！"

众青年："妈！"

张明激动了："孩子们！每年我们送青年入伍，孩子们都喊我妈，这声妈喊得我心直热！孩子们，生为女人，当妈的心思一个样，没有不盼着自个儿孩子成材的！来！儿子们，包饺子！吃了这顿饺子，到了部队过年的时候，就别再想家和想妈了！"

"是！"众青年回答着，乐乐呵呵地包起饺子来。

13. 副食商店

孟大丽走了过来，梆子的妈老远就发现了她："哎——来了！"

孟大丽："哎，想买点儿菜！"

梆子的妈妈："买吧，黄瓜下边有顶花带刺的，西红柿下边也有新来的！"说着，就从下边往上拿。

孟大丽："别介，别介，就这就行！"

梆子的妈妈："要多少？"

孟大丽：随便吧，你看差不多就行！"

梆子的妈妈装了满满一称盘黄瓜："二斤半！"

孟大丽："大姐，你把称看马了吧，这十斤也有了吧！"

梆子妈："别吱声，俗话说，'是亲三分向，是火就热炕！'"

孟大丽小声地："大姐，这可不行！我孟大丽一辈子没占过别人便宜！"

梆子妈："嗨嗨，那这不是你来了吗！那张明也是来过，我可没这么对待她！"

孟大丽："她来买菜来了？"

梆子妈："菜没买走，叫我把她气走了！"

孟大丽："大姐，这就是你的不对了！"

梆子妈："谁不对呀，你瞅把她牛的，提你都不行啊，同志在一起，管咋说也得有个大面儿吧！你说她整的这都是啥事儿呢？"

孟大丽："这事儿怨不着人家，梆子是不行！"

梆子妈："妈呀！啥叫行不行的呀？那不就说行就行吗！姐问你，是不是姐给她两千块，她嫌少了没要哇？"

孟大丽："你别说了，人家张明不是那号人！这菜多少钱？"

梆子妈："行了行了，要啥钱？年把月地不来一趟。"

孟大丽："你不要这钱？那好，我也不要这菜！"

说着，把菜倒在了菜摊上，转身走了。

梆子妈愣住了："这都咋的了？跟张明在一块的人咋都这么隔路呢！"

14. 张明家

夜。张明桌子上的闹表已指向两点钟。台灯下，张明还在给军人们写回信。

张明的画外音：孩子，你的来信收到了，知道你在部队各方面情况都很好，我很放心。你不用惦记家里的事，上两天，我到你家里去了，你妈妈的病已见好转。过年所需的一些东西，街道民政部门也都关照了，你可以一心无挂地在部队好好干！你的兵妈妈：张明。

张明的画外音：孩子，我们并不相识，可你从遥远的大南方给我寄了这封信来，使我深为感动！你来信谈到了青春、理想，还有处对象等问题，对这些问题，我的看法是……

有两滴殷红的鼻血，滴在信纸上……

张明忽地摔倒在地上……

老王闻声穿着睡衣跑了过来："张明……张明……你这是怎么啦？我送你上医院！"

张明头上全是虚汗，她冲丈夫摆摆手，又指指自己的衣兜。

老王从张明的衣兜里掏出一个小瓶药来，倒出一片，给张明服下去。老王把张明扶到了床上："行了，看你病得这样儿，明天早上就是天塌下来，也得先上医院……"

15. 街道办公室内

孟大丽和晓玲正在那里抄着什么东西。

张明正在接电话。

电话那边传来的声音："……我是张军的父亲哪，昨晚上我们家那疯子又一宿没让我睡觉哇，她说我跟单位的女同志关系不正常，晓玲来家也叫她给闹出去了，晓玲那是我们家未过门的媳妇，从这哭着走的，我这心里过意不去呀……张部长，这事儿就得求你了，她呀，就听你的话！"

张明："好了，我知道了！"

电话里的声音："那好，那可谢谢你了！"

街道党委李书记走了进来："张明啊，有一件事你得马上处理一下，接到一封举报信，是告田壮子的，说他在学校打架斗殴，偷鸡摸鸭子什么事儿都干过。你得去调查一下。"

张明："好，李书记，我立马就去！大丽、晓玲，我出去一趟，顺路还得看看刘二林，今儿个他没来，可能是感冒更重了。"

孟大丽和晓玲答应着。

李书记出去了。

张明穿好衣服，站起身想走。

老王却闪现在门前："你给我站住，你又想上哪儿去？"

张明："我有点儿急事儿！"

老王："不行！说好了咱们一起上医院的！"

张明："不行了，真的去不了啦，我这真的是有急事儿！"

老王："不行！今儿个你说啥也得跟我一起上医院！"

张明："老王，你看看，我这么多事情缠身，我能去得了吗？"

老王："噢，事情多缠身你当回事儿，身上疾病缠身，你咋没当回事儿？"

张明："现在是工作时间！"

老王："工作时间咋了？你是不是我家里的人吧？你不要命了，我还要这个家呢！走！上医院！"

张明："老王啊，你知道我心脏不好，你就别让我上火着急了，你看看我手里这一大摊子事儿，让我上医院我能安心吗？"

老王："行了，一年365天，就你忙！走吧，走吧！可我跟你说，我就在这等你，医院还是得去！"

张明："那好吧！"说完走了。

老王满脸无奈地一屁股坐在了椅子上。

16. 田壮子家楼前

张明对一瘦女人说："经了解，这封举报信是你写的。"

瘦女人："不假！"

张明："你写的这都是事实吗？"

瘦女人："差不多吧！"

张明："是差不多吗？是差远了吧？"

瘦女人："远也远不了哪儿去！"

张明："不对吧！邻居们都反映田壮子是和你吵过架，可并没有打架斗殴和偷鸡摸鸭子那些事儿呀！"

瘦女人："那小子很不听话，气得我够呛！"

张明："那咱们能因为一时置气，就耽误了他人生前途大事吗？"

瘦女人一时语塞。

张明："你也是个女人，对孩子应该有慈母心，怎么能干这种事儿呢？"

瘦女人无语。

张明："论说你也是有文化的人，有文化的人应该做出有文化的事儿来！"

瘦女人依然无语，缓缓低下头。

张明严肃地："中国人要都像你这样，小肚鸡肠地互相整，那中国还能进步哇？好吧，我去见见你们单位领导。"

瘦女人慌了，忙一把拉住她："……张大姐，看来……这事儿是我错了，可大姐你……得给我个面子，别把这事儿说出去……"

张明："你说这话，说明你在人前还要做人，我理解你。不说出去可以，但你必须向我保证以后不再做这种事儿！"

瘦女人忙不迭地："那是，那是！"

17. 刘二林家

这是一座平房。张明穿过两边夹着板皮的狭窄小道，敲响了刘二林家的门。张明推门走进。

屋里暗暗的，东西十分零乱，脏旧的衣物东一团子西一团子的。

在光线很暗的床上，刘二林盖着被躺在那里。

张明看清了刘二林，上前摸摸他的额头，觉得有些烫手。她从兜里拿出药来，摇摇水瓶，水瓶是空的。

张明操起地上的斧子，开始到外面劈柴火。

她把柴火抱进屋来，划火柴点着了一块油毡纸，火，很快在灶膛里跳跃……她把一壶水放在了炕炉子上。

炕好像是烧热了。刘二林舒了一口气，翻了一个身……

张明往水瓶里灌着热水……

张明端着一碗水，拿着药，喊着，"二林子，妈来看你来了，吃药！"

刘二林睁开眼睛，糊里糊涂地说："哦……"

张明把药放进他嘴里，又给他喂水。

刘二林吃了药，转身睡去了。

张明在炉子上放了一壶水，又把屋里各个角落的脏衣服收到一起来。

张明在洗着衣服……

屋外的一根铁丝上，晾满了张明刚刚洗过的衣服。

屋里，刘二林醒了，他一翻身下地，一下子愣住了：自己熟悉的那间小屋怎么变得这样整洁？他疑心是梦……揉揉自己的眼睛。哦……还是这样的整洁！他的目光投向窗外，看见了张明的背影……他的眼里涌出了激动的泪水。他扑地跪下了，泪水啊在他脸上流淌……他跪着向门口奔去，大声地哭喊着："妈！妈——"

张明回转身来，他们紧紧地拥抱在一起……

张明也洒下了激动的泪："孩子，等病好了，你把破衣服拿几件，我教你咋补衣服，以后到部队，衣服刮了个口子啥的也能用上。"

刘二林："嗯！"

18. 街道办公室

老王焦急地抽着烟。

孟大丽劝道："你别着急，她的事多，说不定转到哪块儿去了。"

老王不答话，只是抽烟。

孟大丽："别老抽烟了，烟抽多了不好！"

晓玲往水杯里斟了水说："喝水！"

老王："我呀，本不抽烟，烟抽得这么冲，有一半是因为跟她愁的！"

19. 张军家

精神病女人来开门："哟！是您哪，进，请进……"

张明："大姐呀，大哥在家没？"

那女人："没，没有……"

张明："大姐，刚才我去大哥单位了！"

那女人："啊，去他单位了？"

张明："人家呀，认为他哪样都好，就一点不好！"

那女人："对对对，就那点不好！"

张明："人家认为他呀……"

那女人用手扣住张明的嘴："行了，别说了，说了怪砢碜的！"

张明："唉！大姐呀，你整拧歪了不是，人家说的根本不是那事儿，还有比那更砢碜的事儿？"

那女人："那啥事儿呀？"

张明："人家是反映他呀，团结人不普遍，从来不跟女同志说话！"

那女人乐了："哎呀，还那样呢呀！"

张明："大姐呀，你对大哥得好点儿，他们男人家一天到晚在外面工作不容易，咱们做女人的得多关心他们才是！"

那女人："是咧，是咧……"

张明："张军给家来信没？"

那女人："……信是来了……他和那晓玲好得像一个人似的，可对那闺女，我是掐半拉眼珠也没看上！就凭我们家张军找她？让她做梦去吧！"

张明："行了，今儿个这事咱哪天再唠。我还有事儿，我就先走一步了！"

那女人拽住张明说："天都黑了，我做点儿饭给你吃……"

张明："不了，不了！"

20. 街道办公室

老王趴在桌子上，他已经睡着了。

更夫拿着个手电走了进来："哎哎——这都多晚了，该回家了……怎么着，喝酒喝多了是咋的？不敢回家怕挨老婆骂是吧？这不碍碜，我也有过同样的经历。咋样？要不要到楼下喝点儿茶水？"

老王伸了个懒腰。打了个哈欠："得，白等一天，白搭白！"

更夫莫名其妙地看着老王！

21. 路上

天黑黑的，张明骑着自行车走进了胡同。

突然，一个黑影蹿了出来，张明被撞倒了。

那个家伙上前来抢她的皮包，张明和他厮打起来。

那个家伙举起地上的自行车，砸在张明身上，抓起地上的包跑了。

张明坐了起来，一摸自己的脸，竟是黏糊糊的血……

一支手电光照了过来，来人是老王！

老王照见了张明，他吓了一跳："啊！这是怎么了？"急忙上前去搀扶张明。

张明："没事儿了，包叫一个家伙抢走了！"

老王关切地："没伤着吧？"

张明："擦破了点儿皮儿！"

老王："还好！多悬啊！走吧，往后少一个人走夜道！你呀，叫全家人跟着你忒担心！"

张明："我也不想走夜道，我也知道在家里待着舒坦，可新兵要不了多少天就要走了，有好多工作得做！"

老王："哎，我可跟你说，你的病，到底啥时候上医院？今儿个我可是请了假。在你们班上白等了一天！"

两人边说边走进了暗夜中。

22. 张明家

老王在给张明往伤口上涂药水："哎，杀是杀点儿，别动！一会儿就好了！"

张明说："老王，你觉不觉着今儿个的事儿出得有点蹊跷？"

老王："蹊跷？蹊跷什么？"

张明："天黑了这么长时间了，在我之前也有背包回家的，他不抢，为啥专抢我的？"

老王："你是说……有人专为了抢你？"

张明："我干这个工作呀，不少人都认为肥得流油。你说不受贿，人家不信哪。肯定有人认为我的皮包里装的都是赃钱！"

23. 梆子家

梆子在翻着张明的皮包，翻来翻去，除了纸和笔之外，什么也没有。梆子有些急了，重又摸那皮包，终于，摸到了什么。他拉开皮包的后拉练，拿出一包用手绢包好的东西来。梆子笑了，用手翻开手绢……呈现在他眼前的竟是一沓信，部队战士给张明的来信。

梆子有些惊呆了……

梆子的母亲端着饭菜走了进来，用疑惑的目光看着梆子。

梆子把皮包往地上一摔，骂道："我就不信，她就这么干净！"

梆子妈："梆子！刚才你出去干什么去了？说！这个皮包是哪来的？你……你是不是老毛病又犯了？啊？"

梆子给妈跪下了："妈，你打吧，骂吧，反正这个皮包我是抢了……"

梆子妈："啊？我跟你拼了，我看你是不想改好哇你！"

梆子："妈，错，我也就错这一把了！我抢皮包，是为了报一箭之仇！"

梆子妈："报仇？报什么仇？"

梆子："我脑袋磕个大包的仇！她不同意让我当兵的仇！我想看看她的皮包里有没有赃钱！"

梆子妈："啊？我的小祖宗。你咋能去抢她的包哟，那是犯法你不懂啊？抢了多少钱，赶紧连包带钱给人家送回去！"

梆子："可是那包里没钱，只有几封大兵来的信！"

梆子妈哭道："小祖宗哎，你可给我惹了祸了……"

梆子："妈，你别哭了，我一人做事一人当！"

梆子妈："人家不同意你当兵也就是对了，你也不学个好哇你，这回你等着进笆篱子吧！"

24．孟大丽家

孟大丽和丈夫正在吃晚饭。

孟大丽的丈夫喝着酒说："大丽呀，有句话，压在我心里几天了，不知当说不当说？"

孟大丽："啥话神神秘秘的？说！"

孟大丽的丈夫："那梆子当兵到底差啥当不上？"

孟大丽："那梆子劫过道，有前科！"

孟大丽的丈夫："他有前科，我知道。哎，凭着你跟张明风里来雪里去的，咱也没占着她啥便宜，这梆子又和我沾亲，你能不能让她网开一面，当个例外给处理处理？这点光儿总该借上吧！"

孟大丽："我看不行，你看行吗？"

孟大丽的丈夫："啊，就行她巧使唤咱们，让咱们这绿叶扶红花，就不行她这红花扶扶绿叶呀？处感情，干工作，那也不能铁匠挑子一头热呀！这个事儿，你要不乐意去说，我去！我看她咋打发我？"

孟大丽眨眨眼睛："这事儿你要去说，可比我去强！你的亲属，你面子也比我大！我看你去成！"

孟大丽的丈夫捅一口酒："好，我去就我去。我倒要看看他马王爷是不是长着三只眼。"

25. 张军家

精神病女人正在炒菜。

忽然电话铃响了。

那女人去接电话："喂，是我，你回家来吧，你别不回来，下午那张部长来了……啊……我正给你做菜呢！好，好，你回来吧！"说完，撂下电话，不知哼着什么歌继续炒她的菜去了。

26. 大街上

早晨。孟大丽扶着自行车站在那里，她好像在等人。

张明骑着车子过来了。

孟大丽老远地就喊："张大姐！"

张明来到她跟前下了车。

孟大丽："哎，别下车，别下车，接着骑！"

张明复又骑上车，两人一起向前走。

孟大丽："张姐呀，你的脸又咋的了？"

张明："昨晚上，碰上个劫道的！"

孟大丽："妈呀，可吓死人了！哎，大姐，我们家那口子呀，这两天可能为了梆子的事儿要来找你。"

张明："找我？"

孟大丽："他来找你，你就说这事具体由大丽办，就一了百了啦！"

张明："那你不怕他生气？"

孟大丽："这种事儿，就得顶。气，乐意哪儿生就哪儿生去！"

27. 街道李书记办公室

张明正向李书记汇报："有关田壮子举报信的事儿已经弄清楚了，情况就是刚才说的这些。"

李书记："这事儿是弄清楚了，可我们这又收到了新的举报信。"

张明："有关谁的？"

李书记笑了："有关你的。"

张明："我的？告我啥？"

李书记："告你借征兵之机，收受贿赂，说你收了人家不少钱，有一天还收了人家一个猪后鞧儿，十斤鲤鱼。挺滑稽的！"

张明："那猪后鞧儿和十斤鲤鱼是我自己花钱买的，拎着去看了前年当兵的李子和他妈了。买这些东西，我有发票！至于说我收钱收物了，我不想解释，可以请组织调查。"

李书记："不用调查。党组织从来都是相信你的！但是有人署名写了这封信。我就不能不问问。"

张明无语。

李书记："好了，你一要吃好饭，二要睡好觉。天塌不下来！"

张明深沉地点点头。

李书记："你的病咋样了？该看得去看看，身体和工作，都重要。"

张明："嗯！"

28. 街道办公室

孟大丽瞪大了眼睛："什么？你说什么？有人告张部长？"

晓玲："嗯，说是告她在征兵中受贿的事儿！"

孟大丽一听火冒三丈："纯粹是整人！哪的人告的？"

晓玲："不知道！说是还有什么猪肉和鱼的事儿！"

孟大丽一想："啊，我明白了，张部长那天是拎到单位一块猪肉和十来斤鱼，可那是她自己买的，我们俩一起给军属送去的呀！这不纯粹是埋汰好人嘛！张部长做了好事儿还得叫人埋汰着，她太憋气了！这肯定是咱们单位哪个家伙干的！"

晓玲："不一定是咱们单位人干的吧？我看大家伙儿对张部长都挺好的呀！"

孟大丽："大家伙儿是大家伙儿，个别人是个别人！不行，我得给张部长出这口气！"说着，她气冲冲地冲到了走廊里。

她站在那里，叉着腰骂开了："哪个背后捅刀子的王八蛋，你给我站出来！站出来！不敢站出来，你就是乌龟王八蛋！背后整人捅尿窝子算你什么章程！整好人，缺德不缺德呀？你不怕缺大德绝户，生个小孩没屁眼儿呀你……"

走廊里站了很多人。

有的人说："这些年真没看见孟大丽骂人呢！我看这种缺德的人该骂，骂得痛快！"

有的人说；"骂人虽说不对，可人家骂的在理儿上，我听着顺耳！"

张明从李书记屋里走了出来，推着孟大丽说："哎哎，大丽！咱们是机关干部。这样不好！"

孟大丽被张明推着，又挣着回身骂道："不好我也骂了，叫他背后整人的人听了耳朵生疔，脚底长疮！看他还坏不坏！"

张明把孟大丽推进了屋，关上门厉声厉色地说："大丽，你这是干啥呢？影响多不好！全机关不办公了？你是个机关干部！你痛快儿地给我写检讨！"

孟大丽余怒未消，眼里涌出了泪水："咋的兴他鼓捣人，就不兴咱骂骂呀？"

张明斩钉截铁地："不行！"

孟大丽眼含着热泪，看着张明。

孟大丽的丈夫这时从门外探进头来："哎，是这屋吧？"

孟大丽一见火冒三丈："滚！滚！你给我滚出去！"

孟大丽的丈夫一惊，忙退了出去，自言自语道："这是怎么了？进了火药库了？"

29. 街道办公室

张明在教刘二林补衣服："二林子，看着啊，针脚不能太大，要匀称。来，你补一块我看……"

刘二林接过针线："哎，我来……"

张明看看刘二林补的，说："第一次补，补这样就不错了，以后得注意补丁外面露的线头不能太大，那样不好看。"

精神病女人突然出现在门口，她背着手走了过来："张部长！"

张明："噢，是您来了，屋里坐！"

那女人却不进屋，在门口向张明招了招手。

张明迎了出去。

那女人从背后拿出一兜苹果和一个指甲刀递给张明："张部

长，你的事儿我都听说了，你别上火啊，这苹果水灵，你吃点儿！还有这个也送你，上回我看你给我剪指甲的小刀都很旧很旧了，可你把大把大把的钱都给我们这些军属买东西过年了，这把小刀不值钱，可它是我们军属对你的心……"

张明眼里泪花莹莹："好，大姐，我张明收下了……"

30．张明家

夜晚，老王坐在那里抽烟："张明，这些年你身体不好，风里来雪里滚的为工作，我没打过破头楔儿吧？可你干来干去捞了个啥？捞了个一身病！捞了个家不像家！捞了个被别人告你！我早就跟你说，你干好了，你这高山就显出平地来了，人家嘴不说，心里对你能愿意？那天有人劫你，因为啥偏劫你呢？这些事儿你都好好想想！我说句话，你乐意信不信。打个报告，这个武装部长不能干了！"

张明："我和你想法不一样，这个武装部长我非干到底不可！"

老王气得哆哆嗦嗦："好好好！你干去！你既然不要这个家了，我也不要这个家了！咱们明儿个干脆离婚！离了，利索了，也省着我每天提心吊胆地惦念你……离……离婚！"

张明看着老王："老王，你别跟我说气话，咱们都是往 50 岁奔的人了，离什么婚！"

老王："要么依你干武装部长，要么依我离婚！"

张明："老王，你说的是真的？"

老王："不假！"

张明觉得眼前一阵晕眩，跌倒在地上……

老王急奔了过来："张明！张明……"

张明醒了过来。

老王眼浸着泪花说："张明啊，我是真拿你没办法了，我说离婚，那不是为了你不干那工作，为了你好嘛！你说得对呀，这么大岁数了，我离什么婚哪，你呀，你呀，在战士面前你是个妈妈。在我跟前你是个孩子……孩子呀……"

31. 孟大丽家

孟大丽的丈夫用刀悠闲地削着苹果，孟大丽写着检讨材料。

孟大丽的丈夫："我说，检讨材料不大好写吧？要不要吃个苹果？"

孟大丽没吭气。

孟大丽的丈夫笑笑："哼哼，长这么大，看见捡这个的捡那个的，还没看见过捡检讨的！"

孟大丽："你这话什么意思？"

孟大丽的丈夫："什么意思，这还用我说吗？她张明叫人告了，你孟大丽是人前替她说话，可她又人前装人拿你扎筷子！你呀你，你孟大丽都虎透了你！"

孟大丽停下笔："我想听听，你说的不虎是怎么个不虎法？"

孟大丽的丈夫："秃顶的虱子明摆着的！你和她是朋友吗？你们是竞争对手！她上去了，你没上去。她下来了，你自然上去，也不是咱们告的她，她就是怪也怪不到你嘛！"

孟大丽："这就是你的意思？"

孟大丽的丈夫：“大概也许差不多吧！”

孟大丽：“我问你，咱们中国老祖宗传下来的德性，你还要不要？你说这话，亏你还是个当代的中国人！”

“叮咚”的门铃声。

小保姆开了门。进来的竟是梆子妈和梆子。

梆子妈冲梆子：“进来，你这个丢人现眼的货！”

梆子一声不吭地走了进来。

孟大丽的丈夫忙起身：“大姐……”

梆子妈：“老弟，这两天我为梆子的事儿可是快愁死了。”

孟大丽的丈夫：“可那张明，我也是没见着哇！”

梆子妈：“现在不是兵不兵的事了，是蹲不蹲大狱的事儿啊！”

孟大丽的丈夫：“啊？”

梆子妈：“这小子把人家张部长给抢了，寻思她那兜里能有别人给她的钱呢，没承想啊，只有几个战士给她来的信！还把人家给打伤了。你们说这事儿咋整吧。不把这些东西送回去，咱们良心上过不去，送回去又怕人家较真儿查咱，梆子真的就得进大狱！你们说咋整吧，我都上老火了我！”

孟大丽：“家有家规，国有国法。犯法了，就得伏法，这没说的！”

梆子妈:“大丽呀,大姐守了十几年寡。就守这么一个儿啊！看大姐的面子上，你找张部长给梆子说说情吧，梆子呀，给你姨磕头哇。”

梆子趴在地上，“啷啷”给孟大丽磕了好几个头。

孟大丽对丈夫说："看看，这就是你要送的兵！"

孟大丽的丈夫一时无言以对。

32. 医院

张明躺在病床上输着液，老王守在她的床前。

一位医生："这病，她可真能挺！早该来医院看的，很危险的！"

刘二林、田壮子和一群刚换上新军装的青年人，手持鲜花，走到了张明的床前。

刘二林："张妈妈，我们来看你来了。"

张明微微地睁开了眼睛，看见了他们，嘴角浮现出笑意，她挣扎着坐了起来。大家争先恐后问候："张妈妈，你好点儿了吗？""我们今天刚发了军装，再过几天，我们就要去部队了！""张妈妈，我们大家伙儿一天见不到您，就想您……"

这些话，使张明泪花莹莹。一旁的老王也热泪潸然。

张明："孩子们，你们走，我能送上你们。今儿个下午我就出院！"

33. 街道办公室

衣架上挂着吊瓶，张明坐在办公桌前一边输液，一边在和孟大丽谈话："大丽，你的检讨我看了，写得还行。以后凡事冷静点儿，别让人说你是个女李逵！"

孟大丽："那事儿也是太气人了！"

张明："事有事实在，无事心自安嘛！"

门口，梆子妈和梆子出现在那里，梆子的手里拎着张明的那个皮包！

张明看到了自己的那个皮包，不禁一惊！

梆子妈："张部长，大姐带儿子来给你赔不是来了！抢你皮包的就是这小子，是这小子作的孽！他原想你不收别人的钱是假的，没想你是真的！你这样的人，我服！我把梆子领来了，你看该治个啥罪就治个啥罪吧？"

张明："梆子，你过来！"

梆子战战兢兢地走到张明跟前。

张明："孩子，你看看张姨这额头，这脖子，这可都是你给张姨留下的记号啊！"

梆子："我错了！"

张明："孩子，你不是错了，你是犯罪了！"

梆子："是，我犯罪了。"

梆子妈："给你张姨跪下！"

梆子跪下，说："张姨！我向你请罪了。"

张明："梆子，你两回跪在地上叫我姨，那我张明就认下你这个外甥！你呀，今后该好好做人了！"

梆子："张姨，你不治我的罪了？"

张明："治不治你的罪，不是我说了算，是法律说了算！一会儿你得到派出所去自首。我也可以把你后来的表现写一写，争取宽大处理吧！"

梆子哭了，一边磕头一边说："张姨，你是个好人。大好人哪……"

34．张明家

门铃声。

张明去开门，晓玲拎了点东西走了进来："张姨！"

张明："晓玲，快来！"

晓玲坐下了，张明给她倒了一杯茶水。

晓玲："张姨，你别忙了，我来是找你有点事儿！"

张明："啥事儿？你说！"

晓玲："我和张军的事儿！"

张明："噢！"

老王突然出现在门口："噢，晓玲来了！"

张明："行了，这没你的事儿了！"

老王一笑，趔身走了。

晓玲："我和张军商量好的，春节结婚。可张军又来了信，说他妈死活不同意，让我做工作。张姨，我一去，他妈就往外撵我，我这个工作难做……"

张明："我明白了，这个工作我帮你做做看！"

晓玲莞尔一笑："张姨，这是我给他妈买的一双鞋垫和一件羊毛衫……"

张明："好，我代你送给她！"

晓玲："就这事儿，麻烦了。"说着站起身来。

张明："你好不容易来一趟，坐一会儿吧！"

晓玲："不了，我弟弟还在楼下等我呢，我走了啊！"

张明："嗨，大冷天儿的，干吗让他等在楼下。你可走好啊！"

晓玲："哎！"走了。

张明回到屋里，开始翻箱倒柜……终于，她找到了一条纱巾和一件新衬衣。她把这两件东西和晓玲送来的东西包在了一起，然后披上大衣。

老王过来问："这么晚了，你又要出去？"

张明："嗯！"

老王："我陪你一起去吧！"

张明："不用！这事儿不是你能陪得了的事儿！"说着急匆匆地走了。老王呆呆地望着她……

35. 路上

张明正往张军家的方向走。她见前面有一个拉煤车的青年人，敞着个棉袄怀儿。热汗腾腾地拉着车。近了，才看出这个青年人是梆子！梆子也看出了张明。

张明："是梆子吧？"

梆了嘿嘿一笑："张姨！"

张明："这么晚了，你咋还在拉煤？"

梆子："张姨，那天我上派出所去了，他们把我宽大了。我寻思着，人活一辈子，得留个好名声。这不，我跟着民政部门的人哪，给五保老人送温暖呢！嘿嘿！"

张明："梆子，回笼觉好睡，回头路不好走！好好干，张姨听你的好信儿！"

梆子："张姨！你瞧好吧！"

36．张军家

张明正和张军的妈妈唠嗑儿。

那女人说："我不是烦她别的，就是烦她不正经！见着男的笑嘻嘻的，我就烦她这个！"

张明："大姐，你们家的事儿你自己拿主意！可我得向你说道说道，说晓玲这孩子不正经，那可是大姐你冤枉人家了！晓玲成天在我眼皮底下，她是啥样人，我知道……孩子找媳妇，得找个贤惠有文化的，孝敬爹娘的……"

那女人："她是嫌我有病，多暂看我也没个笑模样！"

张明笑了："你看，这是她托我给您带来的东西！这鞋垫是给你冬天垫鞋的，这纱巾是给你春天遮风的，这衬衣是给你夏天换洗的，这羊毛衫是给你秋天贴身的！哎哟，你看这春夏秋冬都替你想到了。我呀，还真没看见媳妇疼婆婆这么疼的呢！"

那女人笑了："唉，张部长，我自打有病啊，看事儿看不准了！你看那晓玲行。就行，我信你的！这事儿啊，你就定吧！"

37．街道办事处楼外

一辆大客车停在那里，二十几名新兵胸佩红花列队待发。

张明喊："家属同志们，都请这边来，这边请一下！"

家属们都围住了张明。

张明："各位大姐大妹子，我求大家一个事儿，孩子们要走了，你们有些舍不得，这个心情我理解！可是我要求你们都要坚强点儿，孩子面前不能抹半个眼泪疙瘩！不能让孩子心里难受，行不行？"

家属们点头："好！"

张明："好！上车！"

车上，刘二林紧挨着张明坐下了。

刘二林流着泪拉着张明手说："张妈妈，到部队我一定干出个样儿来，不给你丢人！"

张明给他抹了一把泪说："二林子啊，到了部队，想着给你这个妈妈来信，我惦念着你呀……"

刘二林扑到她怀里说："张妈妈，我没了亲妈，你就是我的亲妈……"

大客车移动了……

38．张明家

灯下。

张明不停地拿毛巾擦着泪水……她的眼睛已经哭红了，她已哭成了个泪人！

老王过来了："哎呀，这是怎么说的呢……"

张明依然在哭……

老王："唉！行了行了，哭，想，有什么用？人也走了……"

张明抽泣着说："你让我哭吧，哭够了，我心里就畅快了……"

39．街道办事处会议室

李书记正在讲话："……我们党委要为先进人物的成长，扶植正气，创造良好的社会外部环境！总是要有的人先进步了，才能带领我们大家进步，先进人物是我们这个国家和社会的光明和希望之所在！张明就是其中的一个！"

众人一片掌声。

40．街道办公室

有三个军人走了进来："报告！""报告！""报告！"

张明站了起来。

一军人："张妈妈，我们回家探家，来看你来了！"

张明："哎呀，这不是张军嘛，这不是李子和刘国嘛！当兵三年，真是都有个样了！"

张军："张妈妈，你上回到部队去看我们，我们发誓要为家乡人民争光！你看，这是大家伙儿让我给你带回来的立功获奖证书！"

张明欢喜得泪花莹莹："好，好！张军哪，你和晓玲的喜事儿啥时候办？"

张军："后天！"

41．张军家

人们正在闹洞房。

一青年用线拎着块糖，正让张军和晓玲咬糖。张军和晓玲终于咬住了那块糖……

人们沸腾起来！

张军嘴里咬着半块糖说："大家伙儿静一静！我是一个军人，今天我要向大家介绍一个人，这就是我们军人的张妈妈！她已先后送走了九批新兵，这些新兵有的在部队成了老兵，有的当了干部，也有的回到了地方，战斗在家乡的各条战线上！可是无论我们战斗在哪里，我们都难以忘怀张妈妈的一片慈母情！"

众人鼓掌！

张军："张妈妈，请你接受你所有兵儿子的敬礼！敬礼！"

敬礼声中，张明笑了，笑得那样甜蜜。（定格）

片尾是张敏和兵儿子们在一起的照片……

在照片上叠出字幕——

1988 年 8 月，《解放军报》以"兵妈妈和她的 14 个兵儿子"为题，对张敏的事迹进行报道。

1995 年 10 月 27 日，吉林省委、省政府，吉林省军区授予长春市绿园区锦程街道办事处武装部部长张敏"模范基层武装干部"称号。

1995 年 11 月 29 日，《人民日报》《光明日报》《工人日报》《中国妇女报》《中国青年报》《中国国防报》等各大报刊，刊登张敏的先进模范事迹……

（中央电视台播出，获中国电视剧飞天奖二等奖、中国电视金鹰奖单本剧第一名、全军电视剧金星奖一等奖）

电视剧文学本

风雪桅杆山

上　集

1. 气象中心，日

卫星云图接收机上一张云图打印出来。

一只手扯下卫星云图出画。

一位气象中心工作人员背影，他匆匆地走着，身旁闪过一个个铝合金隔断机房，他推开预报中心大门，快步走向电台。男声画外音：500mm 高空云图来自西伯利亚高空寒流 30 日下午到达吉林地区上空，中心地区气温零下 35℃，并伴有暴风雪，风力达八级。

电台上信号灯在闪烁。

一只女人的手在有节奏地发着电报。

一位头戴耳机的女工作人员背影，她在紧张地工作，发出暴风雪警报。女声画外音：广播电视厅，晚六时暴风雪到达二号地区，速通知桅杆山差转台，做好预防措施，请注意山上风

力八级，山上风力八级……（淡出）

全黑的画面上，"风雪桅杆山"五个狂草大字苍劲有力。

2. 乡间公路，日

（淡入）一辆大客车在公路疾驶。

3. 客车内，日

车内，李婶、云嫂、郝玲等旅客都静静地坐着。随着客车的颠簸，她们在晃来晃去。小锁子靠着云嫂甜甜地睡着，从彼此的目光中看出她们还很陌生。

车前的售票员回过头在高声吆喝："下一站十五里铺，下车的向前换一换。"

云嫂晃着小锁子："别睡了，快到了。"

小锁子："妈你不是说多睡一会儿，晚上和我爸看春节晚会吗？"

云嫂："你爸晚上转播电视，还能陪你，到时跟妈看。"

郝玲听着她们母子的对话若有所思。

云嫂在给小锁子整理衣服，郝玲试探着问道："他爸爸是做什么工作的？"听口音她是北京人。

云嫂："差转台的，就是转播电视的。"

郝玲："是不是桅杆山差转台的？"

云嫂："是，哎，你怎么知道桅杆山？"

郝玲："这地区不就一座差转台吗？"

她们前排的李婶转过头来："哎！我也去桅杆山，你是谁家的？"

小锁子抢着说："我爸是郑长山。"

李婶："哎哟，郑科长啊，这么说你是云嫂了。"

云嫂："这位大姐你是……"

李婶快嘴快舌的："一说你准知道，眼镜李，李工程师家的……"

云嫂："哎哟！原来是李婶呀，锁子快叫李娘。"

锁子："李娘好。"

李婶："哎！好，这小子真乖。哎！这闺女，你是谁家的？"她看着郝玲问道。

郝玲涨红了脸："我……我是看同学的。"

李婶："啊！那我知道了，广播学院分来的大学生，姓丁，我那口子的徒弟。"

云嫂看着郝玲关切地问："从哪来？"

郝玲："北京。"

云嫂："这冰天雪地的来看同学，我看八成是对象吧？"

客车猛地一颠，行李架上一个包裹掉了下来，正好砸在李婶头上，众人哈哈大笑。

4. 乡间公路，日

客车轰鸣着从画面划过，扬起一阵雪烟，车上的笑声渐渐远去。

5. 差转台食堂，日

职工们正在吃饭。

孙猴子涎着脸说："长山大哥，过年了，当科长的出点儿血，跟手下的哥们儿别抠抠搜搜的。去，取瓶酒来喝喝。"

长山笑了："酒是有，看看大家伙儿意见，中午喝还是不喝？"

大杨瞥了孙猴子一眼，粗声粗气地说："喝什么喝，下午还有工作呢。"

孙猴子显然不高兴了："哎哎，这是什么话呢？喝酒就影响工作了？酒喝足了工作更有劲儿，过年了嘛，不喝点儿酒有什么意思？长山科长，整酒整酒。"

大杨也有些不高兴了："我说不喝，就是不喝。谁要喝谁自己个儿整酒去，别老拿别人大头，蹭别人酒喝呀。"

孙猴子说："哎，你这人这是怎么说话呢？什么叫蹭酒喝呀？烟酒不分家嘛！过年了，我老孙要喝两口酒怎么了？长山科长，我跟你说，今儿个这酒我是喝定了。"

眼镜李、秦台长推门走了进来。眼镜李手里拿着两瓶酒说："这是我老李请大家的客，来，喝酒。"

孙猴子第一个站起来响应："来，先给我倒上。哎，来了，酒仙的酒！"

大杨站起来说："慢着，要说喝酒，我还真不忿别人的劲儿，来，先给我倒上。"

孙猴子梗着脖子说："哎也，羊群里跳出个骆驼，你好大显示呀！大杨子，今儿个真要和我老孙喝喝？"

大杨说："怎么喝，你说吧！"

孙猴子说："啊——叫我说，说定了，你可不准拉趴。"

大杨说："我要是拉了趴，那就是大姑娘养的。"

孙猴子说："好，好，那咱们就行个酒令，谁输了谁喝酒。"

秦台长说："过年了，喝口酒图个乐呵，打什么赌哇。别扯了，别扯了。"

大杨突然吼了一声："不行，我大杨今儿个是舍命陪君子了，怎么整，你说吧！"

李长明探进头来："秦台长，电话。"

秦台长匆匆走了出去。

孙猴子和大杨都瞪红了眼睛。少顷，酒令开始了。

孙猴子说："桅杆山上三根杆哪"

大杨说："刺刺棱棱插上天哪"

孙猴子说："下面拽着八根线哪"

杨说："拉线埋在地下边哪"

孙猴子诡谲地一笑："哎，怎么样？喝酒。"

大杨端起海碗，一饮而尽。他放下酒碗，眼睛已经红了。

酒令接着进行。

"桅杆山上一头牛哇，尾巴长在腚后头哇。"

大杨说："四个蹄子分八瓣呀"

孙猴子说："死钻犄角憨死牛哇"

孙猴子斜着眼睛看着大杨，一副得意扬扬的样子："来，喝酒吧……"

大杨又端起碗喝了下去。可以看出他已经有些晃了。

孙猴子说："怎么样？还来吗？"

大杨："来……"

这时，长山他们上来拽住大杨说："算了算了，可是不能再喝了。"

大杨用手指着孙猴子说："姓孙的，你听清楚喽……"

孙猴子说："我听着呢。"

大杨说："我今儿个和你喝酒，不是要和你比个酒上面的高高低低，而是看着你那偷奸取巧的样儿，我来气，你知道不？"

孙猴子说："你看我来气，我看你还来气呢！"

大杨说："你小子，谁不知道你呀，抠门抠到一个虱子也能挤出二两油来……"

孙猴子说："我抠怎么了？老子好歹光棍一条，家里没有媳妇给别人骑。"

大杨顿时火了："你糟践人，老子跟你拼了！"

秦台长突然进来了："别吵了！"

屋里立刻静了下来。

秦台长说："根据电话紧急通知精神，今天晚上到明晨有一场暴风雪风力达八级。现在大家马上分头行动，把一切暴露在外面的设备，都妥善安置好，不能出半点纰漏。一定要保证中央电视台今晚春节晚会的顺利转播。好，大家分头行动吧。"

6. 山间公路，日

一辆蓝色越野车在疾驰。

7. 越野车内，日

车里，厅长拿着无线听筒正在听秦台长汇报情况，听筒里是秦台长的声音："……根据上面的部署，我们现在已开始行动，正在加固桅杆上的馈线，如果时间来得及，准备把桅杆上的拉线也加固一下。看厅长还有什么指示？"

厅长："雪暴也可能提前来临，我的想法是一切工作想办法往前赶……"

听筒里秦台长的声音："知道了……"

厅长："我们打算和同志们在山上一起过年，力争在雪暴之前赶到。"

在厅长说话的时候，人们注意到车后面拉着各种年货。

秦台长的声音："如果实在赶不上来，就在山下住一夜吧。"

厅长非常坚决地："不行……"

对方沉默了。

厅长放下话机，心情沉重地望着前方，车窗外，闪过无垠的冬野。

厅长："能不能再开快点"。

车在疾驰。消失在远方。

8. 小客栈内，日

身背双筒猎枪穿着老羊皮袄的石大爷和云嫂她们一起挤进屋来。

石大爷把东西撂到炕上说："快上炕暖和暖和，一道上都冻实心了吧？快上炕，快上炕。"边说边接她们手里的东西。

云嫂说："石大爷，您别忙乎了，我们自个儿来。"

李婶问："他石大爷，山上那伙子人都好吧？"

石大爷："好，好，可就是想你们那。那眼镜李想你这两天想的，是半宿半夜眼瞅着房笆不睡觉哇。掐着手指头算哪，说你呀还有几天几天快来了。咋的，你不信哪？"

李婶笑笑说："信，信，信你一见面就逗乐子。"

石大爷也笑笑说："都是老熟人了嘛，不说不笑不热闹。哎，我今早下山来接你们那，那老李是眼睛定定地看着我呀，哎——他没说话，可那意思我明白，那是叫我见了面先给你问个好呢。"

李婶笑着捧过一把花生："行了行了，说的都是真的行了吧。来，先吃点儿东西堵堵你的嘴。"

石大爷好像冷不丁想起了什么："哎哟！你们看我这个没正经劲儿，我该给你们张罗饭去呀！好，你们等着啊，就来就来。吃了饭咱们好上山。"出画

9. 小客栈外，日

一挂马爬犁停在那里。马嘴上套着个料袋，马正在那吃料。

天上，阴云密布。

风急躁不安地摇动着小客栈外的光秃秃的白杨树。

10. 天线桅杆的二道平台上，日

长山科长正在风中维修馈线。

好大的风啊，馈线被风刮起来，掀得挺高。

大杨在下面喊："长山科长——你下来——我换换你——"

长山不吭声，只是咬牙加固着馈线。

大杨又喊："哎——我说——你听见没有？"

长山不得不回了一句："这么高——可我一个人干吧——你喝了酒，头沉——"

大杨在下面喊："什么——你说酒——见了风，酒早从脚跟底下走了——我上去——"

长山哈了哈手："别上来——别上来——"

突然一阵大风，把长山的棉帽子从平台上刮了下来。

馈线悠起来很高……

帽子被风吹得向山下滚去。

大杨回头喊道："虎子，快去把帽子叨回来"。

一条狼犬冲下山去，追赶帽子。

11. 值班室里，日

眼镜李正在卸下馈线接头，擦拭。

突然，馈线接头从他手上脱落。

正值班的眼镜李惊叫一声："来人——来人——快来人哪——"

他双手紧紧地拽住插头，继续喊："来人——快来人哪——"

由于风力太大，插头死死地卡在墙上，眼镜李的手已经被卡出血了。

12. 室外桅杆附近，日

平台上的长山隐约听见屋里喊声，急切地："大杨快去屋里看看出了什么事！"

大杨折过身往屋里跑去。

13. 小客栈外，日

石大爷正和云嫂她们往爬犁上装东西。

石大爷乐呵呵地对小锁子说："小锁子，吃饱了吗？"

小锁子调皮地腆腆肚子。

石大爷轻轻拍着小锁子的肚子笑笑说："嚯，简直快成了大肚子蝈蝈了。"

小锁子："蝈蝈会叫，我不会叫。"

石大爷说："不会叫，咱们学呀，待会儿上了山，就给你爹长山大科长学个蝈蝈叫。"

小锁子："蝈蝈怎么个叫法？我要学，爹肯定愿意听我学蝈蝈叫。"

石大爷随便给他打了个口哨。

小锁子便认真地学起来，可总是学不像。

云嫂说："行了，豁牙子，直漏风……"

小锁子却说："我要学，我要学嘛……"

马爬犁上的东西显然已经装好了。

石大爷招呼大家："坐吧，坐吧……他李婶，坐我后面吧，我这老羊皮袄遮风。"

李婶："好嘞——"

14. 山上桅杆附近，日

虎子叼着帽子来到桅杆下，扬头看着桅杆。

长山在桅杆上一手捂着耳朵，一手拧着馈线。他很冷，也很艰难。

15. 值班室内，日

大杨、秦台长、李长明正和眼镜李一起奋力拽着馈线插头。

他们奋力的面部和手的特写。

16. 发电机房，日

孙猴子、丁凯正在维修发电机。

他们都弄得满脸污垢。

丁凯发着牢骚说："这大过年的，还得干这活儿，细琢磨琢磨，真没啥劲儿。"

孙猴子卡巴着眼睛说："你这小子就是噘嘴骡子卖个驴价钱，活明明干了，又发了一大肚子牢骚，嗔，白干。我说丁凯，我看你这个大学生哪，也是聪明反被聪明误哇。"

丁凯坐在地上说："聪明也得误，不聪明也得误，只要是上了这山就是得误了。你说吧，找对象，施展才华，青春光阴……什么什么不误？"

孙猴子又咔巴一下眼睛说："说这话，可别让你师傅眼镜李听见，他听见了还不训你才怪呢！"

丁凯苦笑着说："就这一座老孤山，师傅他们能在这地方干了二十多年，真叫人不可思议，也真叫人佩服……佩服……"

17. 值班室内，日

眼镜李他们已经把插头拽住了。

他们奋力把插头插回接口。

18. 桅杆平台上，日

长山还在拧馈线，他的脸已被冻得铁青，鼻涕冻得淌了出来，眉毛上、胡子上结成白霜。

19. 山间公路上，日

石大爷赶着爬犁，嘴里不住地吆喝着牲口。

小锁子还在学吹口哨。

石大爷："他云嫂，今年庄稼院儿收成咋样？"

云嫂："开春那阵子有点儿旱，以后就好了，傍秋儿太阳好，米成实，年景不错。"

郝玲插嘴问："大爷，咱们大约还得多长时间到山上？"

石大爷说："也快也慢，不误车就快，反正到了山根底下还有二十五里盘山道呢！"

郝玲听了皱了皱眉头。

李婶把爬犁上的棉被给郝玲围围，说："闺女，你别着急，我们年年都是这么上的山……"

云嫂说："道好像挺长，爬犁走起来也快……"

小锁子还在学吹口哨。

突然，汽车的轰鸣声由远而近。越野车在爬犁附近停下了。厅长他们从车上走了下来。

厅长朝石大爷喊："石大爷——"

石大爷眯起眼睛细看，才看出是厅长。"哎哟——是厅长大人到了……"

厅长走近前来："这都是要上山过年的家属吧？我打老远就看见你们了。"

石大爷笑着说："是嘞，咋的，厅长今年也上山过年？我记着那往年你们都是正月初五才来似的。"

厅长："有上山过年的意思，也不完全是。我想你们是不知道，今天下午桅杆山地区将有一场特大雪暴。"

石大爷感到很意外："什么？雪暴？哎哟——那可坏了菜了。"

厅长："大姐大妹子，今天可就要委屈你们了。现在你们上山有危险，先在山下避一避，雪一晴，我们立马派人来接你们。石大爷，你立马把她们送回客栈，然后跟我们一起上山，你路熟。"

石大爷为难地："这……"

云嫂从石大爷手里接过鞭子："大爷，你们忙你们的去吧，车我会赶。"说着就把爬犁调过头来。

石大爷忽然想起了什么："哎——等一等。"边说边往怀里掏，掏了一会儿，掏出个对讲机来："哎——这个现代化武器可得给你们留下，有事儿可以联系。哎，你们还可以跟山上通电话，哎，你们谁明白这个事儿？"

郝玲说："我懂。"

石大爷："你记好，003 号是长山，007 号是老李，你要找的是……"

郝玲用很小的声音说："丁凯……"

石大爷："噢，那就是 011 号……记住了？"

郝玲点点头。尔后坐上爬犁，爬犁起动了……

厅长和石大爷望着她们的背影，目光里充满了激动……

20. 桅杆附近，日

桅杆的平台梯子上，长山正在往下下，他面色铁灰，下得很艰难。

他终于从梯子上下来了。大杨一把抱住了他，从虎子嘴里把帽子拿过来扣在他头上。

长山拽下帽子说："耳朵有点儿冻了，别捂了，拿雪给我搓搓。"

大杨跪在地上，抓起雪给长山搓耳朵。

搓了挺长时间，长山说："好了，有点儿热了。"

他们站了起来。

这时候，天上已经开始飘雪了。

风夹着雪花，铺天盖地地扑来。

山头和桅杆都笼罩在风雪之中。

21. 盘山公路，日

厅长他们的车在疾驰。

风雪扑打着挡风玻璃。

山路上风雪弥漫。

22. 山间公路，日

云嫂赶着雪爬犁。

雪下得很大，风也刮得很紧。几乎每个人的衣帽上都挂满了雪。

人们的心情显得有些抑郁。

爬犁终于在客栈前停了下来。

云嫂她们下了来，先把马拴在木桩上。人们开始往屋里抱东西。

小锁子倔强地站在雪中，不肯进屋。

云嫂回头看看小锁子，喊他："喂——你怎么不进屋呀你？"

小锁子执拗地没有吭声。

云嫂皱了一下眉头。李婶劝锁子："锁子，听你妈话，快进屋。"

这时，小锁子哭了。

云嫂有些急了："你这孩子，咋这么不听话呢！"

小锁子抹着眼泪说："我想爸爸……你们别拽我……我想爸爸……"

这哭声震颤人的心弦。

23. 山上差转台，日

雪扑打着天线桅杆，桅杆上已挂了挺厚的一层雪。

24. 发电机房内，日

丁凯对孙猴子说："怎么样了，发动一下试试。"

孙猴子说："没问题，我看没问题。"边说边发动。

发电机突地一下响了起来。

孙猴子大声说："怎么样，我说没问题就是没问题。"

丁凯听着什么，说："不对，你听，什么地方吱吱叫！"

孙猴子听听，说："是哎——什么地方叫呢？"他撒眸了一圈，突然说："得了，得了，你的对讲机响。"发电机声停了，对讲机还在响。

丁凯才有所悟："噢——原来是它响啊……"

孙猴子说："你小子，可别一惊一乍的，你想吓死我呀！"

丁凯打开对讲机，话机里传出郝玲的声音："011……011。"

丁开始接电话："喂——谁？你是谁？我是011。"

25. 小客栈里，日

郝玲在和丁凯通话："我是郝玲……"

（以下时空交叉剪接）

丁凯："郝玲！郝玲……谢谢你给我来电话……"

郝玲："什么来电话，我……我现在就在你们的山根底下……"

丁凯："你到了我们的山根底下了？那怎么办？雪太大了，哎，对了，石大爷下山接你们去了……"

郝玲："碰见了。现在要上山的人都待在客栈里，你告诉山上的人……"

丁凯："好了，郝玲，雪一停，我们就下山接你们。"

小客栈里的老挂钟敲了三下，时间已是下午三点。

26. 盘山公路上，日

雪依然在下着。汽车突然滑进了路旁沟里。雪已顶住了车前面的保险杠。

石大爷、厅长和司机走下车来，他们蹚着很深的雪，走得很艰难。

他们开始推车，他们奋力推车的手与面部的特写。

车轮终于驶上了路面。他们每个人身上、脸上都是雪沫与泥渍。

石大爷："我说厅长，不行了，我看车是走不了啦！"

厅长看看前面，又看看后面："糟了，咱们现在是前后的道儿，都叫雪封住了。"

石大爷："要走，只能走迎风坡的小道了，迎风坡雪小。"

厅长说："走，山上的同志折腾了一天，还等着喝过年酒呢！把酒背上，上山。"

他们三人背上酒，沿着小道一步一滑地向山上走去。

风越来越猛，雪越来越大，风雪吹得人睁不开眼睛。

石大爷："不行行了，厅长，实在是走不了了。"

厅长："这上也不成，下也不成，我们也不能冻死在这里，原地打雪墙，先避一下，等雪小了再走。"

石大爷："这山上有不少断朽木和榛子棵，我去弄点儿，拢拢火。"边说边放下手中的猎枪。出画

厅长和司机在打雪墙。

27. 差转台机房，黄昏

秦台长和长山、李长明正在值班机房查看荧屏上的光点。

长山："秦台长，这种光点是很不正常的……"

秦台长："和天宝山、四方山两个差转台联系一下，看看他们的情况咋样。"

长山随即拿起话机，没等他拨号，话机却响了起来。

长山："喂——你们是哪里？"

（话机里传来小锁子的声音："你是哪里？我是郑长山的儿子，我要找郑长山。"）

长山有些出乎意料："嗯，我就是郑长山哪……"

（话机里小锁子的声音："爸爸，我和妈妈都在山下，找你来过年，爷爷……爷爷他临死的时候……说……今年春节，你们娘俩一定要上山陪他过年，爷爷……怕你心里想他，过不好这个年……爸爸……我们就来了……爸爸，妈妈和你讲话……"）

长山有些哽咽了："……不要讲了，爸爸这有急事，一会忙完了，我要你们……"

长山眼里浸着泪水，断然关掉了话机，重新接了一个号，听听接通了，便说："喂——天宝山吗？……喂——你们的电视信号怎么样？不好哇……是什么原因？……啊……啊……"

他放下话机，对秦台长说："他们的情况也不好，说是天线椻杆上挂了冰溜子。"

秦台长说："对对，这就对了。"

28. 小客栈内，夜

昏黄的电灯光下，郝玲和小锁子在那里玩着什么。

小锁子嘿嘿地笑着。

炕下面灶口处，云嫂和李婶正在烧炕。

灶口火势很旺，并不时发出噼啪的响声。

李婶说："这些年哪，我们家老李在山上，我那儿子李长明也在山上，论说不少事儿，我扯扯他们后腿也是应该的，可不就怎么的拉不下脸来找领导说这句话。反正千难万难的事，一咬牙一跺脚，也就挺过来了。他云嫂，这些年，你在家挺着独门过日子，也遭了不少罪吧？"

云嫂："苦不用说，累也不用说，刚结婚年轻那会儿，一到了晚上，风刮得房堡呜呜响，这心里没着没落的，你说就是一个害怕呀。有一天晚上，一头老牛闯进我家院子里拱柴火垛，这吓得我呀，生是一晚上没睡着觉你说。"

炕上，郝玲和小锁子正玩得热闹。

李婶："要不说，咱们跟了桅杆山上这帮汉子，这些年净遭罪了，家里没个老爷们，老娘们咋有章程也打蔫儿。"

郝玲摸了一把炕说："哎哟，这炕烧得可真够热的了，我们南方可从来不烧这火炕。"

李婶笑笑说："不习惯吧，等一会儿云嫂睡炕头你睡炕梢儿。"

郝玲："没那么娇气，睡哪都成。"

29. 盘山路，夜

风雪中，石大爷在雪中抠着木头。

他把抠出来的木头扛到肩上，艰难地走在雪中。

他来到山崖边，便放下木头，把它从上面出溜下来。

木头在山崖上迸溅起一片雪烟……

30．山上差转台机房，夜

长山、眼镜李、秦台长等人在研究解决问题的办法。

长山说："我看没有别的招了，要想完成好今晚中央电视台春节晚会的转播任务，只能上桅杆凿冰了。"

眼镜李："风雪太大了，上去肯定有危险。"

长山说："我上，再挑几个年轻的上，系上保险绳，我看问题不大。"

秦台长沉吟了一会说："这是人命关天的事，我请示一下厅长吧。"

边说边打开话机："001……001……你在哪儿？……001……请回话……"

31．盘山路上，夜

厅长听见了呼叫，他把话机和头缩进了大衣里："我是001，我们现在被风雪阻隔在山道9公里处，路上的雪太大，我们暂时走不了啦。"

秦台长说："你们有没有什么危险？"

厅长："只要不冻死，咱们明天就能见面。"

秦台长："你们采取了什么措施没有？"

厅长："弄了些断木，正在生火。"

秦台长："厅长你们多保重吧！"

厅长："万一一会儿联系不上，你先代我问同志们过年好了。"

秦台长："谢谢……厅长，有个事情要请示，天线桅杆上结了很厚的冰，影响信号发射，现在有的同志提出要上桅杆凿冰，这是件很危险的事儿，我想请示看怎么办？"

厅长一怔，他沉吟了一会儿。

秦台长："厅长，到底怎么办？"

厅长声音很大地说："告诉同志们千万要注意安全。"

这时篝火已经升起来了，火光映得厅长的脸颊一闪一闪……

秦台长："知道了……"

厅长："一定要保证信号质量，不能出事故，有问题随时和我联系。"

32. 山上天线附近，夜

手电光在雪夜中晃动，伴有嘈杂的人声。

长山正在往身上拴绳子。高喊着："把探照灯都打开！"

他把绳子绑好了，从地上操起个木榔头，就要往桅杆上上。

眼镜李递过一瓶酒说："快，喝两口。"

长山接过酒瓶喝了一口，又卟地一口吐掉："这哪是酒哇，是水，水……"

眼镜李莫名其妙地接回酒，闻闻，说："怪了，这明明是酒，怎么变成水了呢？"

这时候，孙猴子说："哎——哎——别着急，要酒喝，看我老孙的。变……变变……"说着，像变戏法似的从怀里掏出一瓶酒来："来呀，我老孙这有酒！"

长山接过酒，狠命地喁了几口。

那边，大杨在和眼镜李嘀咕："这小子从哪儿来的酒哇，肯定是给你的酒调了包！那小子花花肠子最多，什么屎都拉！"

眼镜李："哎——算了，算了，烟酒不分家，谁喝不是喝呢！"

大杨："大叔，你别咬牙说硬话，我知道你是最离不开酒的，这小子，你瞅着，我和他没完。"

眼镜李："算啦！算啦！"

秦台长吩咐说："李师傅，你年龄大了，快进屋去吧。"

眼镜李："那也好，我去给大家烧姜汤！"

李长明："爹，你会吗？"

眼镜李："会不会的，也烧不到锅外边去！"

那边，长山已上到桅杆上了。

他挥起木榔头猛烈地凿冰，一块块冰块从桅杆上掉落下来。

探照灯把60米高的天线照得雪亮。

众人都在望着他在风雪中凿冰的形象。

33. 盘山路篝火旁，夜

篝火旁，厅长和石大爷在唠嗑儿："这回好了，有火，有这堆烂木头，我们冻不死了。"

石大爷笑着说："这就叫天无绝人之路哇。"

厅长用无线话机喊话："基地——基地——你们马上派一台推土机，天亮以前一定要赶到桅杆山，清除山道上的雪……"

司机围着火堆，边跳边哼唱着，这是用现代流行歌曲调子唱出的一首老歌："火烤胸前暖哪，风吹背后寒……"

34．小客栈里，夜

小锁子对郝玲说："不玩了，还是给我爸爸打电话吧，姐姐，你要是给我爸打通了电话，让我妈我爸说上话，我就给你讲个故事……"

郝玲拨着电话，呼叫着"003……003……"可是没有人应答。

35．天线上，夜

长山腰间的话机在响，可他根本没理会，还在风雪中奋力凿冰。

风雪打得他睁不开眼睛，胡须和眉毛挂满了冰霜，他非常艰难。

36．小客栈里，夜

小锁子："爸爸哪去了，爸爸真是的，他干吗不接电话呢？"

郝玲说："来，咱们给奶奶要一个吧。"

话机通了。

37．山上食堂内，夜

眼镜李正在那里极为认真而费力地切着姜，锅里的水已经烧沸了。话机突然响起，他放下刀，一边呷了一口酒一边拿起话机问："喂——谁呀？……谁？……"

38. 小客栈内，夜

李婶拿着话机在说话："谁什么谁呀，你这死老头子，连我的声音也听不出来了？我在你们山下边哩！"

（眼镜李："哎哟哟，是家里的一把手来了，大驾光临，有失远迎啊……"）

李婶："行了，别拽那些文明词了，迎不迎咋的，过年了，能跟你说上几句话，也就算赢了。哎——那个胃病咋样了？"

（眼镜李："不大好。"）

李婶："跟你们那，一天到晚把心都得操碎喽。那有病，还捂着盖着干啥，就要求下山嘛。"

（眼镜李："哎——哎——我说你这是在哪说话呢？"）

李婶："在小客栈里，咋的了？"

（眼镜李："旁边没外人？"）

李婶："没有，有外人你又怕啥。"

（眼镜李："让外人听见多不好，好像是咱不安心这工作，想下山似的。"）

李婶："就你积极。"

（眼镜李："也不能说是积极，从得病那年我就想下山了，可是厅里说山上缺人没批准，你看，今年又把我评上先进了，我怎么好张这个口呢！"）

李婶："行了，别说了，我知道你，你二十多年都没张这个口了，现在叫你张，你也难。"

小锁子："奶奶，问问我爸他在干啥？"

云嫂叱责说："小锁子，奶奶说话呢！"

李婶："说完哩，说完哩……"

（眼镜李："咋的，你旁边儿有外人？"）

李婶："没有，都是山上的家属，长山现在干啥呢？一直没跟云嫂说句话哩。"

（眼镜李："嗯，他现在在桅杆上凿冰哩。"）

李婶问："啥时候是个完？"

（眼镜李："快了，快了，你们见电视上没有雪花点儿，那就是完了。以后有外人时，别说下山的事。"）

云嫂她们赶快打开电视，见上面有很多雪花点……

小客栈里的老挂钟，敲了六下，钟摆不停地摆动着……

39. 天线附近，夜

风雪中的桅杆与挂钟的指针相叠化。

摆动的钟摆与桅杆上晃动的长山的影子相叠化。

孙猴子喝了一口酒，又扎了一下保险绳，拎起木榔头，开始往桅杆上爬。

秦台长叮嘱了一声："小心啊——"

孙猴子说："凿高的地方，还得看我猴子的。我这次上去，凿不完，谁也不用上去换我。你们都拖家带口，上有老下有小，中间还有媳妇，我呢，老哥一个人，要冻死在上面，我还真闹了个自在。长山科长——我来了——"

孙向上的身影。

大杨看着他的表情复杂的脸。

秦台长、李长明看着他的脸。

孙逐渐上去了，长山渐渐落了下来。

长山落到了地面，人们围住了他。大杨三下五除二，解开了绳子，又把它系在桅杆上。

大杨背起长山就往屋里跑，李长明跟去。

桅杆上，孙爬得很高了，他的动作叫人感到惊心动魄。

桅杆在风雪中晃动幅度很大，他仍在奋力凿冰。

一块块冰凌从桅杆顶上掉下来。

秦台长等人被风雪扫得睁不开眼睛的脸。

40. 小客栈内，夜

李婶、云嫂从外面端进屋里一盆和好的面和拌好的馅子，云嫂笑着说："来呀，咱们包饺子。"

郝玲躺在那里没动。

李婶看了看郝玲，脸上是同情的神色。

云嫂扒拉郝玲一下说："哎——起来，起来，咋说咱们过年也得吃顿饺子，来，会擀皮不？"

郝玲揉揉眼睛坐起来说："皮子我怕擀不圆，包还行。"她看了一眼电视惊喜地说："呀——你们看这电视，信号正常了！"

李婶双手沾着面，云嫂一手拿着和馅子的筷子，都挤过来看电视。

云嫂说："可不是咋的，比刚才可清楚多了。谁道了，看他们那电视没弄明白，心里头堵得慌。"

李婶："电视一好，他们准也消停多了。来，这回咱们哪，心里敞敞亮亮地包饺子。"

小锁子在炕上乐得直蹦高："哎——包饺子嘞，包饺子嘞——"

对讲机突然响了。

小锁子乐得一把抓起："准是我爸的电话……喂……你是谁呀？是爸爸吗？……是……是石爷爷……"

（石大爷："锁子，你们都好吗？"）

小锁子："好……爷爷好吗？"

（石大爷："爷爷叫风雪困到山中间了，前不着村后不着店，走不了啦。"）

小锁子："妈妈，爷爷他们叫雪困住了……给你……"

云嫂擦了一下手，接过话机："石大爷……你们在哪儿呢？……"

（石大爷豪放地笑着说："我们哪……误在半山腰了……"）

李婶对着话机喊："要紧吗？"

（石大爷："不要紧啊，等着厅长跟你们讲话……"）

（厅长："大姐大妹子们，包饺子没？……"）

云嫂眼睛发潮了："正包呢……"

（厅长："我现在就给你们拜年了，拜个早年了。"）

云嫂："谢谢厅长，你那冰天雪地的还想着我们。"

（厅长："是我对不起你们啊，这大过年的你们家人也不能团聚，我这心里也不好受啊……"）

云嫂听不下去了，关了话机，眼泪止不住地流下来……

李婶也背过身去擦着眼泪……

41．山上天线旁，夜

大杨匆匆跑了过来，他抬眼看看桅杆上的孙猴子，从桅杆上解下绳子，拴在自己腰上，匆匆地往上爬……

孙猴子在向下滑落……

孙猴子在高喊："怎么搞的，快给老子拉上去！"

大杨不听，仍在往上上……

大杨和孙猴子终于碰面了。

大杨说："把榔头给我——"

孙猴子道："给你？你行吗？你下去，你给老子下去！快下去，再不下去，老子一榔头下去，就给你开了瓢儿，下去……"

大杨坚持说："你不要命了，咱俩换换。"

孙猴子说："老子要不要命，也不用你管，你下去……你那老婆还在城里等你呢，我冻死是个烈士，你冻死就多一个寡妇。"他已扬起榔头相威胁了。

大杨抬眼看着他，缓缓地向下，向下……可以看见他的眼睛里已盈满了泪水……

孙猴子又爬向最高的地方凿冰。

秦台长仰脸看着他们，他的身上已是一片雪甲……他的身后是李长明……

雪啊，仍在下……

42．差转台伙房，夜

眼镜李正在给长山扒鞋。

长山坐在那里，咝咝地倒着凉气。

一碗冒着热气的姜汤，放在那里。

眼镜李把长山的一双鞋放在暖气上，又把姜汤给他端了过来："来，趁热乎劲儿喝喽。"

长山端起汤碗，一口一口地喝……

43. 小客栈内，夜

女人们正在包饺子。

云嫂擀着皮儿，问李婶："李师傅在家干活吗？"

李婶："干什么干呢，油瓶倒了都不扶的，你说倒也是，一年休那么个把月的假，你怎么好让他干呢？哎，我看长山可行，在家保证干点啥像啥。"

云嫂笑着说："行了，你可别夸他了，他干的那个活儿，东一笤帚，西一扫帚的，秃老婆画眉似的，我可相不中。"

小锁子："妈，你看我包的这个怎么样？"

云嫂见小锁子包得什么也不像，不禁哑然失笑："好，好，包得好……"

小锁子憨憨地笑了。

44. 盘山路上，夜

篝火旁，厅长他们靠着雪墙席地而坐。

石大爷启开一瓶白酒，喝了一大口，递给厅长："嘿，唰两口，去去寒。"

厅长接过呷了一口："石大爷，你那阵儿说，这儿上山有抄近儿的道！"

石大爷："有啊，你想咋的？"

厅长："一会儿雪停了，咱们就上山。"

石大爷："这雪，看来一时半会儿还停不了。"

厅长："顶雪上怎么样？"

石大爷："哎呀，新雪，滑着呢，那太危险。"

厅长："背阴坡怎么样？"

石大爷："背阴坡不行，要走，只能走迎风坡了，迎风坡雪少，等雪停了看看吧。"

厅长："看来咱们只能大年初一到山上了。"

石大爷："那也就算不赖了。"

司机："开车这么多年，我还是第一次年三十在外边过呢！"

厅长："我们虽然误在这里，可还算安全，山上的同志在天线上凿冰有危险，我这心里不安啊。"

45. 天线旁，夜

孙猴子从桅杆上滑下来，他已是满身冰雪了。

大杨要去扶他，他竟推开了。他一下子跌倒在秦台长的怀里。秦台长背起了他。大杨、李长明扶在后面向楼里走去。

46. 小客栈内，夜

郝玲边包饺子边说："这回信号全好了。"

云嫂："郝玲，我们这些屯老帽真羡慕你们，羡慕你们这些有文化的人，你看你们就懂信号呀什么的，我们……鸭子看戏一个样，蛤蟆跳井——不懂！"

李婶："人啊，在世上走一回，还是得懂点技术哇。你和丁凯都是广播学院毕业的？"

郝玲点点头。

云嫂问："哎——大姐问你一句不该问的话，将来和丁凯结了婚，你也上这来吗？"

郝玲长时间的沉默。

李婶见状说："哎，年轻人，和咱们比不了，他们有机会调出去。"

郝玲把手里的一个饺子放在手心上看了看，然后放在了盖帘上。

老挂钟敲响了七下。

中央电视台的新闻联播开始了。

47. 盘山道上，夜

厅长借着篝火看看手表说："七点了，今天的新闻联播是看不上了。"

司机说："春节晚会就更别想了。"

石大爷："我们这些干电视的大年三十反而看不上电视了。"

厅长接通了对讲机："秦台长，山上情况正常吗？"

48. 差转台宿舍，夜

秦台长背着孙猴子，用对讲机回话："报告厅长，山上一切情况正常！我们保证今晚节目的正常转播！"

（厅长的声音："好！"）

秦台长背着孙猴子向楼里走，眼前唰地一片漆黑。

楼里的灯光全灭了。

秦台长喊了一声："怎么了？"

眼镜李气喘吁吁地跑出来："可能电源线路出现故障。"

黑暗中，秦台长打着打火机高声喊着："马上启动备用电源。"

定格。上集完。

下　集

1. 宿舍，夜

大杨擦着了火柴，点亮了一根蜡烛。

众人把孙猴子扶进宿舍，有的帮他脱鞋，有的帮他脱衣服，大家七手八脚地把他扶上床。

李长明给他端来一碗姜汤，长山接了过来，用嘴给吹着热气……

孙猴子闭着眼一声不吭地躺在那里，他的脸上明显有冻伤……

秦台长拿起对讲机："丁凯！丁凯！备用电源怎么回事？"

（丁凯："好了——马上送电。"）

顷刻，宿舍的灯亮了。

2. 小客栈内，夜

电视上的光亮消失了。女人们呆呆地望着电视。

云嫂手上沾着面，满面愁容。

李婶青筋虬突的手，挽起的袖口，饱经沧桑的老脸……

郝玲木然的脸。

小锁子手拄着腮充满稚气的脸……

屋里是沉默，沉默……

李婶长叹了一声："唉——把电视关了吧，看着闹心。"

云嫂说："还是别关了，好知道他们的情况。"

3. 宿舍，夜

孙猴子躺在那里，他在发烧。

长山用手摸摸他的头，对大杨说："他烧得很厉害。"

大杨着急地说："那可咋办？"

眼镜李用手擦着围裙说："他刚吃完药，等等看看吧，再不退烧，就得另想法子了，再这么烧下去，就是铁人也扛不住哇。"

长山："李师傅，你就在这照看着吧。我和大杨还得上那边儿看看。有事儿你叫我们。"

眼镜李说："哎。"

4. 机房内，夜

值班室里，桌子上一台无线电话"铃——铃——"地响着。

秦台长风风火火地走进来，拿起了电话。

电话里传出的竟是叫骂声："……怎么搞的？晚会节目怎么没了？你们算什么电视台？大过年的你们想干什么？电视都不让看。"

秦台长："我们有责任……"电话里已是一片忙音了。秦台长放下电话，眼里浸有少许泪花。他背过身去，轻轻擦了擦。
转身喊："丁凯——告诉大家，发电机功率有限，为了保证播出，
各屋一律不准开灯！"

　　丁凯答道："知道了。"

　　秦台长说："推闸！"

　　丁凯推上了闸。

　　荧光屏上立刻出现了各种节目。

5. 小客栈内，夜

女人们和孩子登时一片欢呼声。

"来了，来了……"

小屋子里充满了喜庆气氛。

一盖帘又一盖帘的饺子摆在那里。

老挂钟敲响了八下。

6. 山上差转台，夜

雪依然在下，风依然在刮……

桅杆在风雪中有些倾斜。

一根拉线拽脱了铆……

7. 楼内值班室，夜

楼内值班室里,秦台长和长山、丁凯、李长明、大杨正在值机。

画面上突然有不均匀的波纹出现。

长山说："李长明，大杨。"

李长明、大杨："有！"

长山说："你们跟我来！"

三人急步走了出去。

秦台长目送他们出去，摇摇头自言自语地说："所有的事儿都赶到今儿个一天晚上出了……"

丁凯仍在值机："哎呀，巧就巧在大年三十儿晚上来这场大雪暴，一下子全乱套了。"

秦说："看来呀，咱们应付突发事件的能力还得加强。"

丁凯："台长你说这话，我可有点儿不服。那这大雪暴一百多年才来一次，咱们做梦也想不到哇。"

8. 宿舍内，夜

孙猴子躺在那里额头上已敷了毛巾。

眼镜李正在给他换毛巾，并用毛巾给他擦脸和手。

孙猴子呻吟着……

9. 小客栈内，夜

云嫂看着电视说："刚才还好好的，咋又有了波纹呢？"

李婶说："比那阵子可是强多了，好像问题不大了。"

小锁子："姐姐，给山上要个电话问问吧。"

云嫂说："去，山上的人正忙着，不要你添乱！"边说边拿过了对讲机。

郝玲抱过小锁子说："哎，锁子不着急啊，你看，一会儿就会好的。"

10. 桅杆附近，夜

风剧烈地摇着已有些倾斜的天线。

风雪中，长山和大杨正咬牙奋力地拉着拉线。

长山喊："李长明，绞盘哪去了？快点儿，快点儿拖来！"

李长明在风雪中奋力拖着绞盘，他拉几步跌倒了，又起来拉……

长山和大杨在拼命地拽着拉线……

长山仍在大声喊着："李长明，你快点儿的……"

李长明一边大声地嘶喊着："来了……来了……"一边向前拉着绞盘……

秦台长从屋里跑了出来，先帮李长明拽过绞盘，又帮着长山他们去拉线。

长山从绞盘里抽出一根钢丝绳，和拉线紧紧拧在了一起。

长山和李长明把紧了绞盘后，长山喊道："你们松手吧！"

秦台长和大杨松了手，跑向绞盘这边。

四张在风雪中咬紧牙齿的脸。

八只奋力转动绞盘的手。

还有那在雪中一吡一滑蹭踩着的脚……

绞盘上的钢丝在旋转……

桅杆在逐渐地被拉直……

11. 盘山路上，夜

篝火仍在燃烧。

厅长在用小刀切着香肠，石大爷往放在火里的缸子里捧了一捧雪，司机则在撕着面包。

厅长切着切着，往嘴里放了一块，津津有味地嚼着："山上的信号正常了，我也就放心了，这个年过的还挺有意思，冰天雪地的喝口老白干，烤片火腿肠也算是特色风味了。"

石大爷："敢情，这些年哪，日子也好，把人都吃狂了，山珍海味都嫌腻了。厅长，我可不是当你显摆，抗美援朝那会儿，我正出担架队，半个地瓜还过个年哩。这我是当你说呀，上次在山上说起这事，你说那小丁说我啥，你傻呀，你不会多带几个地瓜。你说，怎么能跟他说明白呢，你就是带八十个地瓜那也不得大家伙分着吃吗？你说，他们是真不明白呀，还是假不明白？"

厅长笑了："是，要他们全明白了也难。"

12. 小客栈内，夜

屋里。女人们和孩子正在看电视。

他们兴高采烈的神情。

小锁子笑得很开心的样子。

13. 桅杆附近，夜

长山用钳子把螺丝扣拧紧，拧紧……

秦台长、李长明、大杨他们都在拽着拉线。

14. 山上宿舍，夜

孙猴子的嘴烧起泡了。

眼镜李用酒在给他擦着脚心。

孙猴子仍在呻吟……

15. 客栈外，夜

小锁子和郝玲正在看别人放炮仗和转蝶。

五颜六色的转蝶很好看……

马被突如其来的响动惊动了，它不知道发生了什么事。

16. 宿舍内，夜

秦台长他们走进孙猴子的房间。

秦台长问："怎么样？"

眼镜李说："还烧……这样下去怕也不是个办法呀？"

秦台长说："准备担架吧，我们送他下山！"

长山说："好办，弄两根木杆子，用绳子一绑，铺上被就行。秦台长，我和大杨子整吧？"

秦台长说："行，但是这件事儿要快。"

长山说："知道了。"转身出画

17. 小客栈内，夜

老挂钟敲响了十二下。

中央电视台的节目主持人正在给全国人民拜年。

云嫂笑呵呵地端上一盘热气腾腾的饺子："来呀——吃饺子啦，过年饺子，吃一口饺子跨两年哪……"

云嫂给李婶、郝玲、小锁子夹着饺子。

18. 山上楼内，夜

长山和大杨正在绑担架。动作显得十分急促。

长山和大杨的脸上都渗出了渍渍汗珠……

19. 值班室里，夜

值班室里。秦台长、眼镜李在听丁凯说话。

丁凯："我不是说不想去送他，这些天山上一直没吃多少青菜，我现在得了夜盲眼，加上又下这么大的雪，我怕因为我耽误了老孙上医院。再说在家值班也很重要，咱们也得实事求是吗？"

眼镜李说："他说得也是，还是我去吧。"

秦台长："你岁数大了，眼神又不好。"

眼镜李说："哎——我抬不动，拿手电照个亮还行吧！"

丁凯说："非得我，去也行，只是干不了啥……"

眼镜李说："行了，不说了，我去了。"

秦台长说："李师傅，要是你，我看就别去了。"

眼镜李说："哎，你不说，我也想着去呢，孙技术员病得那么重，我待得下吗？"

秦台长说："不，你不要去了，留家值班吧，值班也需要人。"

20. 盘山公路上

厅长和石大爷他们正在乐呵呵地吃年夜饭——轮流喝着雪水熬成的面包粥。

他们喝粥的样子，显得那粥好像很香……

厅长："石大爷，枪里有药吧？"

石大爷："有！"

厅长："放两枪，给山上的人拜年！"

石大爷："好嘞——"边说边举起枪来。

两声"嗵——嗵——"的枪响，划破雪夜的宁静，犹如炸响的春雷。

21. 山上楼前，夜

长山把孙猴子背了出来，放在担架上。

大杨给孙猴子掖着被子。

眼镜李拎着一个酒瓶子自己先啁了一口，递给长山说："把这瓶酒带上，道上冷了好啁两口。"

长山接过酒瓶子，顺手揣进怀里："李师傅，您屋去吧。外面怪冷的。"

眼镜李："哎，路滑啊，你们可走好啊。"

李长明："爹，你回去吧，没事儿。"

长山喊了一声："哎——起来嘞——"

众人抬起了担架。

眼镜李目送他们向山下走去。

22. 山道上，夜

大杨、长山在前面抬着，秦台长、李长明在后面抬着。

长山把酒瓶子递给大杨说："哎，啁两口，暖暖身子。"

大杨说："刚才山下边儿好像有人放枪。"

李长明说："是石大爷的猎枪。"

秦台长腰间的对讲机响了起来。

秦台长打开对讲机，传出石大爷的声音："秦台长，听见枪响了吗？厅长在给你们拜年呢！"

秦台长："听见了，谢谢厅长，我们也给你们拜年！"

（石大爷："好哇。厅长跟你们说话。"）

（厅长："老秦，你们好吧？"）

秦台长气喘吁吁地说："好，春节晚会节目播出正常，转播信号没有问题。"

（厅长："好，老秦，你说话怎么直喘呢？"）

秦台长："厅长，我们现在正在抬人下山。"

（厅长："怎么了？"）

秦台长："孙技术员上天线凿冰冻坏了，高烧一直不退……"

孙猴子在担架上喃喃地说："告诉厅长，我没事儿…"

（厅长："你们从哪条路下来？我们去接应一下。"）

秦台长："不行，我们现在走的是小路，枝杈杈权权的挺多，说不定走到哪去呢。你们可别接我们了。"

（厅长："到山下大约得多长时间？"）

秦台长："大雪道，不好说。"

（厅长："好吧，孙技术员多保重了……"）

大杨喝了一口酒。

孙猴子说："酒……给我……我冷……冷……"

大杨回过头来说："停一下，停一下……"

担架停下来了。

大杨给孙猴子嘴里倒了一口酒。

孙猴子艰难地咽了下去。

担架又抬起来了，人们又在向前走。

大杨走在前面，突然不慎跌了一跤……

众人跟着都跌倒了。

秦台长扑打着衣服上的雪沫说："嘿呀，着忙出乱子，现在才知道摸瞎糊，忘了带手电……"

长山说："可不是咋的，手电忘带了。"

23. 楼内值班室，夜

眼镜李和丁凯正在值机。

丁凯一边值机，一边听音乐，机房里回响着贝多芬的"命运交响曲"。

眼镜李斜了丁凯一眼。

丁凯并没感到什么，他的脚搭在机台上，在随音乐节奏颤动……

眼镜李忍不住地说："丁凯，年轻人哪，坐得有个坐相，站有个站相，别像没长骨头似的，坐起来！"

丁凯不情愿地坐了起来。

眼镜李又说："工作时间放什么音乐？"

丁凯分辩道："那今儿个不是过年了吗？"

眼镜李说："人哪，咋高兴也得有个规矩。"

丁凯不情愿地把录音机关了。

眼镜李突然想起了什么事儿："哎呀，糟了。"

丁凯扭头看了他一眼。

眼镜李说："糟了，他们忘了带手电了。不行，我得给他们送去！"

丁凯："啥？让我一个人在山上值班？"

眼镜李说："你等等，我一会儿就回来。"说完，他拿起了两支手电，披上棉袄匆匆走了出去。

丁凯打开了录音机，笑着自言自语地说："这老头儿，老伴来到了山根底下，想下山敢情是想疯了。"

24. 小客栈内，夜

小锁子已酣然睡熟了。

云嫂、李婶已躺下了，可都睁着眼睛想心事。

她们慢慢地合上眼睛。

郝玲把头缩进被子里，用对讲机要通了丁凯的电话。

（"喂——我是丁凯。"）

郝玲："知道我是谁吗？"

（丁凯："知道，你是郝玲！"）

郝玲："喂，想我了吗？"

（丁凯："想，都快想疯了。"）

郝玲咯咯地笑起来。

云嫂和李婶都翻了翻身。

郝玲："哎，我问你，你请调报告批了没有？"

（丁凯："我已经打了好几次报告了，反正这地方我是一天也不想待了，不过，没调走之前，还得做一天和尚撞一天钟，至于钟撞得响与不响，我可就管不了那么多了。"）

　　郝玲："尽量撞得响点呗，工作你还得做好。"

　　（丁凯："你不知道，这儿的钟不好撞……我现在是不求有功也不求有过，就这样。"）

　　郝玲："哎，你现在周围有人吗？"

　　（丁凯："什么周围有人？现在整个山上就我一个人。"）

　　郝玲："他们人呢？"

　　（丁凯："都下山送人去了。"）

　　郝玲："哎……听见了吗？"

　　（丁凯："听见了，你亲我呢。"）

　　郝玲："你坏！"

　　李婶突然插话说："郝玲啊，丁凯那孩子，是我们家老头带的徒弟，那孩子不坏……"

　　郝玲突然感到一阵难堪。

25．山道上，夜

雪势已经小多了，风依然很凛冽。

眼镜李打着两支手电，一边跑一边上气不接下气地呼喊："哎——手电筒……"他沿着山道疾跑……虎子跑在前面给他引着路。

　　他那在雪中扬起雪粉的脚步……

26. 山间小道上，夜

长山他们听不到眼镜李的呼喊，他们已来到了一片山坡前。

大杨看看说："没有别的道好走了，绕着走要绕好大一个弯，只好从这下去了。"

秦台长看了看陡坡，说："从这下去危险。"

长山说："危险是有危险，可时间不等人啊，怎么办？"

大杨说："来，来，大家都这么扯把着，这太难受了。你们先都撒手，我一个人抱他先出溜下去，然后，你们再下。"说着他从担架上扶起了孙猴子。

孙猴子抬眼看了看他。

大杨抱起孙猴子，走向雪坡，边走边说："姓孙的，我这辈子和你俩算是冤家路窄了。这回要完蛋咱们一起完蛋。"

孙猴子没睁眼睛。

秦台长叮嘱他："小心——"

大杨也不答话，把着孙猴子就往下出溜。

孙猴子整个人其实是躺在大杨的身上。

他们在雪道上快速下滑。

大杨和孙猴子滑进了一片雪窝里。他们满身都是雪。

大杨钻出雪窝，见孙猴子没动静就拍拍他的脸说："哎，老孙，你可挺着点儿，咱们俩的酒官司可没打完呢！"

孙猴子依然没有动静。

大杨自言自语地说："坏了，闹不好折腾半天还是拖条死狗哩。老孙，你要是装死，我可就给你扔山涧子里喂狼了。"

孙猴子缓缓地睁开了眼睛。

这时候，长山他们围拢来。

大杨傻乎乎地乐着说："好嘞——老孙没死，人没死就有救哇。"

人们又抬起了他。出画

27. 盘山路上，夜

眼镜李的手电光一闪一闪。

他在雪中跟跟跄跄的脚步……

虎子在前面不停地辨别方向。

28. 小客栈内，夜

李婶撩开被坐了起来。

云嫂也坐了起来。

云嫂："李婶，怎么不睡了？"

李婶："睡不着。"

云嫂："别惦着他们了，他们不能有啥事儿。"

李婶："我也知道不能有啥事儿，可就是睡不着。"

云嫂："他们下山来了。"

李婶："你怎么知道的？"

云嫂："郝玲刚才打电话问了。"

李婶长叹一声："唉——我们家老头子眼神不好，还犟，你说这大雪泡天的，我能不惦着他吗？"

云嫂："睡不着，咱就不睡了。李婶，我陪着你唠嗑儿。"

29. 盘山路上，夜

厅长用话机问：“老秦，你们走到哪儿了？”

（秦台长的声音：“我们已下到二道平台了。”）

30. 山间小道上，夜

雪已很厚很厚了。

他们每前进一步都很艰难。

大杨说：“来，我先捞着他走一段。”说着他扒在了雪上面，向前艰难地捞着孙猴子。

其他人都艰难地在雪中行进。

31. 盘山路上，夜

厅长和石大爷顺风听见了眼镜李的喊声。

厅长：“石大爷，听见了吗？有人在喊。”

石大爷：“嗯——好像是眼镜李的动静。”

司机说：“我们迎迎他去。”

石大爷摇摇头说：“山里的事儿你不懂，对面能说话，相逢得半天，听着声是听着声，那见面还早呢！”

32. 山间小道，夜

眼镜李正在急匆匆地向前赶路，突然脚下一滑，他跌倒了。

他的眼镜掉在了雪里。

手电筒掉出好远，滚到山坡下面。

虎子冲下山坡去追赶手电筒。

眼镜李用手在雪中摸着眼镜……

33．小客栈里，夜

李婶："我们家老李呀，那胃病都多严重了，我跟他没少磨叨，让他要求下山，说起来他也不是不想下山，可就是那一脸磨不开肉哇，就是跟组织上张不开这个嘴。"

云嫂："我们家长山不也那味儿呀，这些年为这事儿我们没少闹叽叽。可打过了闹过了，替他们想想，他们撇家舍业的一年到头在外边比咱们还不易，你说也是，电视总得有人转播，不然大伙儿上哪看电视去？你说他不受苦，也得有人受这个苦，他们不挨这份累，也得有人挨这份。这么一想啊，气也就没了。"

李婶："小锁子长这么大了，和他爸也没一起过着几个年吧？"

云嫂："跟别人说了人家都不信，这是第一个年哪……"

郝玲并没有睡，她在听她们唠着嗑儿。

34．山间小道，夜

眼镜李在雪里摸着眼镜。

虎子把手电叨回到眼镜李手中。

眼镜李拿着手电还在继续找他的眼镜。

突然他身子一滑，坠下了悬崖……

悬崖上的一道雪烟中，留下了他最后一声长喊……

这声长喊，带着颤响，消失在山谷里……

虎子在悬崖边来回转着，它找到了眼镜，叼着，可它再也见不到它的主人了。它在悬崖边哀鸣。

35．盘山道上，夜

从很远的地方传来那声长喊。

厅长、石大爷他们都惊呆了。

石大爷："厅长，眼镜李可能出事了。"

厅长："大约是在哪个方位？"

石大爷："约莫觉着是在二道平台那疙瘩。"

厅长说："走，我们去看看。"出画

36．山间小道，夜

长山、李长明他们抬着担架在向前走。

他们喘着粗气，眉毛胡子结着冰花的脸。

37．山间小道

厅长、石大爷他们攀缘着树枝，你拉着我，我拉着你，在一呲一滑地向上走……

他们走得极为艰难……

时常有人摔倒，但又顽强地爬起来……

38．悬崖下，夜

眼镜李安详地倚着山崖坐卧在那里。

殷红的血，从他的头部如蚯蚓般地流下来……

他手里的手电筒已经不亮了，手还紧紧攥着它，从手臂流出的血正在手电筒上流动，流动……

39. 小客栈里，夜

眼镜李的身影与老挂钟相叠化。

老挂钟敲了三下。

李婶拿过一个包袱，打开，取出一件棉袄说："这是我给他做的厚棉袄，去年冬天他回家，我看他棉袄里的棉花叫他磨得精薄精薄的了，你说他们就知道工作呀，工作呀，连冷暖都不知道。"

云嫂说："这不是，我也给他做了件羊皮袄，还差几针没做完呢……"

李婶看着包袱里露出两瓶酒，又笑着说："他爱喝两口，又最爱喝这大泉源，去年回家给他买瓶五粮液，他还说喝不来，就长了这么个穷肚子你说咋整。"

40. 悬崖下，夜

厅长他们已经赶到了这里。

他们静静地看着他，还有他手里已破碎的手电筒……

突然，石大爷哭了："老李啊，老李啊……"

厅长拿起话机："老秦，老秦……李师傅坠崖了……"

41. 山间小道上，夜

秦台长一边抬着担架一边接电话："什么……李师傅坠崖了？……不对吧，我让他在机房值班呢。"

担架停住了。

（话机里是厅长的声音："他的手里捏着两支手电……他已经牺牲了……"）

秦台长放下担架，大喊一声："老李——老李啊……"

李长明回过身来向那边奔跑，边跑边喊："爹——爹呀——"

他踉踉跄跄地在雪地上跑，摔倒了又爬起来，他浑身上下都是雪……

突然，他站住了，又跪在地上，满脸泪水："爹呀……"

担架停在了地上，人们都在低着头，流着泪……

孙猴子的眼角也溢出了泪水……

42．悬崖下，夜

石大爷在擦着眼泪，带着哭腔说："老李，你能不能醒醒啊，人都说好人一生平安哪，干吗大过年的你就走了……你老伴她明天一早还要上山找你过年呢……"

厅长和司机神色严峻。

厅长拿着话机说："基地，基地……推土机出来多长时间了，天亮以前把山道上的雪推干净，山下的家属们要上山。"

43．山间小道，夜

李长明、长山、大杨、秦台长他们抬着孙猴子向前走，谁也不吭声，只有沙沙的踩雪声，仿佛是他们的心在哭泣……

突然，孙猴子喃喃地说："我……我……偷过李师傅的酒……"

44．小客栈里，晨

李婶扯过云嫂手里的羊皮袄说："我帮你缝两针，年轻时，我就爱做针线，现在老喽，心还是那个心，眼神不顶用喽。"

老挂钟敲响了五下。

45．悬崖下，晨

在钟声中，眼镜李安详地坐在那里。

他的头上身上都是雪，他已经俨然是一个雪人了。

他的形象与东方升起的太阳相叠化。

46．山道上，晨

推土机推着路面的雪。

长山他们挤在驾驶室里，他们在向前张望。

47．小客栈门前，晨

女人们和孩子乐颠颠地携着包袱走出门来。

她们打扫着爬犁上的雪。

云嫂操起了鞭子："都坐好哇——"

马爬犁奔向了雪道……

48．悬崖下，晨

厅长他们还守候在眼镜李的遗体前。

石大爷蹲着给他扑拉身上的雪，他的眼里是莹莹泪花……

49. 山道上，晨

马爬犁在行进。

爬犁上的人们兴高采烈地说着什么。

小锁子学吹着口哨，终于吹出了声。

李婶她们全笑了。

他们的爬犁赶上了一个爬犁队。那些爬犁上坐着身穿秧歌服的乡下人，他们吹着唢呐兴高采烈。

云嫂高声问道："你们这是去哪？"

一个人高声答道："上山，给差转台的爷们儿拜年去。"

50. 山道上，晨

推土机停在那里，长山他们跳了下来奔向悬崖下。

51. 悬崖下，晨

李长明扑在了爹的身上，叫着："爹，爹呀……"他的脸上全是泪水……

在他的后面，站着长山、秦台长、大杨、石大爷、厅长、司机……

他们的脸上是悲哀与凝重……

52. 山道上，晨

爬犁在行进。唢呐声声。人们高兴地舞着手里的扇子。

李婶布满皱褶的脸笑着。

云嫂搂着小锁子笑着。

郝玲看着这一切异常兴奋，她拿出相机拍照。

53. 悬崖下，晨

眼镜李安详的脸，凝固着鲜血的手和那两支手电筒。

厅长和秦台长每人拿着一瓶酒，用嘴咬开，把酒撒在眼镜李的周围…

又有人打开酒，倒着……

酒啊，在这里成了瀑布……

瀑布在雪地上淌成了河……

这是染着血色的河，这是淌着泪水的河……

唢呐声隐约从远处飘来。

54. 盘山道，晨

爬犁队向山上行进，他们离桅杆山已经不远了……

剧终

（中央电视台播出，获中国电视剧飞天奖三等奖）

东北地方戏曲电视剧文学本

三请樊梨花

（取材于清·中都逸叟编次的《樊梨花全传》）

人物表

樊梨花：（女）19 岁，寒江关守将樊洪之女

薛丁山：（男）24 岁，唐军二路元帅

程咬金：（男）66 岁，唐朝护国公

薛仁贵：（男）50 岁，唐军兵马元帅

姜　须：（男）22 岁，唐军将官

薛金莲：（女）18 岁，丁山之妹

银　杏：（女）17 岁，梨花贴身侍女

樊　龙：（男）30 岁，樊洪之子，寒江关大将军

樊　虎：（男）28 岁，樊洪之子，寒江关大将军

杨　凡：（男）26 岁，白虎关兵马大元帅

虎　头：（男）寒江关守门兵丁

虎　脑：（男）寒江关守门兵丁

众将官：（寒江关）若干

众女兵：（寒江关）若干

众将官：（唐军）若干

众兵丁：（唐军）若干

众将官兵、叛军、杨凡部下若干

刀斧手、探马等

第一集

片头歌：

　　阳春三月百花开，

　　朵朵梨花粉得噜的白；

　　随风播撒芳香阵，

　　好似那女帅升帐点兵来；

　　燕子声声枝头过，

　　千年青史一剪裁。

1. 驿道（日、外）

烟尘滚滚，马蹄踏踏。

唐军将官姜须伏在疾驰的马背上从镜前驰过……

（合唱）帅令如山天地崩，

　　　　万马征西捣敌营；

　　　　江山不忍半壁残，

　　　　壮士血溅沙场红。

2. 唐营大帐（日、内）

薛仁贵元帅焦急地在帐内走来走去，不时向大帐外望着，众将官互相注目，鸦雀无声，帐外可见一队巡逻将士走过……

薛仁贵：

（唱）鸦雀无声月不明，

仁贵心翻浪千层，

奉旨西征讨叛逆，

寒江陷我十万兵，

樊梨花阵前掳去程千岁，

急盼姜须早回营。

3. 唐营大帐（日、外）

姜须策马回到营区，在帐前翻身下马，跌跌撞撞奔帐内而去。

4. 唐营大帐（日、内）

姜须进帐急报："启禀元帅——元帅……"

薛仁贵急切地："姜须，程老千岁他怎么样了？"

姜须气喘吁吁地："薛元帅，程老千岁他……"

薛仁贵："他……到底怎样了啊？"

姜须："他——他——他……"（昏倒在地）

5. 寒江关，梨花客厅（日、内）

先是哈哈大笑声。

程咬金端起一碗酒一饮而尽，豪爽地哈哈大笑，左右侍女倒酒端菜，程咬金乐不可支……

　　程咬金：

　　（唱）五湖你去访，

　　　　　四海你去问，

　　　　　哪一个不知我大名鼎鼎程咬金，

　　　　　单凭这当当当的三板斧，

　　　　　瓦岗寨上我为尊，

　　　　　没想今日败在梨花手，

　　　　　落马被擒我反成了座上宾，

　　　　　有酒我大碗大碗饮，

　　　　　有肉我就大口大口吞，

　　　　　我老程生来是福星落凡尘……

　　银杏走进花厅："千岁爷，我们梨花小姐前来拜见啦！"

　　樊梨花一身轻装步入花厅：

　　（唱）樊梨花满面春风步入花厅，

　　　　　程老千岁不愧是老英雄，

　　　　　身陷寒江色不变，

　　　　　大杯饮酒兴正浓，

　　　　　老千岁呀，老千岁呀，

　　　　　梨花阵前多有不敬，

　　　　　敬杯酒为您老压压惊。

　　程咬金："哎，梨花闺女，这么客气干啥？我也不是客……"

6. 唐营大账（日、内）

薛仁贵："二路元帅薛丁山！"

丁山："丁山在！"

薛仁贵："姜须，薛金莲！"

姜、薛："末将在！"

薛仁贵："你三员战将听令！老千岁现虽安然无恙，但寒江关情况不明，你们要整肃兵马，枕戈待旦，听候军令，不得有误！"

众将："得令！"

7. 寒江关，梨花客厅（日、内）

程咬金接过梨花敬上的酒一饮而尽："哈哈……梨花啊，打今往后你别老千岁老千岁地叫我，听着怪别扭的，你若不嫌弃老夫，我看你干脆就认我个干爷爷，我认你个干孙女怎么样啊？"

梨花：（喜出望外）"梨花早有此意，只是没敢高攀千岁您……"

程咬金：（故作生气状）"嗯？"

梨花：（见状）"啊，蒙您老抬爱，这个爷爷我认定了，梨花参见千岁爷爷！"

程咬金："好好好，我的好孙女，乖孙女，快快请起……"

8. 将军府大堂门外（日、外）

樊龙、樊虎从大堂内走出，上马挥手，率一队持刀兵士匆匆离去。

9. 梨花客厅（日、内）

程咬金："梨花呀，有句话爷爷不知当问不当问？"

梨花："爷爷您只管问好了。"

程咬金："像你这么个如花似玉的闺女家，你们家怎么就把你许配给了白虎关的叛将，那丑鬼杨凡了呢？"

梨花："爷爷，有所不知，我大哥樊龙与杨凡是多年的好友，杨凡又是国舅苏宝同的亲外甥，我大哥为了攀权结贵，就给我定下了这门亲事。"

程咬金："嗨！这不是一朵鲜花插在牛粪上了吗，那你……"

银杏：（抢过话）"我们小姐压根就没认过这门亲，为这事他们兄妹没少闹腾！"

程咬金："梨花跟爷爷说实话，你就没个意中人？"

银杏："有哇，我们家小姐呀……"

梨花："银杏你……"

银杏："哎呀！小姐，当着你干爷爷的面，还有什么不好说的，有啥话，拉弓射箭——照直崩！"

程咬金："我的好孙女，做月下老可是你爷的拿手好戏，跟爷爷说，你相中谁了？"

程咬金的一番话问得梨花满脸飞红，欲言又止不好意思地将头低下……

小银杏见状，机灵地走到了程咬金面前，弯下腰，悄悄地俯耳……

程咬金："啊……啊！哈哈哈！孙女呀！爷这下可是萤火虫飞到肚子里——心明了啊，原来你相中咱大唐二路元帅薛丁山了。好！有眼力！我说吗，上次你将他打下马来，枪按脖子都舍不得杀他，原来是心中有他了呀！哈哈哈……"。

梨花：（娇羞地）"爷……"

程咬金："好好！你们二人若能成为夫妻，那才是天作之合，孙女，你放心，这个媒人我是当定了，这杯喜酒我更是喝定了！……"

此时，一女兵走进花厅。

女兵："启禀小姐，将军府来人传话，请小姐速去商议军机大事。"

梨花：（思索片刻）"给将军回话，我随后就到。"

银杏：（欲言又止）"小姐"。

梨花起身走到程咬金面前："爷爷，我哥他们要我去有事相商，正好我也有话要向他言明。"

梨花转身对银杏："银杏，你再去温壶酒来，让我爷爷喝好！我去去就回……"

10. 梨花客厅门外（日、外）

梨花匆匆走出大门，女兵已备好战马在此等候。

梨花翻身上马，疾驰而去。

11. 梨花客厅（日、内）

银杏给老千岁倒上酒："来，千岁爷爷喝酒。"

程咬金端起酒杯，若有所思，随即一饮而尽。

12. 梨花客厅门外（日、外）

梨花二哥樊虎骑着马从另一侧冲进院子，来到客厅门外。将手一挥："进府搜查！"

众兵士手持钢刀杀气腾腾，冲进樊府大院。

13. 梨花客厅（日、内）

一队兵士持刀闯入花厅，程咬金和银杏不由大吃一惊，随之樊虎持宝剑进入花厅内。

樊虎见程咬金坐在席前有些吃惊，不由黯然一笑。

樊虎："哈哈哈，你这老东西果然在此！来人！将他给我拿下！"

程咬金：（见状）"且慢着，我是樊梨花的干爷爷！"

樊虎："大胆！我乃樊洪之子樊虎，我才是你干爷爷呢！给我上！将这老混蛋结实地捆起来押走！"

程咬金："你们要把老夫押往何处？"

樊虎："死到临头了，还要问个明白？走！"

众兵士正欲绑走程咬金，银杏拦在了门前。

银杏："慢，程老千岁乃梨花小姐认下的干爷爷，你们休得无礼！"

樊虎："一个臭丫头！这儿哪有你说话的份！将她也给我绑了。"

众兵士上前来绑银杏，却被银杏挥拳挡开，樊虎冲上来与银杏对打，银杏终因不敌对手，倒地被擒，樊虎一气之下举剑要杀银杏，程咬金突然一脚踢翻桌子，大吼一声："住手，放了她！你们抓的是爷爷我，来吧，要杀要剐随你们便……"

樊虎将手一挥，众兵士冲上前又将程咬金绑住拿下。

程咬金啐了樊虎一口唾沫："我看你们这叛贼还能横行几时？"

银杏被兵丁们绑在了厅内柱子上。

银杏：（悲痛欲绝）"程老千岁！"

众兵丁押着程咬金离开花厅。

程咬金："我程咬金这辈子在鬼门关一脚门里，一脚门外，走的趟数多了！要走，爷就陪着你们再走一趟！"

银杏被绑在柱子上，嘴已被堵上，急得直跺脚。

14. 将军府大堂（日、内）

樊龙正与几位将士议事，只见梨花在堂门前下马，径直进入堂内。

梨花："大哥，唤小妹前来有何要事相商？"

樊龙见状，示意众将退出大堂。

樊龙："梨花，有件事我想要问问你……"

梨花："大哥请讲。"

樊龙："那程咬金被俘之后，你是怎样处置的？"

梨花："禀告大哥，那程咬金我一没押，二没杀，我将他视为上宾款待他。"

樊龙：（强压怒火）"你！……你真是气死我了！"

梨花："大哥，小妹有一事不明，正要请教大哥！"

樊龙："何事不明？"

梨花："大哥呀！"

（唱）咱爹本是大唐将，

　　　　你怎能对叛贼为虎作伥，

　　　　苏宝同谋位兴兵来犯上，

　　　　可怜那百姓无炊饿断肠，

　　　　哥哥呀，哥哥呀，

　　　　大唐是故土乡情实难忘，

　　　　你何不献出寒江归咱大唐。

樊龙："一派胡言！"

（唱）梨花你说话太张狂，

　　　　竟敢劝我献寒江；

　　　　我与那苏宝同早已盟下誓愿，

　　　　要乾坤倒转自立为王。

　　　　哪个胆敢来阻挡，

　　　　管叫他命赴黄泉剑下亡。

樊梨花："大哥你难道真的执迷不悟吗？"

樊龙："你再敢胡言乱语，休怪大哥我无情无义！"

梨花惊诧无奈地看着樊龙。

15. 寒江关法场（日、外）

城墙下的法场，一派森严，刀枪林立。

程咬金被五花大绑地押进来，他边走边豪爽地哈哈大笑。骑在马上的樊虎满脸杀气："你这个老东西！死到临头了，亏你还笑得出来！一会儿脑袋搬家了，看你还笑不笑！"

16. 将军府大堂（日、内）

樊花："大哥，那苏宝同在西凉兴兵谋反挑起了战乱，你是非不明还与他合谋,你为了巴结他,非逼我与杨凡结为秦晋之好，大哥这不是将我推入了火坑吗？"

樊龙："婚姻之事，由不得你！"

梨花："我至死不会嫁给杨凡，更不会再随你们去反叛朝廷，使大唐江山四分五裂！"

樊龙：（怒气冲天）"你，你想怎么样！"

梨花："实话跟你讲吧，刚才我将程咬金请到府中，已当面表明了我的心意，程老千岁他愿意……"

樊龙："愿意什么？"

梨花："他愿意做红媒，将我许配给大唐二路元帅薛丁山！"

樊龙："好哇，你这个不知羞耻的闺女，你是看上大唐薛丁山那个小白脸了是不是？你是想让我放弃寒江关归顺大唐是不是？你做梦！"

樊龙气得踉跄地走到梨花跟前，猛然打了梨花一记耳光。

樊龙：（气急败坏地）"想让程咬金做你的大媒？你到阴曹地府去找他吧！哈哈哈……"

梨花：（一惊）"你，你把程老千岁怎么了？"

樊龙："我已让樊虎把那个老混蛋押往法场了，此刻他恐怕已成为刀下之鬼喽！哈哈哈！"

梨花听罢气得浑身颤抖，突然转身向大堂外冲去！

樊龙：（见状大喝一声）"来人，将她拿下！"

大堂门外冲进一队卫兵手持兵器拦住了梨花去路。

梨花杏眼圆睁，拔出宝剑大喊一声："我看你们哪个敢？"

樊龙暴跳如雷："反了！反了！把她给我绑了！"

梨花听罢悲痛欲绝："大哥，没想到你这般绝情，你再逼迫与我，休怪妹妹我这厢无礼啦！"

樊龙气急败坏地喊道："杀了她！杀了她！"

梨花抢起宝剑，将兵士打退，杀开一条血路，将身一跃，骑在马上，冲出大堂。

樊龙大声喝道："快给我拦住她！"

17.　城下法场（日、外）

程咬金被五花大绑在高台的木桩上。

樊虎气势汹汹地望着程咬金，转身对刀斧手喝道："三声炮响后，立即开刀问斩，让这个老家伙人头落地！"

程咬金大义凛然地抬起了头："看天，乃是我大唐的天！看地，乃是我大唐的地！我就不信你们这帮叛将贼子能横行几时！"

18.　梨花客厅（日、内）

梨花推开客厅大门，只见花厅内桌椅东倒西歪，满地杯盘狼藉，银杏被绑在厅角的柱子上，口里塞着布，看见梨花进来，口里喊不出声，急得直跺脚。

梨花发现了银杏，急忙上前给她松绑，拔出口中布条。

银杏："快！小姐，快去法场救老千岁！"

梨花听罢，立刻转过身去，冲出花厅。

门外一声马嘶鸣，梨花翻身上马，疾驰而去……

19. 城下法场（日、外）

此时，"咚"一声炮响。

程咬金茫然抬起头来："看来，我程咬金今天要血溅旗枪了啊！"

20. 城内（日、外）

梨花紧催战马疾驰而过。

21. 城下法场（日、外）

法场一片肃静，只听二声炮响，凶神恶煞般的刀斧手已握刀在手，程咬金左右张望，樊虎洋洋得意地看着他。

程咬金："梨花呀！梨花，你若再不来救我，我老程吃饭的家伙什儿就要没了……"

22. 法场外（日、外）

梨花策马到法场外

几个兵丁上前阻拦，梨花挥剑驱散，冲了进去。

23. 法场（日、外）

此时三声炮响。

樊虎大吼一声："开斩！"

刀斧手抡起大刀。

程咬金无奈地闭上了双眼，此时突然传来了樊梨花的画外音："刀下留人！"

梨花策马而来，边跑边喊："刀下留人！"

刀斧手住手张望。

樊虎恼怒气急的脸。

程咬金喜出望外地："我的孙女哎，你再晚来一步，可就见不着你爷爷喽！"

樊虎见状挥剑而上并大声对梨花喝道："贱人，闪开！"

梨花挥剑护住程咬金。

樊虎几次冲上台接近程咬金都被梨花挡开。

樊虎气急败坏地："梨花！你竟敢抢劫法场！你胆大包天，休怪二哥我无情无义了！看刀！"说罢一刀紧似一刀，梨花左推右挡，只是招架护住程咬金。

梨花："二哥，何必相煎太急，伤了兄妹之情。"

樊虎："你投靠唐营，我岂能饶你！"

樊虎的刀不离程咬金左右，程咬金吓得一会睁眼，一会闭眼，万般无奈……

在场兵士们个个愣在一旁，目瞪口呆……

樊虎见杀程咬金不成，便刀刀紧逼梨花。

梨花："同室操戈，让人耻笑。"

樊龙驰马而来，拔剑参战，樊龙樊虎二人气急败坏，恨不得立马将梨花置于死地，他们从台上打到台下，从前面打到后面，一个在前，一个在后，将梨花夹在中间，樊龙执刀直刺梨花前心，樊虎在后执刀直奔梨花后背。

梨花见状不妙，危险时刻纵身一跳，兄弟二人难得收手迎面刺了过去。

梨花刚一落地，只听身后"哎呀"一声，回头一看，梨花顿时惊呆了。

樊龙、樊虎相互刺中了对方的腹腔。

樊虎惊恐的脸。

樊龙痛苦的脸。

鲜血顺着二人腹部刀伤处汩汩流出……

梨花见此状不由大声叫道："大哥，二哥！"

银杏带领一队人马闯了进来。

程咬金见此情景目瞪口呆

梨花眼前一黑，昏死了过去，银杏扑向昏倒在地的梨花。

（暗转）

24. 唐营大帐（夜、外）

（渐亮）

远处灯火连营，薛丁山仗剑巡营。

丁山：

（唱）塞上巡营铁甲凉，

　　　风凉月凉心更凉，

　　　丁山我一杆银枪长七尺，

　　　胜不了扎花绣朵的小姑娘，

　　　樊梨花阵前把我打下了马，

　　　威风扫地脸无光，

　　　越思越想心越冷。

薛金莲手捧披风上。

薛金莲：

（接唱）哥哥你穿上披风免得了凉！

丁山："金莲，你怎么来了？"

薛金莲："我心里挂念着程老千岁，睡不着啊。"

薛金莲看了一眼愁眉紧锁的薛丁山。

薛金莲："哥，你还在为打不过樊梨花的事儿生闷气哪？"

丁山："笑话，那天输给她樊梨花是我一时大意，让她占了上风，如有机会再战，定要她知道我薛丁山的厉害！"

薛金莲："哥，别看她樊梨花打败了咱们，可我不知道怎么就是打心眼里喜欢她，她不但武艺超群，人也长得好看。你跟她对阵的时候，我看她不但手下留情，而且对你还有些眉目传情，哥，她是不是对你有'意思'了？"

丁山："女孩子家休要乱说。"

薛金莲："哥，你别属鸭子的嘴硬了，反正我是看出来了，我觉得你和樊梨花才是天生的一对，地设的一双，那樊梨花真要成了我嫂子，该有多好啊！"

丁山："行了，废话留到舌根底下，夜冷风寒，你回营休息吧。"

薛金莲顺从地点点头转身离去……

丁山望着远去的妹妹，思绪万千……

25. 寒江关，梨花后厅（夜、内）

程咬金从银杏手里接过一碗热参汤，呼呼地吹着走近梨花："孙女呀，别再哭了，这两天你水米没打牙。喝口参汤补补身子。"

梨花轻轻用手将汤碗推开：

（唱）骨肉相残不忍看，

心如万把钢刀剜，

乱云滚滚压头顶，

雨泪纷纷洒胸前，

梨花我成了一只孤雁啊，

孤零零，凄惨惨，不如一死对苍天！

梨花起身拔出护身宝剑，众大惊！

程咬金抢上前握住了宝剑，血从指缝中流出。

程咬金："梨花！孙女！爷爷我一向心直口快说话不拐弯，说句难听的话，你两个哥哥也太狠心了！再说了，你深明大义，一心为大唐百姓着想，问心无愧，有什么可自责的？梨花！咱大唐平叛征西，军中缺少你这样的良将之才！你心里真有大唐，就得好好珍惜自己呀！"

银杏："是啊，小姐，少爷他们投靠叛贼，对你绝情，你为他们去死，太不值得了……"

梨花听罢，情绪稍见缓和……

程咬金："银杏，打今儿往后，你不许离开小姐半步，如出了岔子，拿你是问！"

银杏："千岁爷，您请放心！"。

程咬金："孙女，今晚我还要赶回唐营，和你商定的事我必须禀报元帅之后再做定夺，你千万不要再胡思乱想，一定等我的回音。"

梨花望着程老千岁点了点头。

程咬金走出门外。

梨花望着程咬金的背影，脸上露出了一丝不易察觉的期待……

26. 唐营帐外（夜、外）

皓月当空，篝火点点，兵丁巡逻。

27. 唐营后帐（夜、内）

薛仁贵身着便装，正在灯下观看兵书，起身：

（唱）熟读兵书千百卷，

　　　苦战沙场几十年，

　　　胸中自有兵百万，

　　　缺一良将在身边；

　　　若得樊梨花奇女子，

　　　本帅何须再求贤。

薛仁贵（自语）："程千岁呀，你若能说服梨花同保大唐天下，实乃千古奇功啊！"

帐外传来兵士声喊声："报——程老千岁到！"

薛仁贵起身相迎。

程咬金在丁山、姜须、薛金莲的簇拥下进了元帅大帐。

程咬金："哎呀，我说薛元帅，我老程去寒江关看了看风景，又回来了啊。"

薛仁贵上前搀扶老千岁："哎呀，程老千岁，你可叫仁贵惦记苦了啊！"

程咬金："惦记什么，啊？哈哈哈……"

薛仁贵："丁山，吩咐下面备好酒菜，为程千岁接风！"

程咬金："不必！这酒就不喝了，茶嘛我得来一碗。"

程咬金说着端起茶碗慢慢地喝了起来，有意卖关子，大家都在关注着程咬金的神情。

程咬金："哎呀，我老程脸上褶子哄哄的，有什么好看的？"说罢转过脸继续品茶。

仁贵急得直搓手，姜须急得团团转，丁山、薛金莲互相对视又仍然期盼地看着程千岁。

程咬金看到众人着急的样子，扑哧笑出声来。

程咬金："哈哈，我的薛元帅呀！"

（唱）老夫此行喜事多，

　　　听我从头给你们说，

　　　一喜梨花姑娘明大义，

　　　献寒江归大唐没费周折；

　　　二喜梨花认我干爷爷，

　　　这样的好孙女再多我也不嫌多；

　　　三喜梨花她看上了人一个，

薛金莲：（夹白）"谁呀？"

程咬金：

（接唱）他就是二路元帅你哥哥；

　　　四喜呀我老程要做月下老，

　　　多喜多福我更得多活，越活越洒脱。

薛仁贵："这真是喜从天降，三军易得，一将难求，梨花姑娘武艺高强，她能归顺大唐实乃幸事啊！

28. 寒江关，梨花卧室（夜、内）

梨花对镜卸妆，银杏服侍左右。

梨花："银杏，不知程老千岁现在怎么样了？"

银杏："没有消息。"

梨花："如有什么消息，速报与我。"

银杏："是。"

29. 唐营后帐（夜、内）

丁山："你是说樊龙樊虎已经不在寒江关了？"

程咬金："在不在了和咱有啥关系，反正在寒江关再也不会见到他们了。我说元帅，我在梨花面前可是夸下了海口，她和丁山的事由我作月下老，你的意思……"

薛仁贵："就依千岁所言，那日在阵前，我看那梨花花容月貌，武艺超群，我儿能娶她为妻，实乃托千岁之福哇！"

程咬金："哪里，是人家梨花姑娘看上你儿子丁山了，这小子有桃花运哪。丁山，说了半天，你还没说，这桩亲事你是愿意还是不愿意呀？"

丁山："我……"

薛金莲："愿意！愿意！"

程咬金："你心里头高兴不高兴？"

姜须："高兴！高兴！"

程咬金："都让你们俩说了，是你们俩娶梨花呀？"

薛金莲顽皮地一伸舌头。

姜须幽默地做了个鬼脸。

丁山低头不语。

程咬金见状："犟小子，不就是梨花把你打下马来丢了脸面，你心里不服是不？"

丁山哑口无言。

程咬金："常言道，不打不相识，不是冤家不聚头！这样好的媳妇你打着灯笼也没处找，你小子还横挑鼻子竖挑眼干啥？嗯？"

薛金莲听罢焦急万分，跑到丁山面前。

薛金莲："哥，你说句话呀！你是不是心里喜欢梨花小姐，嘴上说不出来啊？"

众人注视着丁山。

丁山："嗯……嗯……一切全凭父帅与千岁做主。"

程咬金满意地点了点头。

薛仁贵："好好好，待我军进得寒江关，就择一良辰吉日，与他们完婚！"

程咬金："哈哈哈，有喜酒喝，我老程就打心眼里往外高兴！"

众大笑……（暗转）

30. 寒江关法场（晨、外）

（渐亮）

梨花孤身一人坐在空空的法场上，她起身走着，看着，想着，满脑子是那日法场上的喊叫声。

梨花满脸泪痕，痛苦地闭上双眼……

银杏："小姐，程老千岁回来了。"

梨花由悲转喜，不由一怔："告诉爷爷，说我有请！"

（定格）

第二集

1. 寒江关城门（日、外）

寒江关城门换上了"唐"字大旗。

旌旗猎猎，鼓号声声。

薛仁贵率领部分唐军将士，浩浩荡荡进入寒江关城门。

樊梨花率众将士跪地而拜，迎接薛元帅……

薛仁贵下马满怀喜悦，扶起樊梨花，程咬金不亦乐乎……

薛丁山骑着马远远地盯着樊梨花。

梨花脸如盛开的桃花娇艳可人，她正与薛元帅，程咬金说着，介绍着什么……

丁山下马后仍然怔怔地看着梨花，薛金莲走到身边说："哥哥，您怎么了？是不是看直眼儿了？"

姜须也凑到兄妹跟前。

姜须："哎，少帅爷，你可真是艳福不浅哪。"

丁山："去，别没个正经……"

梨花趁程咬金和薛仁贵一旁耳语时，两眼左右也找着丁山。

丁山也正在看着人群中的梨花，突然眼一亮……

梨花情眸闪闪，又不好意思地移开了视线……

程咬金："元帅，你看丁山与梨花的婚事？"

薛仁贵："老千岁，你的意思呢？"

程咬金："择日子不如碰日子，征战时期，我担心夜长梦多，别出了什么事，我看今晚就成全他们，拜堂成亲。"

薛仁贵："好吧！一切听从你安排。"

薛金莲发现了刚才的一瞬间，欢快地拍着哥哥的肩膀。

薛金莲："哥，我那嫂子刚才偷着看你呢！"

丁山不好意思地抬起头顺着妹妹所指方向看去。

正好梨花又是抬起头面带羞涩地看丁山。

丁山满含深情望梨花，一队旌旗从他面前划过。

城门楼上"唐"字大旗迎风招展（暗转）。

2. 唐营大帐，喜堂（夜、内）

（渐亮）

（伴唱）樊梨花呀献寒江，

喜事一桩接一桩。

大红的喜字红烛照，

一对新人拜花堂。

（数板）大红的喜字挂起来。

粗大的龙凤蜡烛点起来。

红枣、栗子、花生拿过来。

热气腾腾的两大碗子孙饺、长寿面一一端上来。

3. 唐营大帐（夜、外）

篝火熊熊,装满白酒的两只大碗相接,露出了程咬金的笑脸。

程咬金:"哈哈哈,我说全营将士们,今儿个是二路元帅薛丁山的新婚之喜,这酒要喝透,这肉要吃够,想扭你就扭,想逗你就逗,总之今天大伙要高高兴兴,乐乐呵呵,痛痛快快地一醉方休!"

薛仁贵站了起来举起酒杯:"请将士们开怀畅饮!干!"

鼓乐齐鸣,众将欢呼:"干喽!"

4. 大帐洞房外（夜、外）

红色的吉祥纱灯烛光闪烁。一女兵手提着纱灯引着新郎丁山向洞房大帐走来,丁山身着红袍喜气洋洋。

丁山:

（唱）红烛爆喜心欢畅,

　　　红袍加身做新郎,

　　　红娘本是老千岁,

　　　红灯照路进洞房。

来到帐前,打发走女兵,欲进洞房又停下,丁山思索着:

（接唱）梨花她相貌出众武艺强,

　　　只是她桀骜不驯太张狂;

　　　阵前她三次将我打下马,

　　　打得我二路元帅脸无光;

　　　今日她嫁我丁山归我管,

　　　我要疼她、管她、训她,时刻勒紧手中缰!

丁山主意想定，转身走进大帐洞房。

5. 大帐洞房（夜、内）

丁山满怀喜悦掀帘进入洞房，抬眼看着床前的新娘。

新娘梨花将红嫁衣搭在椅子上，没蒙盖头，素衣淡妆，低头不语，闷坐床前。

丁山他微微皱了皱眉头。

梨花身旁的几个侍女也是面无笑容地站立一旁。

丁山疑惑地挥手示意侍女们退下……

侍女们施礼走出洞房。

丁山走到桌前倒了两杯酒，一抬头见梨花素妆淡抹在灯光下越发显得高雅、庄重、美丽……

丁山端着两杯酒走近梨花，将手中的一杯酒递给梨花。

梨花慌忙站起接过酒杯，又惊又喜，百感交集。她深情地看着丁山，欲言又止。

丁山含情脉脉地："梨花……娘子——"

（唱）洞房好比绿梧桐，

　　　鸾凤和鸣唱深情；

　　　红烛照圆妆前镜，

　　　为何你闷坐床头不吭声？

樊梨花强作笑颜，躲开丁山的目光，微微点点头：

（唱）丁山敬我酒一盏，

　　　话语温存情缠绵；

　　　梨花压却心烦乱，

含悲忍泪强作欢颜。

二人相对，轻轻碰杯饮干了这杯酒……

6. 唐营大帐（夜、外）

将士们倒酒、把盏、畅饮……

薛仁贵，程咬金边饮边说边笑着，桌案上摆满了酒肉菜……

可见远处的营房区灯光通明，一串串红灯悬挂帐外，一堆堆篝火正熊熊燃烧……

一群将士抱着酒坛，围着大堆的篝火，跳起了奔放的舞蹈。

（唱）大碗的美酒咱们那个使劲儿喝，

　　　喝它个乾坤旋转气吞山河；

　　　男子汉疆场生死无惧色，

　　　敢笑天下无豪杰。

　　　枕戈常梦新婚乐，

　　　得胜还朝咱再说，

　　　喜今夜小帅得配英雄女，

　　　甜甜喜酒哎，千杯不醉，

　　　喝——喝——喝！

歌声伴着舞蹈，将士们互相倒酒敬酒。

薛金莲幸福地微笑着。她含笑观看将士的狂舞。

姜须到处给人敬酒谈笑着……

程咬金与薛仁贵把酒观望……

7. 大帐洞房（夜、内）

梨花望着丁山的背影突然眼前仿佛闪现出她父兄临死时的情景，不由泪花闪动。

丁山回身望妻。

梨花转身拭泪。

丁山见状，不由走到了梨花身旁。

丁山："夫人，你怎么了？看见你伤心的样子，我心里不安，有什么难言之隐，可以对我说。你我拜了天地，入了洞房就是夫妻了，说出来，也许我能帮你分忧解愁啊……"

梨花心微微一动，但依然低头不语……

洞房内一片沉寂，远处传来大帐外将士们的笑语欢颜。

丁山见状，不由心痛不安，他来回踱步，又走到一旁坐下不言……

梨花察觉丁山的情绪有所变化。望了丁山一眼欲言又止……

丁山静坐片刻后实在忍耐不住了，他忽地站起来。

丁山："夫人，你如此伤心，却不对我言明，是何缘故？"

丁山看了看梨花仍然不语的样子，他上前一步。

丁山："你是不是嫌弃我薛丁山？如果是这样，我暂且告退，有所得罪了。"（说完转身就走）

梨花："夫君请留步！……有话要说……"

丁山停住了脚步，缓缓转过身来静候梨花……

梨花站了起来无奈长叹一声："夫君！"

丁山见状："夫妻一体，贵在交心，夫人但讲无妨！"

梨花："我为了大唐！为了将军，几乎落下不仁、不义的骂名，我……"

丁山："夫人你快快讲明缘故，不然会把我闷死的。"

梨花："好吧！这些话早晚要说，有些事迟早要知道，我这就告诉你吧……"

8. 唐营大帐（夜、外）

程咬金招呼着大伙吃喝……

薛仁贵站起端着酒杯大声喊道："大唐将士们，今日大家开怀畅饮，明日里养足精神，待起兵之日，荡平叛贼苏宝同的老窝！干！"

将士们一呼百应，共同举杯……

9. 洞房大帐（夜、外）

洞房帐外一队巡逻的兵士走过，帐门站着银杏等女兵守护。

不远处的马桩上拴着梨花与丁山的两匹战马，正亲热地打着响鼻……

10. 大帐洞房（夜、内）

薛丁山心中早已怒火中烧，但他强捺自己……

丁山："那杨凡又是怎么一回事？"

梨花："我大哥因为巴结苏宝同将我许给叛将杨凡，我至死不从，一心归唐，才惹出两位哥哥惨死的事端，这几日我心里十分悲痛，高兴不起来，还望夫君……"

丁山："这些事你为什么早不说？"

梨花："老千岁为了平息叛乱大计，不影响唐军征战部署，让我暂且压下此事。可我想，你我结下百年之好，夫妻之间就不应该有所隐瞒，所以……"

丁山此时已怒不可遏，他突然冲到梨花面前，用手指着梨花大声喝道："你……你太不要脸了？"说着抢起巴掌扇了过去……

梨花被丁山的两巴掌扇得两眼直冒金星，目瞪口呆地怔在那里。

丁山：（气急败坏地）"怪不得你不穿红挂绿，泪流满面，原来你是个有夫之妇，杀害兄长的下贱女人，我薛丁山岂能容你！"

丁山上前抽出镇床的鸳鸯剑，扔给梨花其中一把，自己手持一把。

丁山："两军阵前，虽然我败在你手，但我并不服气，今天我要与你见个高低！"

丁山说着抢起宝剑向梨花刺来，梨花转身躲开……

11. 洞房帐外（夜、外）

银杏与站岗的女兵听见了帐内的吵闹声。

持枪的巡逻兵士经过帐外也驻足倾听。

12. 大帐洞房（夜、内）

梨花再次闪身躲开丁山刺来的一剑，用自己的剑压住丁山的剑。

　　梨花："夫君，你可要分清是非，切不可感情用事！"

　　丁山："你水性杨花，伤天害理，有何脸面活在世上！"

　　丁山说罢挑开梨花的剑，唰唰唰，又是几剑紧刺梨花，梨花左躲右闪，只是招架并不还手……

13. 洞房帐外（夜、外）

　　银杏已听清了洞房内传来吵闹与剑击声，慌忙打发一兵士："快去报知元帅！"

　　兵士："是！"

14. 大帐洞房（夜、内）

　　丁山剑剑刺向梨花。梨花无奈挥剑自卫，她突然抓住一个机遇，再次压住了丁山的宝剑。

　　梨花："我的二路元帅，你怎么会这样翻脸无情呀？"

　　丁山想挑开梨花的剑，可是有些困难。

　　丁山："你毒比蛇蝎、狠比豺狼，我与你不共戴天！"

　　梨花："薛丁山，你虽为男人身，可却是个负心汉！"

　　梨花说罢将剑一收，丁山一个踉跄后退，两人在洞房内开打。

15. 唐营大帐外（夜、外）

　　程咬金正与薛仁贵饮下一杯酒。

　　程咬金："好酒，好酒哇！姜须！再与我和元帅搬上酒来！"

　　一兵士报上。

兵士："启禀元帅，大事不好，洞房里新郎与新娘打起来了！"

程咬金："你小子胡说什么？"

兵士："老千岁，小的不敢胡说，新郎与新娘已经动上刀剑了，元帅快派人去吧，去晚了要出人命了……"

程咬金："这是怎么说的，走，咱们去看看。"

众人起身向洞房大帐走去。

16. 洞房大帐内（夜、内）

丁山一剑紧接一剑，梨花左拨右撩，围着桌子转。丁山掀翻桌子，踢倒凳子，再上一剑，只见梨花一个剑花撩飞丁山手中的宝剑，将剑锋直逼丁山的咽喉……

丁山大吃一惊，随即闭上了眼睛一心等死。

梨花见状，又气又恨，又是委屈，突然将剑一抛，转身扑倒在新床上大哭起来。

丁山听到剑落地声，又听梨花哭泣，方才睁眼。

薛仁贵、程咬金等人掀帘冲进洞房内一看。

洞房内一片凌乱不堪，两个新人一个在哭，一个在气。

程咬金："哎呀呀，洞房花烛夜，你们这是干什么呀？"

丁山："小贱人！你给我记着，我饶不了你的！"

丁山气鼓鼓转身欲走。

薛仁贵："畜生！你给我站住，来人哪，将他给我押往军帐，听候处置！"

几个兵士上前将丁山押下。

姜须、薛金莲见状不知如何是好。

程咬金暗示薛仁贵。薛仁贵走向梨花。

薛仁贵："梨花儿媳，你别难过，父帅一定给你做主。"

17. 唐营主帅大帐（夜、内）

将士、卫兵分别排列两旁上下，刀枪火把林立，一派肃穆，程咬金在薛仁贵一旁坐着。

薛仁贵：（一拍桌子）"把薛丁山带进来！"

门口一兵士："带薛丁山——"

丁山五花大绑被押进大帐内。

薛仁贵：（大吼声）"跪下！"

丁山双膝跪地。

薛仁贵："新婚之夜，为何夫妻吵架，动剑厮杀！"

丁山："父帅！"

（唱）樊梨花早已许他人，

　　　　扫帚星飞进我薛家门；

　　　　洞房只得变战场，

　　　　只想挥剑斩却这孽根！

薛仁贵："大胆畜生，樊梨花不嫁叛将杨凡，他兄长二人自残身死之事，老千岁进城之后已告知于我，梨花何罪之有？你不分是非，还仗剑杀人，真真气煞我了！"

程咬金："不光气死你了，把我也快气死了。丁山哪，梨花哪点配不上你呀！我看你小子是洗脸盆里扎猛子——好不知深浅哪！屎壳郎戴花穷酸臭美乱嘚瑟！你你你，气得我不知该骂你什么好了……"

薛仁贵："老千岁且息怒，我立即拿他军法从事！"

程咬金："行了，你们家的事，自家去处理！我得去看看我那干孙女喽！"

程咬金起身就走，姜须、薛金莲焦急拦住去路。

姜须："老千岁，这节骨眼儿，您可不能走哇！"

程咬金："小孩子家，懂得什么，你们等着有好戏瞧吧！"

程咬金说完头都不回地离去。

姜须、薛金莲茫然地望着程咬金的背影……

18. 洞房大帐内（夜、内）

梨花闷坐床前，一言不发，银杏正收拾着桌椅等物。

银杏："咳！谁想到你们的新婚之夜会闹成这样！"

梨花满含委屈地低下了头。

银杏：（挂剑）"这个薛丁山太不像话了，这要是我呀，早就给他一剑了。"

门帘一挑，程咬金走了进来.

程咬金："哎呀，我的孙女呀，大事不好了！你的老公公要拿你丈夫军法从事啊！"

梨花听罢，不由心中一惊，急忙站起。

银杏见状即说："小姐，这是他自作自受！咱们不管！"

梨花感觉银杏话说得有理："我不管！"

程咬金："对！不管！也不能管！这小子狂妄自大，蛮不讲理。你呢，也甭惦着他，就让他爹打折他两条腿，弄残他两胳膊，挖出他两眼珠子，拧歪他的脖子，咱宁可养他一个残废，也不能受这小子的欺负……"

银杏："老千岁，你说得怪吓人的，家法不就是打几板子，抽几鞭子吗？"

程咬金："那得分什么罪，他打了梨花，动了刀剑，元帅都气糊涂了，没准下令用个什么红烙铁把他的小白脸烙得糊了巴曲，坑坑洼洼，用铁丝子穿他的耳朵呢！"

银杏："哎呀！那不跟个鬼似的吗？我们小姐还怎么跟他过呀？"

梨花此时心情也有些紧张

程咬金见状："梨花呀！你宁可守寡，也不用去救他，打死这小子才好！扔野外喂狗得了！"

梨花："哎呀！爷爷，都这时候了，你咋还说这种话？"

程咬金突然地："哈哈哈！"

梨花："爷爷，把我都急死了，你还有心思笑！"

程咬金："我笑你们两个可真是，豆芽菜炒两盘，两口子打架闹着玩，行了，行了，你也别绷着了，快去吧！去晚了，麻烦可就大了！"

梨花带着银杏，慌忙火急地冲出洞房，直奔大帐而去，程咬金见状不由乐得哈哈大笑：

（唱）程咬金笑嘻嘻，

　　　心里着急嘴不急；

　　　元帅面前我没留半个字，

　　　把人情留给梨花好孙女；

此一去必定有好戏，

薛元帅能借坡下驴。

程咬金："哈哈哈——"

19. 唐营大帐（夜、内）

一口大铁锅架在木火上，锅内热气腾腾，木火熊熊……

丁山已被剥光了上衣，由几个兵士架着他。

梨花领着银杏匆匆走进元帅大帐内。

薛仁贵，一见梨花进帐，猛拍桌案："来呀！大刑伺候！"

众兵士将丁山往火堆旁推上，梨花一看便急了，大喝一声："慢！"

姜须、薛金莲面露喜色。

丁山不觉一怔。

梨花："儿媳参见公爹。"

薛仁贵："罢了，梨花，你受委屈了，父帅这就给你出气。来呀，用刑！"

梨花："敢问公公，丁山犯了什么法，要用此大刑？"

薛仁贵："他，他违背了本帅军令！"

梨花："他违背了公爹哪一条军令了呢？"

丁山："樊梨花！不用你来摇唇鼓舌，我宁愿死在大刑之下！"

薛仁贵："好你个畜生，当着我的面还敢和梨花吵嘴！与我掌嘴！"

梨花上前一步面对薛仁贵。

梨花："公爹请慢！"

（唱）夫妻难免要吵闹，

　　　　犯了军规哪一条？

　　　　军士胆敢动手打，

　　　　梨花人饶剑不饶。

此时大帐内鸦雀无声。

程咬金这时大摇大摆走进了帐内。

程咬金："我说薛元帅呀，还是我孙女说得对，人家两口子的事，咱们跟着掺和啥？让人家小两口自己去摆平吧！"

薛仁贵："哦，哦哦好，就依老千岁所言，看在儿媳梨花的面上，且饶了他这一回，丁山，还不谢过你妻梨花。"

军士们松开了丁山。丁山松绑后将头一偏。

丁山："我宁可一死，决不谢她！"

梨花听罢一怔，伤心的泪水夺眶而出。

程咬金急得直跺脚："这小子真浑！"

薛仁贵："你……真是个不知好歹的东西。来人！先将畜生押入南牢，听候发落！"

丁山冲着梨花"哼"了一声，被众军士押出帐外。

薛仁贵："儿媳啊，你千万不要与他一般见识，我定会好好教训，你暂且回房休息吧！"

梨花犹豫片刻："父帅，儿媳近日身体不适，我想回寒江关自家休养几日。"

薛仁贵："这……"

薛仁贵不知所措地望了一下程咬金，程咬金也只好暗暗点了点头。

薛仁贵："也好，你且回去安心休养，待你身体有所好转，我再派人去接你回来。"

梨花："谢父帅。银杏！"

银杏："在！"

梨花："立马回家！"

梨花转身走出大帐。

薛元帅、程咬金万般无奈地看着梨花离去。（暗转）

20. 青龙山下（日、外）

（渐亮）

一杆"杨"字大旗随风飘扬，旗下几员叛将骑在马上，不远处一队卫兵持枪站立。

一探马伏在马上飞驰而来，在杨凡坐骑前，翻身下马，探马："启禀杨将军，我军已在青龙山设好埋伏。"

杨凡："嗯，命各路军马，严阵以待，不得有误！"

探马："是！"

探马转身上马疾驰离去。

杨凡："这青龙山，地势复杂，易守难攻，我要在这里将唐军打得丢盔卸甲，一败涂地！哈哈哈！然后一举夺回寒江关！直捣大唐皇帝老儿的老窝！"

叛将甲："杨将军真是胸怀大略，有勇有谋哇！"

叛将乙："苏大元帅谋反成功指日可待，您杨将军可是功不可没呀！"

杨凡踌躇满志并得意地大笑："哈哈哈！"

21. 青龙山另一侧山上（日、外）

薛仁贵正与程咬金察看地形，商议军机。

一探马上前禀报。

探马："启禀元帅，叛军杨凡的大队兵马已经到了青龙山。

薛仁贵与程咬金一怔。

薛元帅："再探！"

探马退下，上马疾驰而去……

薛仁贵："老千岁，这青龙山乃是我军西进必经之路，青龙山地势复杂，倘若贸然前往，恐怕难以取胜啊！"

程咬金："樊梨花对这一带地形了若指掌，如请她来才是万全之策。"

薛仁贵："丁山无故休妻，还打了人家，现如今正生着气，请她，她肯来吗？"

程咬金："解铃还须系铃人，要请梨花出战，还必须由丁山去请。"

薛仁贵："此事就依千岁所言，将丁山从牢里提出，让他戴罪立功，告诉他，如不从命，军法处置！"

22. 唐营大帐外（日、外）

一兵士牵来丁山的战马，丁山向程咬金等深施一礼，上马直奔寒江关而去。

程咬金看着丁山远去的背影……

23. 寒江关，城楼上（日、外）

梨花伫立在城楼上，向着远方的唐营眺望……

梨花：

（唱）山远水远唐营远，

月圆镜圆人不圆；

痴心女牵挂负心汉，

小冤家时时晃动在眼前；

想不惦念偏惦念，

不愿想他又梦魂牵，

恨自己情丝绵绵剪不断，

这真是越理越乱心越烦……

镜头叠化远山，

丁山马上的英姿，

丁山身着红袍潇洒的身影，

洞房花烛夜与梨花共饮交杯酒。

银杏领着一队女兵来到梨花跟前，后面紧跟着守门关的一老一少兵士。

银杏："禀小姐，守关兵带到。"

守关兵："叩见姑娘。"

梨花："现在是交战时期，寒江关乃是军事重镇，你们要严加防范，来往行人定要仔细盘查。"

守关兵："请姑娘放心，我们一定严加防备，仔细盘查。"

梨花："银杏，我们去其他几个关口！"

守门兵目送梨花等远去……

24. 路上（日、外）

丁山骑在马上，向寒江关梨花院驰去。

丁山：

（唱）心烦意乱恨马慢，

军令如山压双肩；

怕见梨花偏去请，

不去也难去也难！

25. 寒江关城门（日、外）

两个守关兵虎头、虎脑城关聊天，巡查。

虎头："老哥，咱们的梨花小姐近日里总是愁眉苦脸，整天没个笑模样！"

虎脑："唉！她新婚之夜跟丈夫闹翻了，赌气才回了咱寒江关的家里，你看她能笑得起来吗？这才是家家都有难唱曲，人人都有烦心事啊！"

虎头："哎，老哥，你看城外来了个骑马的。"

虎脑："兄弟，咱可得留点神。"

二人注视着城下的薛丁山。

丁山来到城下，见城门楼上有兵士。

丁山："喂，城上有人吗？开关，开关！"

虎头："叫唤什么！你是干吗的？"

丁山："我是唐营来的，有重要军务要进关！"

虎头："什么唐营来的，走，兄弟咱俩下去看看。"

城门缓缓打开一条缝，虎头、虎脑走出城门。

虎头："既是唐营来的，且报上名来！"

丁山："我……是我！"

虎头："我，我是谁呀！你姓我呀，叫个我啥？"

丁山："我是……不是姓我……是……"

虎头："得得得，你别在这儿胡闹了，咱可没工夫听你在这儿啰唆了，快走！我们要关门了！"

丁山："我是薛丁山！"

虎头："什么！你是薛丁山！"

虎头、虎脑气得喘粗气不言语……

丁山："二位，你们这是怎么啦？"

虎头："你不提薛丁山还罢了，这一提哪……"

丁山："怎样？"

虎头："我生气！"

虎脑："我冒火！"

虎头、虎脑兵士一替一句：

这个薛丁山哪！

一窍不通啥不懂，

二虎吧唧糊涂虫，

三番两次落下马，

四脚朝天倒栽葱，

五迷三道拜天地，

六亲不认往外扔，

我们家小姐——

七尺男儿败手下，

八面威风鬼神惊，

九天仙女降凡界，

薛丁山，他实在瞎眼睛，

真该揍他个乌眼青！

丁山："好了，好了，别骂了！"

虎头："咱们还没骂够呢！"

虎头虎脑："咱哥俩接着骂！"

虎头、虎脑兵士一替一句：

薛丁山哪，薛丁山，

吃饭让他噎脖子，

喝水让他呛嗓子，

进门让他碰鼻子，

抡枪让他掉膀子，

骑马让他滚鞍子，

摔坏他这个小崽子，

小犊子，小兔羔子……

丁山："行了行了，你们不要骂了，骂够了吧！"

虎头："还有一肚子骂词儿哪！"

虎脑："老哥接着骂！"

虎头、虎脑："薛丁山哪、薛丁山——"

丁山："呸！我就是薛丁山。"

虎头、虎脑二人突然张口结舌怔在那里，片刻二人才缓过神来。

虎头："你别拿薛丁山吓唬咱啊，想那薛丁山乃大唐的二路元帅，走到哪不是前呼后拥，就你这小样……"

丁山："不要啰嗦，放我进关，我有重要军务在身。"

虎头："本官不懂军务！"

虎脑："咱俩只知看关守城。"

虎头："什么猪哇、狗哇，散乱杂人一律不能放进关！"

丁山："真是岂有此理！"

虎头："理？你们薛家还讲理？讲理还欺辱咱们梨花小姐？"

丁山："那是我们家事，用不着你们管我，有话我找梨花说。"

虎头："嘿嘿，实话告诉你，梨花小姐就在城内，你不代薛家赔罪，想进关，墙上挂个花花溜溜的小门帘——没门儿！"

丁山："你想怎样！"

虎头："面对咱寒江关九拜三鞠躬，请罪！"

丁山："你……"

虎脑："还得跪上三个时辰，才能进关！"

丁山："与其在此受辱，不如回转唐营。"

梨花、银杏带女兵骑马而归。

两守城兵士迎上前来。

梨花："刚才你们因何事开关？"

虎头："来了个小子，傲气十足，一会儿说是薛丁山，一会儿又说是薛丁山派来的。"

梨花："他说有什么事？"

虎脑："他说是来找您，有军务。"

梨花："他人呢？"

虎头："我们俩让他九叩三拜，跪拜寒江关，向姑娘您赔罪，可他不干，赌气骑马走了……"

梨花："怎么？走了？"

虎头："刚走不一会儿！"

梨花一听急忙下马，向城上跑去。

梨花急促的脚步，快捷地登上楼阶。

梨花焦急的脸。

梨花奔跑的背影，向城楼垛口冲去。

梨花气喘吁吁地来到垛口，向远方望去。

只见远处一匹坐骑，消失在扬起的尘烟中……

梨花刚欲喊叫，却又控制住了自己，无奈梨花转回头来："冤家呀！"

（定格）

第三集

1. 唐营大帐内、外（日）

薛仁贵骑着马带着姜须、薛金莲等将官，急匆匆地赶回大帐。帐外马桩上拴着丁山的战马，薛仁贵怒气冲冲下马走进帐内。薛金莲示意大伙不要跟进……

薛仁贵在帐内围着丁山气不打一处来。程咬金坐在一旁十分生气……

薛仁贵："你这个逆子！说！为什么没有请来梨花？"

丁山："守城兵丁，恶语伤人，儿臣不堪受辱，一气之下就回来了。"

程咬金："啊，守城的兵士说了你几句你就受不了，那你对梨花说了那么多伤害她的话，她就受得了吗？"

丁山无言以对，低下头来。

薛仁贵："哼！身为唐营二路元帅，应以大局为重，似你这等小肚鸡肠岂能成就大事？刚才探马来报，青龙山叛将已向我军下了战表，要与我军决战青龙山，樊梨花不来，这仗怎么打？"

丁山听罢将头一扬："咱唐营有的是能征善战的将军，何须非要请她？儿臣愿戴罪立功，前去青龙山，与敌决一死战！"

薛仁贵："你，你……"

程咬金在一旁三思过后，起身对薛仁贵。

程咬金："元帅消消气，大敌当前，军情紧急，依我看也只好让丁山去试一试了。"

薛仁贵："也罢，丁山！命你带领将士，兵发青龙山！"

丁山："是！"

2. 空镜（夜、外）

一弯残月挂在星空……

3. 寒江关梨花卧室（夜、内）

梨花独坐窗前思绪万千。

梨花：

（唱）风啸啸，夜沉沉，

　　　独坐窗前想亲人，

　　　我夫丁山今何在，

父帅可曾胜敌军。

望寒星，万点寒星洒珠泪，

看残月，一弯残月勾我心，

恨不得提枪上马破敌阵，

慢慢慢，又何必自讨无趣重进他薛家门。

4. 青龙山战场（日、外）

两军阵前。丁山全身披挂，手提银枪，严阵以待。

叛将杨凡在马上傲视丁山。

杨凡："来将通名。"

丁山："你爷爷，乃大唐二路元帅薛丁山！"

杨凡："好你个薛丁山，我就怕你不来，没想到你自己送上门来了，哈哈哈！"

丁山："你是何人？快快报上名来！"

杨凡："我乃苏宝同帐下，白虎关兵马大元帅杨凡。"

丁山："杨凡！你与苏宝同谋反，挑起战乱，明年今日就是你忌日的周年！"

杨凡："小子别口出狂言，放马过来。"

丁山：（对身后众将士）"杀！"

杨凡：（对身旁众将士）"活捉薛丁山，杀！"

丁山白马银枪，风驰电掣般冲了过来……

杨凡手持大刀催动战马杀了过去……

马蹄翻飞，兵足踏踏……

刀枪相碰，杀声四起……

黑烟滚滚，旌旗摇动……

丁山与杨凡杀在一处。

一股黑色的浓烟直冲云霄……

5. 唐营大帐外（日、外）

一将士满脸灰尘，衣冠不整，策马直奔大帐而来。来到帐前，体力不支滚下马来，两兵士将他架往大帐。

6. 唐营大帐内（日、内）

薛仁贵正与程咬金分析前方战况，见兵士架着将官走进来。急忙放下手中之事上前询问。

薛仁贵："快快报上前方战况！"。

将官："元帅……不得了啦，二路元帅被叛军诱进敌阵，没有出来，现生死不明，请快……"

将官话音未完就昏了过去。

程咬金："快将他抬了下去，好生安顿。"

薛仁贵抬起头来看着程咬金。

薛仁贵："我的老千岁，你看这可怎么办吧？"

程咬金："冻豆腐，（拌）办不了啦！"

两个人在帐中转来转去苦思良策，突然两人几乎同时转过身来，异口同声地喊出……

薛仁贵："樊梨花！"

程咬金："樊梨花！"

（暗转）

7. 寒江关城门（晨、外）

（渐亮）

城门打开，梨花与银杏身着轻装骑着骏马冲出城门。

城外大地一片葱绿，生机盎然……

两匹战马在春的大地上奔驰着，梨花与银杏，如凌空的飞燕，如飞舞的仙鹤。

梨花神色抑郁。（升格）

8. 古道上（晨、外）

程咬金与姜须并马而驰。

程咬金："姜须呀！你说咱俩到了寒江关见了梨花可咋说啊？"

姜须："就说丁山被人逮住，请她搭救，还怕她不去？"

程咬金："哦！不行，不行，不能照直说，咱俩得绕着弯……"

9. 寒江关城（晨、外）

银杏骑在马上一勒缰绳，战马兜了一个圈子，她回身看了看掉在后面的梨花："快，快跟上来！"

程咬金与姜须的坐骑已接近寒江关了，姜须在前，程咬金在后，姜须向远处眺望，发现有两匹战马……

姜须："老千岁，你看那边骑马的人好像我嫂子梨花！"

程咬金：（手搭凉篷仔细观察）"是她，机会来了，姜须，冲上去！"

二人马上催鞭驰向梨花……

梨花与银杏正说笑，忽见两匹战马冲到面前，梨花一看便怔住了。

程咬金："哎哟！我的好孙女，你可想死我喽！"

梨花："啊……千岁爷爷一向可好？"

姜须落马上前笑嘻嘻的。

姜须："嫂子，小弟给你施礼了。嫂子你走后这几天，唐营上下没有一个不夸你的，都说咱嫂子人品好，还说咱嫂子长得带劲儿……"

梨花："姜须，你别跟我张口嫂子闭口嫂子地叫了，我与那薛丁山已没有什么干系了！"（说完下马）

梨花一番话，弄得姜须十分尴尬，一时不知说什么好。

银杏，在一旁偷着乐。

程咬金在一旁皱了皱眉。

梨花："老千岁，你们这是干什么呀？"

程咬金："嗯……这些天我总觉得心神不安，昨晚上做了个梦，梦见孙女你呀，整日泪眼汪汪，身体消瘦，小脸焦黄，卧病在床，我心里放不下，就想来寒江关看看你……"

梨花："梨花有何德能，劳千岁挂牵，既然来了，快请到府中一叙。"

程咬金："正合我意……"

梨花："不过，一别谈军情战事，二别提薛丁山。"

姜须："梨花嫂……"

程咬金："姜须，你别多嘴，好！今天咱爷孙俩只唠家常，不说别的。"

梨花："千岁爷爷，请。"

四个人分别上马，前往寒江关……

10. 寒江关、梨花府花亭（日、内、外）

一丫鬟端着茶盘走入花亭，大家已然落座。

姜须向程咬金挤眼，示意程咬金开口说话。

程咬金见状假装不懂。

梨花看在眼里，明在心上，表面上佯作不知。

银杏在一旁偷着乐。

梨花："老千岁，姜贤弟，二位请用茶。"

程咬金："哎呀，孙女，刚才进城看见寒江关上上下下，秩序井然，你可真是治军有方啊……"

梨花："爷爷，你过奖了。"

程咬金：（没话找话）"哎，孙女，近来身体可好？"

梨花："还好！"

程咬金："夜里睡得可安稳？"

梨花："安稳。"

程咬金："啊！那一日三餐……"

姜须：（急了）"哎呀！我说老千岁，都什么时候了，你怎么火上房不着急啊！嫂子，你知道我们干什么来了？"

梨花："你们不是来看我的吗？"

姜须："啊……是看你，可也是来请你的。"

梨花："请我！请我干什么？"

姜须："那叛贼杨凡兵发青龙山，要与我们决一死战，我哥薛丁山前去迎敌，不料中杨凡之计，现在生死未卜。嫂子，你快去救救他吧！"

梨花："姜须，我们在进城之前已有约定，不谈军情战事，不谈那薛丁山。银杏，送姜须！"

姜须："哼！事情既已挑明，你想撵我走，我偏不走，今儿个不把你请回唐营，我就死在这儿！"

梨花："姜须！"

（唱）薛元帅运筹帷幄掌帅印，

　　　唐军中兵如潮水将如云，

　　　梨花与丁山有名无分，

　　　破敌阵还是去另请高人！

梨花："姜须你再谈此事，休怪我翻脸！"

程咬金："姜须，你真是三个鼻子眼，多出一口气呀！那薛丁山虽然与梨花拜了堂，成了亲，可他对梨花恶语相加，蛮横无理，伤透了我孙女的心哪！"

梨花听到此内心一动。

程咬金："梨花恨丁山，我更恨他，他死了才好呢！"

姜须："你老糊涂了，丁山一死，我梨花嫂子不就成了寡妇了吗？"

程咬金："当寡妇她愿意，不就是一辈子守空房吗？你小子再胡言乱语，我抽你！"说着上前假意去打姜须。

姜须东躲西藏，闪到梨花背后。

姜须："嫂子，你原谅我小哥吧！他是鬼迷心窍了，他得罪了你，我们都恨他，不过，这人非圣贤孰能无过，人无过成仙，马无过成龙，丁山他是个凡人，你再给他一次改过的机会吧……"

程咬金："姜须，你要再替薛丁山说情，我就打死你！"

两人说着说又着撺打起来，梨花连忙上前拦阻……

梨花："爷爷，看在我的面子上你别发火了。"

程咬金："梨花，你看姜须哭得鼻涕一把，泪一把的，可怜他了？"

梨花："姜须，我来问你，丁山被擒可是实情？"

姜须："我要骗你天打五雷轰！嫂子，你再不去救他，怕出大事了，我给您下跪了！"（突然跪地）

梨花强忍悲泪："姜须兄弟，你……"

银杏："小姐，看来他并没撒谎，你不能置一时之气，误了军机大事啊！"

梨花犹豫着，思索着，主意不定……

程咬金："梨花，爷有句话想问你？"

梨花："爷爷有话直讲。"

程咬金："梨花呀！你人小肚量大，眼下唐军有难，爷想你不会不帮忙的！"

梨花："爷啊，梨花再糊涂，也能分清国事家事哪个为重。爷呀，有话你说吧！"

程咬金："好！我这里带来你父帅亲笔书信一封，请你过目。"

梨花接到书信打开细看：

画外音起："梨花儿媳，我薛仁贵替儿子薛丁山向你赔礼，我教子不严，得罪了儿媳，深感惭愧，今我军在青龙山一战失利，我儿丁山生死未卜，望儿媳以国事为重，前来助战……"

梨花已是泪流满面。

11. 青龙山叛军大牢（日、内）

漆黑的牢门突然打开，一束强光射进来。

双手被缚的丁山被强光照得睁不开眼。

叛将杨凡率手下如同恶魔般走进牢内。

杨凡："哈哈哈，薛丁山，不想你也有今日吧！"

丁山："哼！落在你手，无非是死，要杀要砍随你的便！"

杨凡："好！有种！难怪她樊梨花弑父诛兄，献关归唐，毁掉我与她的婚约。你想死？没那么容易，你与我之间有夺妻之恨，我决不会轻易让你死掉，我要用你引来樊梨花，一并抓获，然后小刀拉肉，抹上咸盐花儿慢慢折磨你们，最后点天灯烧了，以解我心头之恨哪！"

丁山："杨凡，你这叛贼，有朝一日，我非亲手杀了你不可！"

杨凡："你小子做梦吧！"

杨凡一挥手，上来几个随从对丁山拳打脚踢。丁山反抗，杨凡狠狠地打丁山，将丁山打倒在墙角。

杨凡十分得意地看着丁山，双手拍了拍……

杨凡："看紧他，不服就揍！有口气儿就行！"

杨凡走出牢房，门随即关上，牢房内又是一片漆黑。

12. 唐营、寨门（日、外）

薛仁贵带领一群将士们在寨门前等待梨花。

远处，程咬金、梨花、姜须、银杏策马而来。

薛金莲："父帅，你看他们回来了！"

薛仁贵不由面露喜色……

梨花在寨前下马，走到薛仁贵跟前参拜。

梨花："拜见父帅！"

薛仁贵："免礼，免礼！"

薛金莲："嫂子，你可回来了，你好吗？"

梨花："小妹你好吗？"

薛仁贵走到程咬金、姜须跟前，低声道："老千岁。还是你有法子，真的把梨花请回来了。"

程咬金："此番请梨花，姜须可是立下了汗马功劳哇！"

薛仁贵看了看姜须微笑点头……

薛仁贵："众位请到大帐一叙……"

（暗转）

13. 青龙山，叛军牢房（夜、内）

（渐亮）

薛丁山坐在地上的草堆上。望着窗外的夜空，思绪万千。

（唱）黑夜茫茫心沉重，

　　　愁思万缕想唐营，

　　　丁山我龙游浅水遭虾戏，

　　　盼父帅再遣良将发救兵！

窗外月光洒进牢房，俯瞰丁山蜷缩在草堆上……

（叠画）

14. 唐营帐外（晨、外）

晨雾迷漫，一抹霞光，照亮了唐营大寨……

15. 唐营大帐（日、内）

帐内各部将领已列队站好。

薛仁贵："今日青龙山一战，由樊梨花代本帅执掌帅印，各路兵马要听从调遣，违令者按军法处置！"

众将："我等心悦诚服！"

薛仁贵："梨花，兵符将令全在这里，请归帅位吧！"

梨花向父帅深施一礼，转身走上帅位。

众将齐刷刷地站好，面向新帅抱拳施礼。

众将："参见樊元帅！"

梨花：（挥手）"免礼！各位将军！梨花我年轻，初掌帅印，望各位鼎力相助，同心协力把敌歼。"

众将："愿听樊元帅吩咐。"

梨花："那就多谢了，薛仁贵，程咬金！"

二位坐着的老将没想到会点到自己，慌忙站起抱拳施礼。

薛仁贵、程咬金："末将在！"

梨花："你二人带领部分兵将守住大营，保护粮草、不得有误！"

二人答："得令！"

程咬金："元帅，放心吧，我老程别的能耐没有，守个营，押个粮草，是我的拿手好戏。"

梨花："其余众将，随我挥师青龙山，消灭叛军！"

16. 青龙山战场（日、外）

（伴唱）刀光闪闪惊天地，

战鼓咚咚马蹄疾，

万马军中一奇女，

冲锋陷阵无人敌。

樊梨花挥枪率将士冲杀。冲锋的兵士，刀枪大旗掠过画面。

樊梨花大战叛将杨凡，旌旗挥舞，浓烟滚滚刀枪厮拼，杀喊声、战鼓声、呐喊声震天动地……

双方兵士们厮杀，黑烟蔽日……

一战将被枪挑下马……

一兵士被砍翻在地……

杂沓的脚步。

倒地的兵士。

梨花与几名敌将厮杀。

手持"杨"字大旗的兵士中箭，"杨"字旗摇晃倒地。

梨花枪挑叛将，叛将落马。

杨凡见状慌忙调转马头逃走。

梨花反身回枪，只见杨凡逃走，便催马急追："杨贼！哪里走！"

杨凡急逃。

梨花急追。

17. 青龙山叛军牢房（日、内）

牢门被踹开。

丁山抬头望去。

姜须、薛金莲带领几名兵士冲了进来。

姜须："小哥！"

薛金莲："哥哥！"。

丁山激动得站了起来……

二人扑向牢笼，把牢锁砸开，松开丁山的绑绳，丁山松绑后接过薛金莲递过的刀。

丁山："我要亲手杀了叛贼杨凡！"

薛金莲上前扶住了丁山。

薛金莲："哥，我嫂子正在追杀杨凡呢！"

18. 战场上（日、外）

杨凡与梨花的战马，一前一后追逐着……

梨花愤怒的脸。

杨凡回头惊恐的脸。

梨花在马上搭上了弓箭，发箭。

杨凡坐骑中箭，马倒，杨凡滚落在地。

梨花赶来，用枪指着杨凡，用蔑视的眼光看着落马打滚的他。

杨凡挣扎地爬了起来，抽出了宝剑。

杨凡："樊梨花，你这个水性杨花的东西，不嫁我杨凡，反归靠了大唐，今天又带唐军杀得我全军覆没，我……我跟你拼了！"

杨凡说话间，梨花下得马来，拔出了宝剑与杨凡对峙。

梨花："杨凡！你还不快剑下受死！"

杨凡："休想！看剑！"

二人杀在一处。最后，杨凡被梨花打翻在地，被赶上来的兵士们将他擒住。

梨花："将叛贼押了下去！"

梨花说罢转身向远处走去……

"唐"字大旗高高飘扬。

19. 青龙山战场、山坡上（日、外）

姜须、薛金莲搀扶着衣衫褴褛的丁山走上山坡。

他们来到了主帅梨花跟前不远处。

姜须："小哥，这就是救你的恩人，快去负荆请罪吧！"

丁山抬头望去，只见梨花站在坡上望着自己。

梨花惊喜的脸。

丁山惊诧的脸，随即闭上了眼睛……

银杏走到了梨花跟前推了她一下。

银杏："小姐，迎上去，给他一个台阶下吧！"

薛金莲在丁山身边向梨花。

薛金莲："嫂子，我哥来看你啦！哥，别愣着，快去呀！说句客气话，讲点好听的……"

梨花见丁山受过苦的样子，心里一紧，赶紧走了过来。

梨花："丁郎，我来晚一步，让你受苦了。"

丁山慢慢睁开眼睛，目光透着羞辱和愤恨……

丁山："我受不受苦，与你何干？"

梨花一惊。

姜须："小哥，你是不是糊涂了啊？"

薛金莲："哥！您怎么对嫂子这样说话呀！"

丁山一咬牙："她不是你嫂子，我没认她做妻子！"

众人还想劝阻丁山，却被梨花拦住了。

梨花冷静地："薛丁山，你到底想说什么？"

丁山突然怒吼："我放下脸面去请你，你摆什么臭架子？你非但不见我，反而让几个守门兵士羞骂与我，而今你不请自来，又是大败叛军，又是救我出牢，好事都让你做了，不就想让大伙儿知道你樊梨花有本事，我薛丁山无能吗？你以为我会感谢你，你想错了，我堂堂七尺男子汉，不会靠老婆来活着，我们大唐有的是能人，用不着你来显能……"

樊梨花听着听着不由落泪。

姜须、薛金莲："哥，你！"

杨凡见状不由哈哈大笑。

杨凡："哈哈哈，樊梨花呀樊梨花，这就是你归靠大唐的好处！"

樊花回首怒目直瞪叛贼杨凡。

丁山听罢杨凡一席话，抬眼望向梨花。

梨花转头看着不懂事的丁山，万分气恼。

杨凡突然甩开兵士，挣断了绳索，抢过一兵士手中的弓箭，瞄准了梨花。

众人被这突如其来的变化惊住了。

梨花镇定地用眼盯住了杨凡。

丁山紧张地注视着梨花。

杨凡在满弓时突然间将箭移向了丁山，射了出去。

丁山木然地怔在那里。

大伙全都惊呆了。

梨花一个箭步跨了过去，推开了丁山，自己肩头中箭！

杨凡见状转身想跑。

梨花忍痛抽出宝剑抛向杨凡，

杨凡后背中剑，挣扎着倒了下去。

丁山一时不知所措……

梨花拔出了肩头的利箭，一股鲜血从肩头伤口处流淌出来。

忍痛地："银杏，我们回转寒江关！"

姜须、薛金莲追了上来。

薛金莲："嫂子，你身负箭伤，不能走哇！"

姜须："元帅，我小哥是混蛋，请你不要和他一般见识呀！"

梨花绝望地："我的伤不要紧，请你们将兵符帅印转交给薛元帅，恕我不辞而别了。"

梨花说罢转身上马。

大伙将目光全都移向了丁山。

丁山看着上马准备离去的梨花，神情有些犹豫不决。

梨花两腿一夹，拍马走开了。

丁山猛地喊了声："梨花！"

梨花骑在马上闻声后背一震，她没有回头，催马而去，只是银杏回了一下头，随后便紧追梨花而去……

丁山怔怔地站在那里，大伙都盯着他。

画外音："薛元帅到！"（画面暗转）

20. 唐营大帐（夜、内）

众将官已列队站好，火把高举。气氛森严。薛仁贵拍案而起："把薛丁山押上来！"

五花大绑的丁山被押了上来。

薛仁贵："薛丁山，我把你这个畜生，斩喽！"

众将官跪地："元帅！"

薛仁贵："众位将军军令已定，谁若讲情，军法从事，将薛丁山推出帐外。"

程咬金摆手："你们都先下去，老夫有话对元帅说。"

众将官退下。

程咬金："我的薛元帅啊！有梧桐树才能引来金凤凰，你要把这梧桐树砍喽，那金凤凰还能来吗？"

薛仁贵听罢三思。

程咬金："你可不能断了梨花归唐之路啊！"

薛仁贵思忖再三，怒颜未改，对丁山说："为了大唐的江山社稷，暂且饶你一命！"

丁山："谢父帅不斩之恩。"

薛仁贵："非是我不杀你，是碍于老千岁与众将官苦苦为你求情，薛丁山！营牢之中，你要闭门思过，听候发落！"

（暗转）

21. 寒江关梨花卧房（夜、内）

梨花斜依床头。

（女声伴唱）半窗冷月半窗霜，

　　　　　　半依半靠独卧床，

　　　　　　半睡半醒难入梦，

　　　　　　半边热泪湿枕旁。

梨花的魂从梨花的身体上叠画走出画面（升格）

梨花只身依在床头睡着了……

22. 唐军，牢房（夜、内）

丁山斜靠在牢栏上。

（男声伴唱）寒窗冷月透骨凉，

　　　　　　丁山独困在牢房，

　　　　　　更深夜静心难静，

　　　　　　痛碎心肝悔断肠。

丁山的魂从丁山的身体上叠画走出画面（升格）

丁山在牢栏旁昏睡着……

23. 梨花园（日、外）

（梦境音乐）梨花与丁山分别来到了梨花园。梨花园如同仙境一般美丽，二人转来转去突然相互都发现了对方，二人急不可耐地上前相拥，亲热……

（伴唱）曾记得我与丁山初识在疆场。

      曾记得我与梨花初识在疆场。

（伴唱合唱）他看我小鹿撞心房。

      我看她小鹿撞心房.

（叠化）

二人在战场初相识。（升格）二人马上互望，战马转圈……丁山向梨花刺上一枪，梨花抓住了丁山的枪。梨花向丁山刺上一枪，丁山将梨花的枪抓住，二人四目相望……

突然梨花将枪一挑，丁山翻身落马，梨花用枪紧逼丁山又不忍心把他伤……

丁山望着梨花收枪转身策马离去时回眸一望……

梨花见丁山落马后仍然痴情不变的样子……

梨花：（唱）我对丁山情如火，

丁山：（唱）我对梨花冷若霜；

梨花：（唱）他遭毒打我心欲碎，

丁山：（唱）她为我挡箭动心肠。

梨花：（唱）丁山哪——

丁山：（唱）梨花呀——

（合唱）我二人何时重相聚，

      夫妻恩爱共度春光。

24. 梨花在卧室（日、内）

梨花与丁山相见（意识流）。

梨花：

（唱）忽听屋外叩门响。

　　　丁山含笑到身旁。

（合）肩靠肩来膀靠膀，

　　　推园门，放眼望，

　　　满园梨树花正香。

梨花携丁山推开后园门进入梨花园梦境中……

丁山：（唱）她夸我比梨树美，

梨花：（唱）他夸我比梨花香；

丁山：（唱）更鼓响，不见梨花在何方？

梨花：（唱）更鼓喃，不见丁山在何方？

丁山与梨花在梦境中分开、互相触摸不到，看不见对方……

（伴唱）更鼓惊醒南柯梦——

　　　　　留下了两地思念，满腔愁肠……

梨花、丁山在卧室与牢房半睡、半醒、半出梦……

25. 唐军牢房（晨、外）

丁山从梦里归来，突然被开大门的声音惊醒。牢外传来声音："圣旨到！"丁山赶忙站起。

程咬金带人手捧圣旨走进牢房。

丁山赶忙跪拜。

程咬金："薛丁山接旨。"

丁山："万岁，万岁，万万岁！"

程咬金："奉天承运，皇帝诏曰，权赦丁山，贬为庶民。命你头顶香盘，七步一跪，拜上寒江关，必请来樊梨花小姐，方饶你死罪，钦此。"

丁山："谢主隆恩！"

程咬金："丁山哪，抬起头来，我问你，这两天想得咋样？"

丁山低头不语。

程咬金："一肚子委屈是不是？"

丁山："嗨！我有啥委屈，连皇上都替她说话了。"

程咬金："丁山哪，此次去寒江请梨花事关重大呀，你请的不光是你媳妇，她可是大唐的保国栋梁啊？"

丁山："老千岁言之有理，我……"

程咬金："只要你真心实意向梨花认错，赔个不是，那梨花是个深明大义之人，常言说得好，好汉生在嘴上，好马生在腿上，只要你诚心，就能换回梨花对你的真意。"

丁山："丁山一定诚心跪拜寒江关，请来梨花……"

（暗转）

26. 古道上（日、外）

（渐亮）

烈日炎炎，碧空万里。

丁山的身影投入画面，丁山手托香盘跪拜在地，满脸流汗……

丁山：

（唱）骄阳当头照，

　　　　　　跪拜寒江路途遥；

　　　　　　跪疼了腿来跪酸了腰，

　　　　　　跪得浑身汗水浇。

几匹战马从远处跑过，骑马人稍有停顿，又继续上路……

丁山：

（唱）路旁的小树歪脖把我笑，

　　　　　　河边的花草对我把头摇，

　　　　　　笑我丁山太狂傲，

　　　　　　笑我对妻把歪理挑，

　　　　　　这真是：自己走出脚上泡，

　　　　　　自种苦果自己嚼，

　　　　　　自搬石头砸了自己脚，

　　　　　　自点火苗把自己烧！

茫茫大地，旷野荒郊，跪拜的丁山显得那么渺小。

27. 樊府大门前（日、外）

樊府门前扎着白彩，挂着白纱灯……

丁山精疲力竭地走到大门前，抬头一望，大吃一惊，赶紧上前打听，只见家人丫鬟们都穿白戴孝……

身戴白绫的银杏，从府内走出，她见到了丁山，有些吃惊。

银杏："姑老爷你……你干什么来了？"

丁山："我奉圣命七步一拜请你们家樊姑娘来了。"

银杏：（悲痛地）"你七步一拜到寒江关真是难为你这二路元帅了啊，可惜你来晚了——"

丁山："此话怎讲？"

银杏：（痛哭失声地）"你，你再也见不着我们樊小姐了。"

丁山：（大惊）"啊——这——这到底出了什么事？"

银杏："我们小姐她，她死了。"

丁山：（眼一黑，身一晃）"她，她是因何而死？"

银杏："你三番两次把她气回寒江关，我们小姐抑郁成疾，整日以泪洗面，加上中了箭伤，她……"

丁山："哎呀——！"

（唱）闻噩耗头顶如同遭雷击，

　　　恨苍天夺去我贤妻，

　　　跌跌撞撞把门进，.

　　　扑奔灵堂脚步急！

丁山摇摇晃晃，眼前景物，人物移位闪动。（抽格）

28. 樊府内院（日、外）

丁山步履踉跄，推开众人直奔灵堂。

29. 樊府内灵堂（日，外）

丁山来到灵堂。

灵堂供桌上摆着供品，供桌后面赫然立着一块灵牌：樊梨花亡灵之位。

丁山见状大哭。

丁山："梨——花——"

（唱）见灵牌顿觉得昏天黑地，

　　　　　　闻哀乐好像是电闪雷劈。

　　　　　　梨花呀，我的妻，

　　　　　　丁山我悔断肝肠对不起你！

（伴唱）肝肠悔断你也是来不及。

丁山：

（唱）如今我七步一跪来请你，

　　　　　　你双目一闭命归了西，

　　　　　　哎呀，梨花我的妻呀，

　　　　　　九泉之下你把我等，

　　　　　　薛丁山与你做个来世夫妻！

　　　　　　站起身奔石柱我一头撞去。

梨花：

（接唱）"你想撞死我还不依。"

一只手拉住了他。

丁山："别拉我，让我去死——"

丁山：（没有回头看清是谁）"让我去死，让我去找梨花。"

梨花："丁郎，你仔细看看我是谁？"

丁山回头一见梨花，大吃一惊，吓得坐在地上。

丁山："梨花！你……你没死？"

梨花："没死。"

丁山："你还活着？"

梨花："你不信？"说罢，梨花用手去掐丁山的脸蛋。

梨花："冤家，疼不疼？"

丁山："不疼……啊，疼，疼，疼哟，哎呀，我这不是在做梦吧？我的梨花没死啊。"

丁山扑上去抱起了梨花，转起圈来。（升格）

程咬金、薛仁贵等已站在灵堂门口大笑……

丁山与梨花面带羞色急忙上前参拜。

丁山、梨花："参见父帅，老千岁。"

薛仁贵将二人双双扶起："免了免了。"

程咬金："丁山你小子这榆木疙瘩脑袋终于开窍了。梨花，这面子咱也找回来了吧？"

梨花低头含笑不语。

丁山："老千岁，这到底是怎么一回事？"

程咬金："这是我们定下的哭丧计，试试你小子对梨花的心诚不诚！"

梨花："爷爷，你可把丁山折腾得够受了。"

程咬金："哟哟哟，心疼了？哈哈哈。"

薛仁贵："梨花立了战功，龙颜大悦，特下旨命你们二人再次完婚。"

丁山、梨花："谢万岁恩典！"

程咬金："好，今日丁山、梨花奉旨完婚，灵堂变喜堂啊！"

白色的灵堂瞬间变成了喜堂。（音乐大作）

（伴唱）红喜字哎红绣球，

红灯笼哎红彩绸；

大红幔帐红线绣，

红烛高照喜泪流；

月老终圆姻缘梦，

　　　　打过的冤家再聚头。

　　歌声中，丫鬟们手持红色手绢翩翩起舞，最后将手绢全部抛向空中，恰似万朵梨花盛开，手绢落处，丁山身着红袍，掀起红盖头，梨花嫣然一笑。

片尾歌

　　大碗的好酒，咱们那个使劲儿的喝，

　　喝他个乾坤倒转气吞山河，

　　男子汉沙场生死无惧色，

　　敢笑那天下无豪杰。

　　大坛的好酒，咱们那个使劲儿的喝，

　　喝他个三江见夜四海无波，

　　男子汉与生俱来血热性，

　　敢管那皇上叫大哥。

　　（中央电视台播出，获中国电视剧飞天奖三等奖，中国电视金鹰奖，全国少数民族文学创作骏马奖）

电影文学剧本
大地就是海

上　集

1. 无边无际的雪原，日

一条大狗，像黑色的闪电，从雪原那边有炊烟的村落向这边狂奔而来。

它的背后，皑皑的白雪覆盖了广袤的草原和山梁，在太阳下泛着耀眼的白光。

大黑狗扬起雪沫，汪汪吠叫着，猛然扑向镜头！

刚刚释放归来的刘二身着旧袄裤、戴着一顶狗皮帽子。他慌忙丢掉肩上的行李卷儿，惊恐地躲闪着扑向他的大狗。

穿着显得文气一些的李大海，却嘴里喷着哈气，笑眯眯地站在不远处看热闹。

刘二手忙脚乱地："大海哥……快，快帮我……"

李大海却站在那儿纹丝不动。

刘二在大狗的追逐下，一个屁股蹲儿摔在了雪窠子里。

李大海朗声大笑。

他笑罢，把食指勾起来，含在嘴里，尖利地打了声呼哨。

那大狗乖乖地站定了，然后摇着尾巴走到他身边。

李大海亲昵地抚摸着它："黑虎，还认识我吗？"

大黑狗驯服地卧在他脚下。

刘二从雪窠子里微微欠起身，怔怔地："这……是你们家的狗哇？"

李大海调侃地："刘二！你小子，连狗都怕，哪像个老爷们儿！"

刘二呼地爬起来，猛然冲向黑虎："我……看我不踢死你！"

黑虎倏地跳起身，"汪"地一叫，刘二慌忙闪身跑开。

李大海禁不住又乐出声来。

刘二回过身，逞强地："告诉你，大海哥！我刘二……不是怕它，更不是不敢踢它，我……这叫'打狗看主人'。不管怎么说，咱俩一块儿蹲过大狱，刚出来！不管怎么说，你是我大哥……"

李大海笑吟吟地从地上拾起行李卷，走过去，搭在他肩头上："好了，快回家吧！你哥你嫂子怕是早就等急了！"

刘二瞪大眼睛："等我？还等急了？我那嫂子对我，比你家这条狗还凶！"

李大海："那是因为你过去活得不像人样儿！刘二，我先把话给你撂下：你小子，往后再敢小偷小摸，我掰折你手指头！"

"嗨！"刘二一撇嘴儿，"大狱都蹲过了！你兄弟我……是那种吃一百颗黄豆不知豆腥味儿的人吗？喊！可话又说回来了，只要我那嫂子不难为我，给我口饭吃，我才不能去干那种事儿呢！"转身朝前走去。

他走了几步，又回过身："哎，我也把话给你撂下，你出来了，要能官复原职，就好好当你的民办小学校长，把那学校的房子弄结实点儿，别再下雨塌房子砸死学生！这监狱蹲得多难受！你那叫有文化的人！我比不了你！"说完，头也不回大步流星地走了。

李大海眯细了眼睛，望着他远去。

太阳光从他眼角的细纹和饱经沧桑的脸上溢泻下来。他那硬硬的胡茬子和眉毛上都挂满了白霜。

他这样伫立良久，才带着他的黑虎，朝自己的村子走去。他就仿佛一架犁杖，在无边无际的雪原上，蹚出了一道长长的深深的沟……

2. 村前雪野上，日

三十来岁的年轻寡妇王雪梅牵着李大海女儿草芯儿的小手，正焦灼地朝远处眺望。突然，她眼睛一亮："草芯儿，你快看——"

草芯儿忽闪着那双很好看的大眼睛，童声童气地："那……是我爸吗？"

王雪梅颤着声："不是他是哪个？还有哪个走路像他那样扑腾扑腾的！快，你快……"

"爸——"草芯儿突然挓挲着小手向前跑去，脚下一滑，她摔倒在地上。

3. 积雪的山梁，日

李大海一怔，慌忙往地上一坐，便从山梁上疾速滑下，溅起一团雪雾。

他扔下行李卷儿，抱起摔倒在雪地里的草芯儿，用粗大的手拂着她脸上的雪渍。

草芯儿紧紧搂住李大海的脖颈，呜咽着哭了："爸！你这回回来，就别走了，好吗？"

李大海眼里尽是泪没说话，只是沉重地点点头。

草芯儿破涕为笑了！噢，豁牙子，八岁的年龄，那笑容很美丽，很童真，也很灿烂！

黑虎撒着欢儿围着爷儿俩奔跑。

这时，雪梅也踏着雪，吱吱走过来。她睃了李大海一眼，撩起衣襟小心地为草芯儿揩泪，呵护有加地："傻闺女，你爸回来了，得乐，哭什么呀！天冷，风大，也不怕皴了脸！"

李大海忙放下草芯儿："哎呀，这不是长胜媳妇吗？这两年……草芯儿，还有……我那个家，都多亏你照顾了！我……真不知该怎么谢你……"说着，鼻子一酸，眼里就有了泪光。

雪梅假意瞪他一眼："一个大老爷们儿，怎么也跟你闺女学上啦！走！回家去！"她把行李卷儿猛劲儿一拎，先朝村里走去。

黑虎紧跟在她的身后。

李大海也忙抱起草芯儿，给她揩着眼泪，随雪梅走进村去。

4. 村中，日

草芯儿用手摸着李大海脸上的胡茬子："爸，一年多没见你了，天天想你，做梦还哭醒好几回呢！都记不清你长啥样了！"

李大海："看看，这回好好看看，爸爸就是这么个样儿！"他对雪梅说："村里好像盖了些新房！有小学校的份儿吗？"

雪梅："嗯，新房是盖了些，可咱们的小学校还没住上新房。"

李大海："不是说上头给拨盖房款了？"

雪梅："款是拨了！可村委会用那钱盖了几间新房，把村委会的老房子让给了小学校。"

李大海一愣，有些急了："为啥？"

雪梅："不知为啥，村里的事，村委会说了算！"

李大海放下草芯儿，生气地："不行！我得找他们去要房子！"说着就要走。

雪梅想扯住他说："你这是急啥哩！你刚出来，还没官复原职！"

李大海："不行！那个校长我可以不当，可学校校舍不能不要！长胜媳妇，麻烦你把草芯儿带回去，我上村委会！"

雪梅看看李大海："这倒是行！可有句话我得说给你：别老长胜媳妇长胜媳妇的叫，长胜没了快一年了，我有大号，叫我王雪梅，再不叫我大妹子，不都行吗！"

李大海不好意思起来："啊，嗯，知道了！"说着转身走了。

雪梅对草芯儿小声嘟哝："你瞧你爸，还是那副倔样！"

5. 村委会，日

正在屋子里伏在桌子上边喝茶，边翻着一张报纸。

李大海推门走了进来。

村主任抬头见了，很平淡又似乎带一点威严地说："你回来了？"

李大海："嗯。"

村主任："坐吧！"

李大海："不坐了，说句话就走！"

村主任："啊？这么急呀？一年多没见了，你有什么话，就说！"

李大海："村主任，县里给咱们村小学校拨的盖房子的钱，叫村委会给盖了这新房子了？"

村主任："你刚出来，管这事儿干吗？"

李大海："这新房子为啥不能给小学校？非要把那旧房子给小学校呢？"

村主任："这是咱们瀚海村村委会的决定。你，现在不是校长！"

李大海："村主任，我是不是校长了，可村里的孩子还都是咱们的孩子吧！我管孩子们的事儿没错吧？"

村主任："我说李大海，你这是跟谁说话呢？啊，就你管孩子们的事儿？啊，我不管？你这是怎么说话呢？怎么刚回来说话就属苞米穰子的横竖不顺茬儿呀你！你要这么跟我说话，我不接待你！"说着，呷了口茶水，竟自看他的报纸了。

李大海看着村主任，又低下头去，眼里盈满了泪。他缓缓回身，推门走了。

在门外，他碰见了迎面刚从自行车上下来的春杏。

春杏跟他说："李校长！您回来了！"

李大海激愤地："春杏！别再叫我校长了，我不再是校长了！你爹，他！瀚海村的村主任才是校长！"他红着眼圈儿走了。

春杏显然是被李大海的情绪感染了，她驻足看了看他的背影，立好车子，没好气地走进了屋。

春杏对村主任说："爸！"

村主任还没消气："啊，你来干啥？"

春杏："找你说个事儿！"

村主任："啥事？"

春杏："爸，李大海校长回来了，我这个代理校长也就该退了，我特地来跟你说说这个事儿！让李校长复职吧！"

村主任横了春杏一眼："不行！"

春杏："为啥！"

村主任："为啥还用我说吗？出屋时他那副牛样子你没看着吗？春杏，你爹我不是不想让他复职，可他这刚回来，就来找我晦气，来给小学校要什么房子！口气粗得很！这样的人，我们怎么用？给他再复了职，那尾巴干脆就翘到天上去了！围着地球绕八圈，还得多余出来一大截！你说，这人能用吗？至少暂时不能用！"

春杏："爸！那场大雨把小学校房子浇塌了，刘小琴砸死了，不是李校长顶住了柱脚，我们早都砸到里边了！本来他有功，他没罪，可是因为死了人，他就有渎职罪了！他的罪是什么罪，村里老百姓的心里都清楚！你心里比谁不清楚！人家没回来，你总是说：李校长教学有水平，有领导能力，平时为人好。

可人家回来了,你又这样说了! 怪! 怪透了! 他不回学校当校长,我不信你就能平下心去!"

村主任皱着眉头,不吭声。

春杏:"爸,他是个有名的倔人,凡事儿较真的人,他找你问事儿,也不是为了他自己,还不是为了村里的孩子们? 冲着这,看在我的面子上,您就放他一马吧,别和他过不去。"

村主任:"去去去! 你给我早点儿回家去! 今后在这个事上,你给我少插嘴!"

春杏倔强地:"爸! 这个事你要解决不好,我就不认你是我爸!"

村主任暴怒道:"什么? 你给我滚出去! 李大海和我较劲,你连个里外都分不出来了! 你以后跟那小子少来往! 混蛋话! 你给我滚出去! "

春杏倔强地看看村主任,一转身摔门走了。

村主任见春杏倔倔地推着车子从窗口走过,气得脸儿煞白,啪地一掌击在桌面上,茶杯砰然倒下,水流淌下桌子,倾洒向地面。

6. 李大海家,日

一个整洁的小院落,几间砖面土房,门窗上拴了几个好看的彩色纸葫芦。

李大海抽着一支老蛤蟆烟和草芯儿站在一起,他注视着眼前的柴火垛。哦,高高的柴火垛啊!

草芯儿指着柴火垛说:"爸,这都是村里人送来的! 从你走了他们就一直在送！说是村委会让送的！"

李大海"嗯"了一声，他的脸上显示出一种凝重。

突然邻院儿传来使劲儿的咳嗽声。

李大海举目望去，是刘老爷子正在扫雪，拾掇院子。他看见了李大海他们，可并没有直起腰来，只是一边做着手里的活计，一边使声似的咳嗽。

李大海想说点儿什么，喉咙动了动，又止住了。他默然地回转头，从门旁操起一把扫把，从墙头跃到了刘老爷子院中。

草芯儿呢，趴在墙头上看着。

7. 刘老爷子家院内，日

刘老爷子斜眼看着他。

李大海没吭声，就是低头扫那雪。

刘老爷子看了看，喝道："停下！我们家刘小琴是死了，可我们家的人还没死绝，我家的雪不用你扫！"

李大海没吭声，就是扫雪。

刘老爷子上前踩住李大海手中的扫把梢儿："停下，你给我停下！"

李大海执拗地挣脱着手中的扫把，声音颤抖地说："你让我扫，你让我扫！"

刘老爷子："不行！不能扫！"

李大海扑腾跪在了刘老爷子脚下，他仰起脸来，已是满脸泪痕了："刘大叔，你让我扫！扫扫我心里能宽敞宽敞！你老人家得明白：小琴的死，不是我李大海情愿的呀！"

刘老爷子看着他，苦着脸，连胡子都颤抖了，顿了一下脚，缓缓地往回里走。这时，黑虎却走了进来。

刘老爷子抄起根木棒，就向黑虎扔过去。

黑虎吓得跑了。

李大海看了看，站了起来，抹了把泪，挥起扫把，使劲儿扫那雪。

墙那边，草芯儿看着这一幕，用手抹着眼泪。

在李大海家院子的那一侧墙头边，邻家女人王雪梅也在向这边张望着。哦，中年妇女那张端庄好看的脸。

8. 村中，日

春杏骑着自行车，车后边夹着个行李卷儿倔倔地向前走。

村主任披着棉袄，从对面走了过来，他看见了春杏，一愣："你这是要干啥去？"

春杏呢，却不说话，径直地往前走。

村主任急了，扯住那车后座的行李卷儿说："你给我站住！怎么我说了你几句，你就这么大的劲儿？这是要上哪儿住去？"

春杏眼里有泪："我是学校的人，我上学校住去！"

村主任："春杏啊，你老大不小的了，你怎么这么不懂事呀？那学校里房子透风，上那住去还不冻死你呀！快溜儿的，跟爸回家！因为姓李那小子，咱爷俩闹这么崩犯不上！听爸话,回家！"

春杏："不回！你自己亲闺女要住，你就知道那房子透风了？你不糊涂哇！实话说，你要是还想让我管你叫爹，就赶快给李大海恢复校长职务，不然我就不回家！"说完，倔倔地骑上车子走了，又回过头说："村里老百姓都咋说你呢，你知道不知道！"

村主任叹口气，自言自语地说："我这个死老伴呀，她怎么什么事儿也不管，女孩子家要上外边住，她也不拦拦，真要命！"说着，无奈地摇摇头，走了。

9. 刘老爷子家，日

他坐在院里的矮墙上，一口一口地抽着闷烟，一缕缕的烟雾，像他挥之不去的愁绪和沉重的心思。

10. 柴火垛旁，日

李大海躺在了柴火垛上，嘴里咀嚼着一根细细的柴火棍，微闭着眼睛，眼角淌出了泪水。他的心里仿佛响起一种极为深情的音乐。哦，那音乐如泣如诉，又如排空大潮拍击着海天！

他久久地躺在那里。

墙头那边，王雪梅站在那里，她在那儿轻声喊："李大哥，李大哥！"

刘老爷子听见喊声，起身看着李大海那院儿。

李大海抬眼一看，王雪梅已把一面袋子东西从墙那边递了过来。

李大海赶忙上前接住："孩子他姨！啊，雪梅大妹子，你这是？"

王雪梅："豆包，还有一些酸菜。你一个大男人家，饭量大，我包得多，一个人儿也吃不了多少。"

李大海：“这怎么好说呢！你一个女人家自己过日子，难处也不少，还是你自己留着吃吧！”

王雪梅：“别推来推去的！拿着吧，有什么事儿用着我的地方，就吱个声！”

刘老爷子微微皱了皱眉头，又坐下抽他的闷烟。

这时，春杏走进院儿来，看见布袋说：“哟，这是啥东西？”她抬头看见了李大海，又顺着李大海的目光看见了那院的雪梅。

雪梅像是意识到了什么，她扭过身去，假意轰赶着小鸡进窝：“窝窝窝！”

春杏指着布袋说：“那院儿王雪梅大姐送的吧？你没在家，她可没少照顾草芯儿！她人真好！哎，大冷的天，傻待到外头儿干啥？进屋！”

李大海和春杏进了屋。

雪梅呢，却又站在墙头那边向这院儿看。

窗子上影影绰绰的身影。

11. 李大海家屋里，日

屋里，春杏对李大海说：“李校长，你可真是！刚回来，跟我爹顶什么牛哇？你是针尖，他是麦芒！好，你们俩人干上了！本来顺理成章的事儿，全弄砸了！”

李大海沉重地说：“校长我不当啦，可是小学校房舍的事儿，我不能不管！我在这儿摔的跟头，我得在这往起爬！这不是我的错！”

春杏：“没说你错没错，是说你们男人有话不能好好说吗？”

李大海："没什么好说！你告诉你爸，村里要是不解决，我就去找乡里！这个事儿什么时候解决，什么时候算完！"

春杏："都是乡里乡亲的，有话慢慢说，别动火气！你没回来时，我爹他可不是这想法，没少念叨你的好处！"

李大海看看春杏说："你说这话我信！你爹他不是坏人，当村主任的，为村里事没少操心！哎，春杏，孩子们上课，屋子里冷不冷？"

春杏："对付吧，热乎肯定说不上热乎！"

李大海想着心事。

12. 雪梅家院子里，日

雪梅正在喂鸡，她嘴里"咯咯咯"地叫着鸡，向地上撒着苞米粒儿，小鸡啄食。

李大海走了进来："大妹子！"

雪梅抬起头来，目光里有几分惊喜："李大哥，你有事儿？"

李大海："你家那小推车闲着的话，借我使使！"

雪梅："在柴火垛那边扔着呢！就是轴儿老没浇油了，发轴！你看能用就用！"说着，过来帮李大海过来弄车。

李大海在那柴垛前搬那立在那里的小推车："没事儿，能推走就行！"说着，把小推车搬倒平放在了地上。

雪梅边搭着手边问："用它推啥？"

李大海："柴火！"

雪梅："卖呀？"

李大海："把大家伙儿给家里的柴火推走，我回来了，再烧这些柴火，我脸上发烧！"

雪梅不解地："推走？推哪儿去呀？"

李大海："村里老百姓的柴火，给小学校的孩子们送去！"

13. 李大海家院子里，日

李大海在用铁叉子往推车上装柴火。

邻院的刘老爷子隔墙狐疑地看着他。

14. 村中，日

李大海拉着高高的一小推车柴火，在村中土道上走着，棉袄大襟儿敞开着。他嘴里吐着哈气。

村主任推着自行车和他走了个对面："哎，李大海！你拉这些柴火干啥？"

李大海："啊，在老房子里读书的孩子们屋里不热乎，我把这柴火给他们送去！"

村主任在李大海的话里好像意识到了什么，跟着李大海往回里走："哎，我说李大海，你这人说话，怎么话里净带刺儿呀！"

李大海："天生就属刺猬猬的，不带刺儿那成啥了？"

村主任："我看哪，咱们俩得好好地唠唠！实话说，你家这些柴火，都是我协调大家伙送的。你没在家，村里能不照管吗？为了你的事，春杏也和我闹翻了，自己跑到学校住去了！村里不少村民也找我了，都说要让你官复原职！我想想，昨天跟你说话，我的态度也有错！你看这么着行不行，你还上小学校工作，房子的事儿就别闹了！"

李大海："村里照顾我，我知道，我领情，真的领情！可房子的事儿和这完全是两回事儿，我想村委会的新房子应该给孩子们立马倒出来！"

村主任气得变了脸："我说你这人怎么这样！"

李大海："校长我不当了，房子得给孩子们倒出来！"

村主任："校长你不当了，这可是你说的！"

李大海："嗯，君子无戏言！"

村主任："好好好，那你就等着吧！看村委会什么时候给小学校倒房子！"说完一甩手走了。

李大海冲着他的背影，一声比一声大地说："我是要等着！村委会一天不给小学校倒房子，我就要找你们说话，你们不给倒，我就上乡！乡里不行就上县！房子，非倒不可！"他几乎蹦了起来。

15. 小学校院里，日

李大海正往小学校的柴火垛上卸柴火。

一群孩子围了上来，七嘴八舌地："哟，是李校长！他是咱们的老校长！"

春杏走了过来："哎，老校长！你往这儿卸什么柴火呀？"

李大海："打明儿起，我就自己砍柴了！我也没别的事儿干，砍点柴，供自己家和小学校的取暖没问题！"

春杏："不行，村里老百姓给你家的柴火，我们不能要！你不能卸到这儿！"

李大海："那我卸到哪儿呀？"

春杏："卸回自己家去！同学们，大家动手，帮老校长把柴火装上！"

"哎！"一群红领巾，一群可爱的孩子，在往推车上装柴火。

李大海看着孩子们，脸上笑了，眼圈儿却红了："哎哎，还是我自己来吧！"

几个村民走了过来，其中一位说："我说李校长，你这是干啥呢？"

李大海抹把眼泪说："别叫我李校长，叫我李大海！我一个大闲人，出来了，寻思着，柴火还烧村里乡亲们送的，心里头过意不去呀！"

村民："我说李校长，你现在是不是校长了，可全村老百姓还认你是个好人！几把柴火烧就烧了！往回送啥？往哪儿送？"

又一村民："村里人谁不知道你？教书有经验，不当校长了，当个老师蛮够格，学生们都说你讲课讲得好！我们都是孩子家长，我们都指着孩子有出息，我们都找过村委会了！"

李大海："校长不当了，老师也不当了，只想给孩子们把村委会那房子要回来！"

村民们也七手八脚地往推车上装柴火。

有村民说："你个李大海，毛病不光是倔，也不能太自私了！全村的人都对你这么好，你不是也得想着教好村里人的孩子们不是？"

李大海听了，眼圈儿更红了！

村民和孩子们簇拥着装满柴火的小推车，李大海拉着柴火走在村中土道上，他的眼里泪花盈盈。

16. 李大海家，日

院子里放着那一车柴火。

有喧闹声从李大海的屋子里传出来。

一村民："李大海回来了，村里的人，都是一块土疙瘩儿生出的肉！吃啥喝啥无所谓，就是图个心情！痛快！"

外屋。春杏在切菜。

李大海走了出来："呀，没看出来，还是个刀师傅呢！"

春杏笑得很灿然："刀师傅说不上，一刀细一刀粗的，反正白菜不能成片叶子搁锅里炒就是了！"

李大海："我能干点儿啥？"

春杏："干啥？抱柴火，点火！你看看你们家，你一回来，就热闹起来了！"

李大海踅身出去了。

春杏还在切菜。

草芯儿在边上看着："春杏老师，你小心，别碰着手！以前妈妈切菜也这么切！"

春杏停下刀，看看草芯儿，笑了，又接着切了起来。

李大海抱着一抱柴火走了进来，他蹲在灶处点火。

火光啊，映在李大海的脸上。

门"吱呀"一声开了，进来了王雪梅，她手里端着菜，对李大海说："听见你们这边儿闹闹吵吵的，来了不少人，就弄了俩菜。春杏老师，别做了，别做了！"

李大海接过菜来："大妹子，你看你……"

春杏呢，看了一眼王雪梅，对李大海说："哎，别愣着，快点儿烧火，柴火都快连荒了！"说着把菜倒进了锅里。

锅里腾起一股热气。

王雪梅向灶口踢了踢火，对李大海说："这是女人家做的活计，你哪能干得来，快屋里去吧！"

春杏："雪梅大姐，你屋里坐吧。"

王雪梅说："不了，我这就回了。"说完趔身要走。

李大海端着菜说："哎，大妹子，你看……"

王雪梅莞尔一笑，走了。

春杏从李大海手里接过菜，走进里屋："哎，菜来了，吃菜吃菜！"

那村民："哟，没看出来，咱春杏老师做菜还是个沙愣手呢！上眼皮和下眼皮还没眨巴几下呢，菜就好了。好，香味儿飘过来了，来，吃吃！"

屋外，李大海送雪梅出来："大妹子，慢走，有空儿过来坐啊！"

雪梅停住脚，微微回身说："大哥，你回吧！"说完扭身快步跑走了。

屋里，众人说："哎，春杏炒的这个菜好吃！"

春杏："别瞎说，我是神人哪！这是邻院儿王雪梅大姐送过来的！"

李大海进屋端起一个酒杯说："乡亲们！难得乡亲们对我李大海的这片心！来！干了！"

众人："好好好，干！干！"

李大海："我回来了，大家伙一片真心对我，我知道！我得对村里的孩子们尽到心，我得把村委会用上边给小学校建房款盖的房，给小学校要回来！"

一村民："要房子的事儿啊，你可慎重，那是村委会占的房，别让村委会对你有意见！村里人还指着你给孩子们教书呢！"

李大海："房子先要回来，有可能教书我再教！房子不要回来，我那书宁可不教了！"说着，自己干了一杯。

一村民："你不教书了？那哪行啊？"

17. 村主任家，夜

春杏妈在对村主任说话："老头子！你听见着没？村里人都在说你呢！"

村主任一瞪眼睛："你听着啥了？"

春杏妈："本来小学校塌房就与你有责任，可是人家李校长顶住了柱脚，春杏他们才都跑了出来，不然早就没命了！人家蹲大狱是替你至少担了一半责任！上头拨了钱给小学校，你们又盖了村委会，人家回来了，你又不让人家回学校工作，你想想这些事儿，大家伙儿对你能没意见吗？"

村主任急了："别扯！是不是你和春杏俩变着法地编排我？他们有意见让他们有去！他们是不了解情况！作为村委会，那是一村的最高权力机构，房子住个新的，有啥不对的？再者说了，上头来人检查个工作，外头来人到村子里谈点什么生意，咱村儿的面子上不也好看点儿？你以为村委会住新房，我是为了我自己呀？我也是为了村上！你！可不能和他们一起用嘴贬斥我！"

春杏妈说："人家李校长讲课就是讲的好！过去邻村的人都奔着他在这儿，把孩子送咱村儿来念书！就是喜欢听他的课！就是人家校长不当了，老师总得让人家当吧？不然那是大马勺抠耳朵，叫人太下不去眼儿了！"

村主任听了这话，心情很复杂，点燃一支烟说："大家伙儿有这意见，我知道！这个李大海，我不是不想让他回学校，我让他回了，可他说了，村委会不给小学校倒房子，他就不回学校！你说，这能怨着我吗？村上的事儿，我这村主任说了不算，由他说了算，笑话！"

春杏妈："那这事你想怎么办？"

村主任："怎么办？怎么办也不怎么办！除非我这个瀚海村的村主任不当了，换上他李大海当，那就由他说了算！"

春杏妈："春杏也因为这个事儿跟你较着劲儿呢！"

村主任："那闺女，死倔死倔的！别我唱黑脸你也跟着唱黑脸，有空儿你得过去多看看她，把咱家那老羊皮褥子给她拿去！"

春杏妈："哎呀，用你想着呀？我早送去了！可是那春杏还是有点冻着了，嗑嗑嗑地直咳嗽！"

村主任："这个不听话的闺女！拿她真没辙！"

18. 村中，夜

月夜，李大海一个人驾着小推车，拉着那车柴火，向村口走！刘老爷子在院子里看见了他。

19. 村口，夜

刘小琴墓地。

李大海把柴火卸了下来。

柴火堆得高高的。

他"嚓"地划着了一根火柴。柴火垛着了起来。火光，由小变大，映红了夜空。

火光中，刘小琴的墓碑，李大海那充满悲伤的脸。

远远的，在村口，站着刘老爷子，他看着那火光，神情黯然。黑虎从他身边小心地走过。

刘老爷子愧疚地看看黑虎，又抬头看着远处的火光，眼里都是泪水。

20. 乡政府，日

李大海走进院子来。

他找到了文教组，进到屋子里来，冲一个人说："小马！马长林！"被叫作马长林的工作人员马上站了起来："哎哟，李校长，李老师，您来了，快坐！"他对另外几个不熟悉的人说："这位就是我常跟你们提起来的李大海校长！我的亲老师！"

那几个人都很热情地握手，让座。

李大海就坐下了。

马长林："李老师！你来有事儿？"

李大海："我是来问问上头给我们村小学校拨钱的事！"

马长林："我是文教助理，拨款盖房的事儿我知道，小学校出了事儿以后，我们给县里打了报告，县里很快给拨了一笔钱。"

李大海："问题是钱是拨下去了，可没用在孩子们身上！"

马长林："不是说小学校已经搬家了吗？"

李大海："嗯，是搬家了，可是从屎窝儿挪到尿窝儿里，没从根本上解决问题！小学校搬进原村委会那老房子里去了，遇着特大暴雨，那房子能不能挺住，还不好说！"

马长林："有这事儿？那我们得去调查调查！"

李大海："好吧，只要这个问题能解决就好！我回了啊！"

马长林："您慢走！"

21．小学校，日

春杏宿舍。

村主任和春杏妈走了进来。

春杏半身插在被子里，在那直咳嗽。

村主任："不听老人言，吃亏在眼前！冻着了吧？"

春杏妈端过来一个碗说："这是妈给你熬的姜汤！你趁热喝了！"

春杏接过姜汤，喝了一口说："爸，我发烧了，明天上不了课了，我得请假休息！"

村主任："这一年多了你也没请过假，你休息了，学校的课谁上？"

春杏："乐意请谁请谁！你是村主任，你定！"

村主任："你的意思是请李大海？那得你去请！"

春杏："我请？我不请，你请！"

村主任："我是不请，也不能请！我跟他心里较着劲儿呢！"

春杏："那怎么办？除了他，村子里再没别人能讲课了！孩子们落了课哪行！"

村主任："行了我的小祖宗，你就别往绝道上逼我了！从小我和你妈把你养这么大，没少疼你！今儿个算我当爹的求你了，你找那个姓李的说说，让他来给孩子们上课，别再和我闹下去了啊！行不行？"

22. 村口，夜

月夜。

春杏站在村口那棵老树前，冻得来回跺脚，在等李大海。

李大海终于出现在她的视线里。

他从弯弯的路上走了过来。

春杏："草芯儿说你上乡了，上乡去做啥？"

李大海："去说小学校房舍的事哩！"

春杏："我爹知道你上乡吗？"

李大海："不知道！"

春杏："我感冒了，求你明儿帮我代代课！"

李大海没吱声，默默地和春杏一起向村里走。

春杏忍不住了："哎，我说，你这人到底怎么回事？行还是不行，你给句痛快话！"

李大海站住了："冲村上，这个课我不能代，冲你，冲孩子们，这个课不能不代！"

春杏脸色缓和下来："这是课程表和教科书！明天可以先讲讲作文！"

李大海接过那些课本，没再吭声。

23. 刘老爷子家，日

村主任在和刘老爷子说话："刘大叔，那院的李大海回来了，从小在村子里长大，啥人啥性情，咱们都知道！冲他那犟劲儿，我也是气得慌，可是静下心一想，村里就这么个大文化人！村里上初中高中的学生，像小鸟似的都是从他手里飞出去的！人家对村子里的人有功，这个咱当村支委不能不念着！小琴的事儿都过去了，你也别老烦心了！李大海扑奔村子回来了，说不安排他教学那是气话！能不安排吗！"

刘老爷子一直在抽着烟，末了，磕磕烟锅说："说我不想自己的孙女是假话！说我以前对他李大海没想法是假话！可是刚才他又去小琴坟上烧了把火，看着那火，我这心里也是不得劲儿！说啥呀？人心都是肉长的！乡里亲，乡里亲，打断骨头连着筋！他李大海有错没错，人性好坏都不说，只要是村里的人，咱能不接着？冲自个儿的乡亲落井下石，那不是咱瀚海村人做的事！"

村主任："刘大叔哇！姜还是老的辣呀！你老人家虑事，比我想得宽！"

刘老爷子："我听说李大海正找你，要村委会给小学校倒房子。"

村主任："嗯，刘大叔，你也是个老村支委了，你说该咋办？"

刘老爷子："咋办？当初村委会搬进新房，你这个当村主任的没当大家伙说盖房款是给小学校的，如果说是那，我姓刘的死也不能同意村委会搬进来！"

村主任："可是现在生米已经煮成熟饭了，咋办？"

刘老爷子："依我看，没啥不好办的，二话不能说，搬出来！咱不能要村委会，不要后生！等开春，再用村里积蓄的钱，给村委会盖新房，不就结了！"

村主任："等开春给小学校盖新房子不行吗？"

刘老爷子："那是后话，现在是房子应该马上倒！"

村主任："这死冷寒天的折腾个啥？我的意见，等开春再说！"

刘老爷子看看村主任，没吭声！

24. 小学校，日

教室里。

黑板上工工整整地写下："瀚海情怀"几个字。

李大海："我这手里有一篇散文，是一个文学双月刊上发表的，是写我们家乡瀚海的！现在我念给大家听！在祖国东北，在科尔沁草原东南，有一片叫八百里瀚海的地方，它是被黑土地包围着的一片盐碱滩。它有着又苦又咸的盐碱湖，它真的不是海，可自古以来却被人们叫作瀚海！这就是我们的家乡！"

教室外，孩子们的吟诵声在空间回荡："小时候，我们不知道什么是海，长大了才知道：大海不是人类赖以生存的大地，却可谓是人类精神的家园！它从不拒绝带有污垢的千江万河的涌入，默默地接纳，默默地沉淀，永恒的蔚蓝！我们家乡的海是内海，是藏在人心里的一片蔚蓝！它是传统的，也是当代的，更是未来的……"

吟诵声在瀚海的大地上回荡！

25．冰湖上，夜

李大海在镩鱼。

远处的窝棚里，一盏马灯悠然地亮着。刘老爷子背着杆老洋炮，走出窝棚，他的身边有鱼堆。哦，他是看鱼守夜的人。

李大海奋力地挥动冰镩，脸上是溅起的冰沫子。

一个黑影，向远处跑去。刘老爷子大喝一声："站住，你个兔崽子！"说着，朝天上开了一洋炮。

李大海朝响枪处看了看，又开始镩他的鱼。

刘老爷子朝黑影跑走的方向追了几步，骂道："混蛋！再来偷鱼，老子把你的腿削折喽，让你爬着走道！"

那个黑影的人脸在树丛中一晃。啊，竟是刘二！

咣咣的镩鱼声由冰湖那边传来。

刘老爷子眯起眼睛看。

李大海还在奋力镩鱼，厚厚的冰层被凿穿，冰洞里汪了一汪水。

刘老爷子看了看，进了窝棚，他那张愁云不散的脸啊！

26．李大海家，夜

电灯亮着。

李大海和草芯儿正在吃饭。

敲门声。

李大海："谁呀？进！"

刘二走了进来："大哥！是我！湖东头的刘二！"

李大海："这么晚了，你怎么来了！"

刘二进了屋，冻得丝丝哈哈的，还直搓手。

李大海："找我有事儿？"

刘二："这话说得，一个大狱里出来的哥们儿，没事儿那就不行来看看哪！"说着就坐在桌子边上："哎呀，正好饿了！吃几口再说！"说着拿起个馒头就咬了一口："大哥，你这大哥当得咋那么没样呢！让让兄弟啊，光顾着自己吃！"

李大海："啊，吃吃！"说着，递过一双筷子来。

刘二用手捋捋筷子，就大口大口地吃了起来。

李大海："咋饿这样？你找我啥事儿？"

刘二："啥事儿？这话问的，有事儿！也没事儿！"

李大海："啥意思？"

刘二："啥意思？你学问大还用问我呀！这不是秃头的上虱子明摆着的事儿吗？围着这好几十里的大湖转一圈儿，七八个村子，就咱哥俩一个姓！"

李大海："嗯？"

刘二："嗯啥嗯啊！姓犯！就咱俩都姓犯人的犯！百家姓里没有，都在你我脑门上贴着呢！"

李大海："我们已经出来了，我们不再是犯人了！"

刘二："是，你我是出来了，可你我都是释放出来的犯人！"

李大海："释放出来的犯人咋了？只要好好做人，照样有前途！"

刘二冷冷一笑："你行！比我想得开！听这话怎么像听唱歌似的！哎，大哥，弄点儿酒哇，我大老远死拉冷的天来看你，你也得热情点儿不是！"

李大海："哎呀，不知你来，家里真没酒了！"

刘二："唉！扫兴！这酒是居家常备的东西呀？你说说，你这个日子过得，真是的！没了，就不喝了，对付着吃一口得了！"

李大海："刘二呀，你那两年大狱还没蹲出点儿人生道理来呀？"

刘二："啥道理？活着就是道理！吃点好的，喝点好的，就是道理！你说，咱从大狱出来的，人家嘴上不说，谁心里把咱当人看！人家看咱跟看条狗一样！我那嫂子一看我眼珠子都发绿！还啥道理呀？这就是道理！"

李大海："咱是从大狱里出来的不假！可浪子回头金不换哪，你得干出个样儿来给乡亲们看看，让人家知道刘二蹲了两年大狱出来变好了！"

刘二："哎哎，大哥你别这么跟我说话，我不喜欢听！我就这样了！我刘二就是破罐子破摔了！乐意咋的就咋的吧！"忽然他发现地上有鱼："哎，鱼！哪儿弄的？"

李大海："想吃就提溜两条！"

刘二："大哥，你小气！"

李大海："怎么啦？"

刘二："干吗非说拎两条，你就说多拿两条，我就能多拿呀！真是！"说着，从地上拎起几条鱼来："行了，我走了，这回我可以回去跟那恶女人交差了！"

李大海看看他，厉声地："你回来！"

刘二吓得一激灵："咋着？这鱼又不给了？"

李大海咄咄逼人地："我问你，你那嫂子又逼你出来偷摸了？"

刘二："哎呀，我的好大哥，打碎的牙齿往肚里咽！家丑不可外扬！你叫你兄弟我说啥？"说着，眼里快要有了泪。

李大海见了，别过头去，叹了口气："我知道了！"

刘二看看李大海："我走了啊。"走了。

草芯儿："爸，你好不容易镗来的鱼，为啥他要拿走？"

李大海："别问了，他有他的难处！"

门外春杏和刘二走了个对头。

春杏进得屋来。

草芯儿："春杏老师！你的病好了吗？"

春杏："好了点儿！"

李大海："没吃呢吧？"

春杏："没呢！"说着，自己操起筷子就吃了起来。

李大海看着她说："你感冒也好差不多了，明天学生的课，可就交给你了！明儿一早我就去和你交接！"

春杏："那可不行，这回你上了课，就不能停了！我说我有病要休息，也不完全是，我也是太想着让你回校上课了！"

李大海："你的心思，我不是不知道！"

27．李大海家，晨

清早，李大海正从外边往院里背柴草。

突然从刘老爷子那院儿的墙头上出现半面袋子白面，悄悄地从墙头滑落下来。

李大海一下子愣住了，他马上意识到是刘老爷子送过来的，就捧起面口袋要送回去，可面口袋刚举过墙头，墙那边响起了刘老爷子的声音："李大海！那点儿白面不是给你的！我知道你又去学校教学了，把身体吃得棒棒的，教好那些孩子！小琴是没了，可那些孩子还都是村里人家心里头的星星、月亮，是指望！"

李大海捧着那面袋子，泪水盈盈，他的心头情似潮涌……

（上集完）

下　集

1. 冰湖上，夜

李大海戴着棉手套在镩鱼。

刘老爷子拎着一盏马灯走了过来，在离他不远处站住了。

李大海直起了腰："刘大叔！"

刘老爷子很硬朗的声音："李大海，你来！"说完转身向窝棚那边走了。

李大海扛了冰镩，跟刘老爷子朝窝棚走去。

两人一前一后进了窝棚。

刘老爷子摊开一个纸包："来，这有酱牛肉，有酒！你喝点儿吃点儿，去去寒气！来！这碗酒，就算是你大叔我肚子里的话了！干喽！"

李大海感激的目光，两人碗碰碗，各自喝了。

刘老爷子："我知道你在给小学校要房子！要得对不对呀？对！"

就冲你为了给孩子们要房子，宁肯不当那个老师这个劲儿，我就得和你喝酒！手心手背儿都是肉！可孩子们是咱们心尖上的肉，是指望！"

李大海："嗯！"

刘老爷子又端起碗来："你大叔我心里好久没这么畅快了，来，喝！"俩人又碰了碗。

刘老爷子显然醉了，倒头躺下，慢慢起了鼾声。

李大海眼里充起了血丝，他看着刘老爷子、眼前的马灯，马灯泛着美丽的光晕……

突然，他听到了外边有响动，他走了出去。

他大喝一声："谁！"

一个黑影从鱼堆那边站了起来，要跑！

李大海喝道："站住！"

那黑影真的站住了："哎，听声音好耳熟哇！"

李大海定睛一看："嗯？咋？刘二，是你？"

刘二："是我！咋，今儿个换了大哥你看鱼？"

李大海："啊，现在是我看鱼！"

刘二："真是老天有眼哪，该着我刘二有福！想来弄点儿鱼，就碰见了大哥你看鱼！真是一脚踢出个屁——赶当当！"

李大海："别扯了，把鱼放下！"

刘二涎着脸说："嗨，别逗了大哥！鱼是村上的鱼，不是你家的鱼！是你家的鱼，我不也拿了吗！回头见啊，拜拜！"

李大海上前抓住刘二："不行！这鱼你不能拿！"

窝棚里的刘老爷子被外面的响动惊醒了，他伸了个懒腰坐了起来。

刘二："哎哟嗬，这是要跟我来真格的咋的？"

李大海："放下！"

刘二："大哥！我给你跪下行不行？"

李大海："把鱼放下，你怎么又做这种事！"

刘二哭了："大哥，都是我那恶嫂子逼的呀！一天到晚得挨她几顿骂！不出来整点儿啥，回去就不给饭吃！你说我这好歹也是这么大个人，不吃饭哪行？"

李大海眉头拧成个大疙瘩，想了想，说："把这儿的鱼放下，跟我走！"

他们俩来到了李大海镩鱼的地方。

窝棚门口，站着刘老爷子，他看着眼前的一切。

李大海指着地上的几条鱼说："这几条鱼是我镩的，你拿走吧！"

刘二哭了："大哥，你也有家，这份情我得咋报？"

李大海："别说没用的！有空儿过来，我教你镩鱼！"

刘二呼地扑到李大海跟前："大海哥，我亲哥瘫痪炕上好几年了，他心里疼我，可没辙儿，只能看着我淌眼泪！大海哥，你就是我亲哥！"

2. 村主任家，夜

村主任躺在那里睁着眼睛，想心事。

春杏妈做着针线活儿说："哎，老头子，你是吃了人参草了，还是喝了蛤蟆油了？这么晚了，咋还这精神？"

村主任："我是在想事情！"

春杏妈："你当村主任的，为村上的事儿操心是正常的，可也别太劳心费力！别再弄出点儿啥病来，让我跟着你累心！"

村主任索性坐了起来："唉！村委会住了新房子，李大海告到乡上去了！乡里来人查了！"

春杏妈："来人查怕啥？咱也都是为了公家的事儿，咱也没拿家半块砖头来！"

村主任："你懂啥！上边说，私下动用小学校的建房款，是触犯了原则问题！"

春杏妈："还这严重呢？"

村主任："嗯！"

春杏妈神色沉重："那咋办？不行就把房让出来不就结了！"

村主任："说得轻快！现在不是光让出房子的事了，是组织上要如何处理我的问题！"

春杏妈睁大眼睛："崩苞米花呢呀？一点儿东西崩多大！"

村主任摇摇头："原先我也不明白，现在我才知道，这个事不小！"

3. 冰湖窝棚里，夜

刘老爷子对刚进来的李大海说："大海呀，你刘大叔给村里渔业公司看了这么些年鱼，没说往自个儿家拿过一片鱼鳞，今儿个大叔说话了，你从这儿拿点儿鱼早点儿回家吧，不是为了你，你明个儿还得给孩子们上课呢！"

李大海呢，笑模样地扛起冰镩："大叔，谢谢你的酒，身上热乎起来了！"说着，就大步流星地走了。

刘老爷子走到窝棚门口。

月光下，李大海仍在奋力地镩鱼！冰镩的声音和李大海的喘息声，像是冰湖月色下的二重奏。

刘老爷子摇摇头，进了窝棚。

4. （空镜）月亮在白莲花般的云朵里穿行

5. 李大海家，日

上午。

高高的柴火垛边，李大海从雪里抠着鱼，往一个长口袋里装。

草芯儿："爸，今儿个你要去乡上卖鱼？"

李大海："嗯，再过些日子就好过年了，过年的东西都有了，就差点儿肉了，爸爸把这些鱼卖了，换钱买肉，过年给草芯儿包饺子！"

草芯儿乐了："有爸爸在家和没爸爸在家就是不一样！"

李大海："哎，事是这么回事，话可不能那么说！那院儿你王姨可没少拉帮你，去，把这两条最大的鱼给你王姨送去！"

草芯儿接过鱼，向雪梅那院跑："哎哎，送鱼嘞！王姨送大鱼嘞！"

王雪梅呢，从墙那边探出头来，掩饰不住地笑了。

李大海看见了，把长口袋往肩上一扛，咧嘴笑着，走了。

6. 去乡里集市的道上，日

李大海和村主任的两台车子骑到了一起。

村主任："大海，骑的是我闺女的车子吧？"

李大海："啊，借她的。趁星期天儿，上镇子卖点儿鱼！"

村主任："你停下，她那是台坤车，你驮东西不便利，咱俩换换？我这个车子又大又结实！"

李大海："不用了！"

村主任："要不我帮你驮着？"

李大海："不用了！你到乡上有事儿？"

村主任："你给我惹出的事儿，我能没事儿吗？乡里马长林他们来调查完了，让我去乡上，有些事儿还要进一步核实核实！"

李大海："核实个啥？咱把那房子倒出来不就完了！"

村主任："我说大海呀，你要说是还想当老师，那咱就说你当老师的事儿，你要说你要再当校长，那咱就说你再当校长的事儿，你看看，你这是干啥？村里说完了乡里说的，你还想说到哪儿去？实话跟你说，咱村委会是占了几间好房子，你要不揪住这个事儿不放，谁知道？这下子可好，小事儿整大了！乡里要我好瞧的了！"

李大海："我可没想整谁，我只是就这个事儿说这个事儿！"

村主任："可你说的这个事，是我办的，这不是整我是整谁？"

李大海："那要是说这个事儿，就算整你了，我也没办法，事儿不解决，那我还是要说！乡里解决不了，就上县！总有说话的地方！"

村主任："好，你说吧！大不了就是我下台，还到不了蹲笆篱子的份上吧？我可告诉你，乡里叫我写的检查，已经有一回没通过了，今儿个送的检查要再通不过，就得你帮着我写！"说着，骑车子自己先走了。

7. 学校春杏宿舍，日

春杏妈在和春杏说话："春杏，妈就你这一个女儿，婚姻是一个人一辈子的大事，可不是闹着玩的！我看乡上来搞调查的那个叫马长林的小伙子挺好，本村出去的，知根知底，村里也有人想给你们撮掇这件事，你跟他相看相看？"

春杏笑了："啥？相看？我跟他相看？妈，这都啥年月了，哪有谈恋爱找对象还相门户的？妈，我都这么大了，该找什么样的，不该找什么样的，我心里有数！"

春杏妈："昨儿晚上你爸跟我合计，说是你这事还是早点解决好！怕夜长了梦多！"

春杏："梦多还能多到哪儿去？"

春杏妈："你跟妈说实话，你心里没那李大海吧？"

春杏看看妈，没吭声。

春杏妈瞪大眼睛："妈问你话呢！"

春杏依然没吱声。

春杏妈有些急了："那可是带个孩子的男人哪！"

春杏："知道！孩子就是草芯儿，草芯儿是很好的一个孩子呀！"

春杏妈忙问："你怎么看那李大海？"

春杏："好人！一个有能力的男人！有点倔，可倔得让人喜欢！"

春杏妈神情有些紧张："这么说，你心里有他了？"

春杏笑了："妈！我什么时候跟你说这句话了？"

春杏妈心里有些不安的："你要是没这事，妈这心里就放心了！"

春杏："妈！当父母的在儿女的婚姻大事上不要管得太宽！现在都是自由恋爱呀！"

春杏妈："那，马长林的事儿怎么说？"

春杏："怎么说也别怎么说。"

春杏妈狐疑地看着春杏。

8. 集市上，日

李大海守在一个地摊上，在卖鱼，他身边放着那台自行车。

有人在买李大海的鱼，李大海把秤高高地给着，收着钱！

他抖落了一下空袋子，站起身来，刚要数钱。

突然，人群那边有人吵嚷起来："抓住他！抓住他！就是他，小偷！"

刘二手里拎着几件衣裳，拼命地跑，后边有人喊叫着，紧追不舍。

追的人终于抓住了一件花衣裳，刘二拼力一扯，哧！衣裳被扯裂了。

刘二还在跑，有人挡住了去路。

刘二抬头一看，是李大海。

李大海声色俱厉地："你给我站住！"

刘二额头上有汗，气喘吁吁地看着追来的人："大哥，放我一条路吧！"

李大海揪住刘二的袄领子，挥掌抢去！一个响亮的耳光！

刘二颓然地抱头蹲缩在地上，哭开了。

追上来的人："对！就是这小子，偷了衣裳就跑！"说着，把刘二手里的衣裳抢了下来："看看，这么贵的衣裳，都给扯坏了！"

说着，扯住刘二的胳臂："走，上派出所！"

李大海拦住说："这位兄弟，慢！"

那人一愣："这位大哥，人是你抓住的，你啥意思？他和你有关系？"

李大海："我的一个远房兄弟，我代他说声对不起了，扯坏的衣裳值多少钱，我赔！"

那人看看李大海："你赔？你真替他赔？"

李大海颔首。

那人讪笑着："这一说你赔，我还真有点儿不好意思了你看！我知道你是谁！你是瀚海村小学校原先的李校长！哎呀，这怎么办呢？都是乡里乡亲的！这么吧，这件衣裳值一百块，打个七折，给七十块吧！"

李大海掏出钱来数着，说："哎哟，我兜里的钱都给你总共也不到六十元，咋办？"

那人继续讪笑着："那还能咋办？算了，看在你的面子上，就这吧！算了！"那人走了。

李大海瞪了刘二一眼，把那件花衣裳往他怀里一扔，推上车子走了。

刘二在后边跟着。

李大海停住了车子，头也没回："你跟着我干什么？"

刘二嗫嚅地说："大哥，那个家我是真的不想回了！"

李大海神情严峻，立住车子，头也没回地吩咐道："推着车子！"

刘二赶忙地推着车子，跟在李大海后边走。

李大海皱着眉头，抬眼看着路旁冬树上的喜鹊窝，心情沉重地向前走着。

谁也没有话。

只有脚步咯吱咯吱的踩雪声。

9. 李大海家，日

雪梅正和草芯儿一起拾掇院子。

李大海和刘二走了进来。

草芯儿高兴地扑了过去："爸爸！鱼都卖了吗？买的肉呢？"

李大海抱起草芯儿："啊啊，爸爸给你带回个大活人来，你刘二叔叔打今儿往后就是咱们家人了！叫叔叔！"

草芯儿甜甜地："叔叔！"

李大海冲刘二："这是邻院王雪梅，你得叫大妹子！"

刘二冲王雪梅一哈腰："大妹子好！"

雪梅冲刘二微微一笑。

草芯儿："爸呀，买的肉呢？"

李大海假意拧了草芯儿屁股一下，笑道："肉在这呢！"

草芯儿笑了："爸爸真逗！"

10. 村委会，日

村主任正在那儿写着什么。

春杏走了进来："爸！你写什么呢？"

村主任扔下笔："写什么？能写什么？写检查呢呗！检查交上去两遍都没通过，你进来，帮爸措措词儿！"

春杏："我才不管你的事儿呢！"

村主任用带有情绪的口吻问："春杏！你的自行车今天借给那姓李的骑了？"

春杏："嗯！"

村主任："你以后能不能少搭理他！他那边整着你老爸，这边你对他还挺客气，村里有自行车摩托车的人一大堆，为啥偏得你借给他？"

春杏看看他："爸，借骑个自行车算啥？他现在和我都在小学校里工作，他不朝我借朝谁借？"

村主任："你呀，一个是犟犟犟，一个是大咧咧！太让我跟着你操心！人们常说男大当婚，女大当嫁！人往高处走，水往低处流！乡里那个文教助理马长林，是咱村出去的，人和工作都不错！"

春杏："他不错他的，和我没关系！我自己的事儿不用你们管！"

村主任："什么？你说什么！"

春杏："我自己的事儿不用你们管！"。

村主任气得脸白了，顺手抄起一个笤帚："你你你，你个小兔崽子，你是翅膀硬了你！"说着就要追打春杏。

春杏却躲闪着向外走。

村主任把笤帚抡将过去，却打在了刚进来的春杏妈身上。

春杏妈："这是咋的了？"

村主任指着正从窗口走过的春杏说："还不是那孽种！"说着，气得流了眼泪："真是儿女大了不由爹娘啊！我怎么养了这么个不听话的闺女！"

春杏妈："我今儿个找她，她说和那李大海没什么事儿啊！"

村主任："行了，傻娘们儿！要是有事，那就啥都晚了！"

春杏妈眉头蹙了起来。

11．冰湖上，夜

夜色初罩。

李大海在指导刘二镩鱼。

刘二："这冰镩死得拉的沉，累得膀子快掉下来了！镩几条破鱼，值吗？哎呀，坑是镩出来了，鱼还不知来不来呢！"他冲着水坑说："鱼呀，你可来吧，来吧，鱼啊，让哥抓几条，要不今儿个晚上哥就白挨累了！大哥，你看我这干喊，也没看见鱼来呀！大哥，整这玩意儿太急人，能不能整个俏皮活儿干干？

又轻巧又来票子，大把大把的，唰唰唰！"

李大海："能！我看能！躺在炕上房笆儿嘣里啪啦还往下掉馅饼呢！啥都能！可那是做梦时候的事儿！"

刘二看看李大海，又使劲儿往下一镩，溅了一脸冰沫子："噗！噗！这活儿没干！"

大海严厉地："没干，你走！我没非让你在这干！你干的这个活儿，我还真就是没相中！"

刘二看李大海真的变了脸："你看你，我说没个干，这不也是在干着呢吗？大哥，跟你说个正事行不？"

李大海："啥事儿？"

刘二："在村上，能不能给兄弟弄个轻快点的活儿干干？"

李大海："人啊，别想不付出辛苦就挣着俏皮钱！那钱来道儿不正！做人也是一样，得奔正道走！"

刘二一边干一边说："这话说得，我刘二还不奔正道走？我这辈子啥时候干过这么累的活儿？"

李大海："下兜子往里捞！"

刘二左捞一下，右捞一下，一抬捞网："呀，还真的有鱼哎！捞上来这条还不小呢！"

一条鱼在冰面直蹦，伴着刘二欢乐的笑声。

12. 雪梅家院儿内外，夜

月光下，村主任披着大衣，走了过来，见雪梅正在院里拾掇东西。

村主任站在了院外："哎，我说，忙哪？"

雪梅看见了他："是村主任，有事儿呀？"

村主任："跟你没事儿，就是说句话，到你邻院儿的老李家看看，打你这路过！"

雪梅扶着扫帚说："他们上湖镩鱼刚回来！"

村主任叹了口气："啊，那李大海不易呀，真的不易！一个男人又带个孩子，身边儿又没个女人，雪梅，你们邻院儿住着，你得多帮衬帮衬他！"

雪梅："那是，我能帮上的忙，不用村上说，没说的！"

村主任："他家缺个女的，你们家缺个男的，都有难处，都不易！"

雪梅看看村主任，没吭声。

村主任笑了："哎，你们俩能不能？"说完又一笑。

雪梅："人家是有文化的人，哪能看中我？"

村主任："用不用我们在中间给撮合撮合？噢，脸红了，看来你心里这是同意！行,我知道了！那我可过那院去了！"说着，进了李大海家的院子！

雪梅看着村主任进了李大海家院里，想了想，目光中流溢出几许期盼，就踅身回屋了。

13. 雪梅家屋里，夜

灯光下，雪梅对着镜子梳头。

镜子里是雪梅那张好看的脸！她对着镜子看了又看！

14．李大海家屋里，夜

村主任走了进来，一眼看见了正在炕上吃饭的春杏："咦？你怎么在这儿吃饭？"

李大海对村主任说："坐，坐！"

村主任把酒放在炕上，瞪着春杏。

春杏呢，推了碗筷："草芯儿，来，老师帮你练习写字！"

草芯儿也推了碗筷，笑着拿出笔和本子来，两个人在那儿写了起来。

刘二在那儿只顾吃着饭，也不吭声。

村主任问："这是？"

李大海说："啊，刘二，我收留的弟弟！"

村主任："啊，刘二，我听说过！"

刘二停住筷子："咋，你听说过我？"

村主任笑了："过去的事嘛，好事不出门，坏事儿传千里嘛！湖沿儿上一圈儿，提提刘二，谁不知道哇！"

刘二："是吗？我还那么出名呢呀！"

李大海瞪了刘二一眼："别把坏事当成啥好事儿！"

刘二噤声了。

村主任对李大海说："咋整？我那个检讨是写不好了！你是个大文化人，得帮帮我！"

李大海："帮帮你可以，可是村委会给小学校的房子还没倒出来，这房子一天不倒出来，你那检讨咋写都没用，也写不好！"

村主任："你是说村委会立马给小学校倒房子？"

李大海："没错，倒得越早越主动！房子倒出来了，检讨我帮你写！"

村主任："也好，我也看好了，这房子是早倒晚倒都得倒，那就倒吧！明天就倒！可咱们得说定了，那检讨得你帮着我写！"

李大海："一言为定！"

村主任："大海，我看你一个男人家，带个孩子，老这么下去也不是个曲子！我看邻院儿那王雪梅对你有些意思，人也不错，你也是过来人了，你要是说行，这个媒人我就当定了！"

春杏一边听着，一边拿眼光觑李大海。

李大海倒挺镇定："人哪，有了一，才敢想二，是个零，哪敢往二上想！"

村主任："我不管你一不一，二不二的，我看人家王雪梅人不错，配你你不屈！你们两家要真合到一起了，那也是个好事儿！春杏！你也走吧！"说着，下地要走。

李大海："那，不再坐会儿了？"

村主任："坐啥坐，有时间再来！"

春杏冲草芯儿摆了下手。

村主任和春杏走了出去。

15. 村中路上，夜

村主任："春杏，你是不是要气死我？"

春杏："咋了？"

村主任："咋了？咋我越说不让你和他接触，你越接触呢！还两腿一盘，坐到人家炕上吃饭！你有病啊！"

春杏："爸，我都多大了，我的事儿你别管了行不行？"

村主任："你要不是我的女儿，让我管我也不管！"

两人沉默着走路。

村主任又说："你看李大海和王雪梅的事儿，李大海能同意不？"

春杏苦涩地笑着："我也不是钻到他肚里的虫儿，我哪能知道？不过，我倒是听说他在这方面有他自己的考虑了！"

村主任："这么说，他是有了意中人了？谁呀？"

春杏："我也说不太好。哎，爸，你咋求人家帮你写检讨？"

村主任长叹了一口气说："论文化水儿，你爸我不行！真的不行！"

春杏笑了："我还真听见你说句谦虚话！"

16. 李大海家，夜

李大海对刘二说："闲着的时候，帮邻院儿雪梅大妹子挑挑水，她一个女人家，道上一呲一滑的不易！我不好去，村里人眼尖舌头快，你去，就算是帮我了！"

刘二痛快地说："那行，我吃饱了喝得了，正愁着有劲儿没处使呢！我去，现在就去！"说完下地走了。

草芯儿："爸，我知道你没带回钱来，把刘二叔叔带回来了！没钱买肉，我照样跟你高兴过年！有爸在一起过年，比有钱有肉都好！"

李大海听了这话，笑了，眼里有泪光。

草芯儿对李大海说："爸，村子里的孩子都有妈，我也想有个妈！"

李大海："草芯儿，你妈没的早，爸就是你的妈！"

草芯儿："爸是爸，妈是妈，爸爸不是妈！我想要个妈，春杏老师那样的妈！"

李大海："草芯儿，别胡说！春杏老师是个姑娘家！你爸我是个带孩子的男人家！不但话不能那么说，事连那么想都不对，咱不能坑人家！"

草芯儿："春杏老师好！我就觉着她像妈！"

李大海："邻院你王姨不像妈吗？"

草芯儿："王姨待我好，也像妈，可我就想找春杏老师当妈！"

李大海："为啥？"

草芯儿："年轻好看，有文化！"

李大海看看草芯儿："你说的对不对呀？都对！可是草芯儿啊，你这可就是难为爸了，爸是啥人？刑满释放出来的人！你要真想找妈，就得找邻院你王姨！"

草芯儿："王姨也好，可是不如春杏老师好！"

屋外，不时地传来鞭炮声。

李大海对草芯儿说："你真的想请春杏老师来咱家吃饺子？"

草芯儿："嗯！你不在家，王姨给我洗衣裳做饭，可春杏老师教我识字管我学习！"

李大海假意咬咬牙说："为了春杏老师，为了刘二叔叔，为了三十晚上有肉吃，咱不要黑虎了，勒了它，你看行吗？"

草芯儿不理解："为什么不要黑虎呀？黑虎给我们看家望门

儿的，是我的朋友！"

黑虎趴在那里，听着他们说话。

草芯儿下地蹲在黑虎身边，摩挲着它黑亮亮的毛，眼泪汪汪地说："黑虎，你是我的朋友，我不要你死，永远永远不要！"

黑虎仿佛听懂了草芯儿的话，它亲昵地用舌头舔着草芯儿的手。

李大海笑了，他也用手摩挲着黑虎说："草芯儿啊，其实爸早就知道你是个有情有义的好孩子，你不能同意勒黑虎！黑虎不仅是你朋友，更是爸的朋友！真勒了它，肉也没法吃！吃肉比不吃还难受！爸故意这么说，试试你的心！"

草芯儿破涕为笑了："爸，你真是个好爸！"

17. 王雪梅家，日

院外边，雪梅站在那里，望了一眼李大海家的院门。

这时刘二挑着一挑水过来了："哎哎哎，大妹子，快闪开点儿！帮着你家挑水来了，咋还站那堵着门不开门呢！"

雪梅一惊："啊？帮我家挑水？你是？"

刘二："问啥呀？你寡妇什业的谁能帮着你挑水呀？我！那院李大海的弟弟刘二！见过面的，咋还忘了呢！"

雪梅一边打开屋门一边说："啊，是你，想起来了！"

刘二放下担子："你往那边闪闪，别崩身上水！你瞅瞅，这水缸里头也没有多少水了！过年水缸里不预备点儿水哪儿行？"

雪梅："黑更半夜的，一呲一滑的，我寻思明早上再说！"

刘二："这就是家里没老爷们的难处哇！这回行了，水缸里缺水，你就吱声，你要觉着不方便吱声，我看你们家外边挂个汩水桶，你就当当敲几下子，我立马就过来！"

雪梅："你看真不好意思，大过年的让你挨这个累！"

刘二："这说哪儿去了，挨累那不是没给别人挨吗？这不都像自个儿家人一样吗？有事儿你就吱声！大海哥说了，让我得重点照顾照顾你！来日方长！我走了！"

刘二说着出了屋。

雪梅开门来送，屋门边是她美丽的逆光剪影。

18. 村委会，日

院里很热闹，村主任指挥村民往外搬东西。李大海、春杏带学生往院里运桌椅。

刘老爷子笑吟吟地站在那儿看。

一村民对村主任："村主任哪，这些东西还搬回原先那院儿呀？"

村主任："没错！这就叫知错必改呀！"

那村民笑着说："好哇，好哇！你这个村主任当得够料！"

村主任："不行啊，文化浅，犯了错误了！过了年，我主动提出来下台，让大家伙再选新人儿吧！"

李大海："新人儿选谁？谁干也没你干合适！"

19. 课堂，日

原先的村委会，整洁的教室。

李大海走进来，仿佛在给孩子们上课，空旷的教室里，响着他的声音：同学们好。少顷，虚幻的学生声音响起：老师好！

20. 村落，晨

白雪覆盖的村落。雄鸡的啼鸣声。

袅袅炊烟从贴了新对联的一家家屋顶升起。

21. 李大海家院内，夜

入夜，鞭炮声不时传来。

门开了，一束柔和的光从屋子里射出来。

逆光走出来李大海、草芯儿、刘二，黑虎在雪地上撒着欢儿。

李大海他们刚要把放饺子的盖帘儿摆在窗台上。

这时，院门口涌进来一群人，有刘老爷子、春杏和一帮拎着灯笼，端着盖帘儿饺子的孩子和家长们！

雪花啊，在飘落。

李大海的眼前似乎朦胧起来，白白的雪花，红红的灯笼，还有孩子们那一张张可爱的脸。

春杏："李校长，我们，还有你救过的孩子们，来给你拜年了！"

孩子们都说："李校长，过年好！"

李大海声音颤抖了："咋？你们都来给我拜年？"

有人挑起的一挂长长的鞭炮猛然响起。

白白的雪地上，一片残红。

烟气和炸开的纸屑，从李大海他们的脸上掠过。

孩子们又喊："老校长，过年好！"

泪，无声的泪，从李大海的脸颊上滚下。

静静的，一切都静静的，只有雪花在飘落啊！

刘老爷子捧着两套新棉衣走过来说："给，过年了，乡亲们齐钱给你们买的，一点心思。"

李大海手中的盖帘儿倾斜了，饺子掉在雪地上！他一手接过棉衣，一手捂着脸，扑地跪在地上，啜泣有声："谢谢！你们……你们都惦记着……我李大海！"

刘二看着，深受感动地别过头去。

春杏和刘老爷子走过来，扶起了李大海。

刘老爷子说："一个人活着，活个啥劲儿？人气！你看看，这是多少孩子和乡亲都来看你呀！"

春杏给他扑打膝盖和身上的雪。

李大海泪眼蒙蒙。

一个女孩子："李校长，过年了，我们给您准备了一首歌，我起头：让我们敲希望的钟啊，唱！"

孩子们唱了起来："让我们敲希望的钟啊，多少祈祷在心中，让大家看不到失败，叫成功永远在……"（叠化）

小院儿静静的，空落落的小院儿，只有窗户上的人影和仿佛还在唱着的歌声。

王雪梅端着热腾腾的饺子走了进来，她透过窗上哈出的小洞向屋里看，见春杏正忙着帮李大海试棉衣。

雪梅犹豫了，她抬手想敲门，又放下了，她把饺子放在了窗台上，用毛巾蒙好，转身想走，想想，又踅身回来，终于抬手敲响了窗子。

雪梅喊：“草芯儿！草芯儿！”

草芯儿从窗上的霜洞里看是王雪梅，便说：“是邻院儿的王姨！”

雪梅指着窗台上的饺子说：“饺子！刚出锅的，你们趁热吃啊！”

草芯儿回头对李大海说：“爸，是王姨给咱们送饺子来了！”

李大海穿着那身新棉衣忙下地，匆忙赶出去。

雪梅急急地走了。

李大海出来没看到人，只看到窗台上的饺子。他捧了过来，这是热腾腾的饺子啊！

村主任走进院来：“春杏是不是还在你家？叫她出来！”

李大海走进屋去。

春杏走了出来。

村主任低声吼道：“回家！”

春杏只好跟村主任走了。

父女俩走在村中的路上。

村主任：“我越说不让你接触你越接触，你怎么回事儿！”

春杏：“我接触接触李大海有什么不好哇？一起工作的人！”

村主任想想，咽下一口气，语气忽然缓和下来：“今天过年，咱爷俩也别吵了！回家吧！”

春杏看看爸，没再吭声。

22. 李大海家，夜

夜已深了，灯依然亮着。

草芯儿已然睡熟了。

李大海伏在桌子上写东西。

刘二睡醒了一觉："哥，你咋还不睡？"

李大海："替村主任在写检查！人家把小学校校舍倒出来了，咱也得让人家过关了不是！"

刘二翻身睡了。

灯下，李大海还在写着。

23. 村中，日

上午。

李大海拿着挺厚的一沓子稿子往村主任家走。

一辆吉普车从身边驶过，远远地在村主任家门口停下了。

村主任和两个工作人员从屋子里走了出来，上了吉普车。

春杏妈瞪大眼睛在望着。

车轮溅起路上的积雪。

李大海迎着吉普车拼命地向前跑。

车戛然而止。

一位工作人员模样的人探出头来："干什么你？不要命了？"

李大海气喘吁吁地说："这是……这是我们村主任的检讨书！"

那人接过李大海手中的稿子："你是李大海吧？"

李大海："是我！同志！我求你们个事儿！"

那人："什么事？"

李大海："我们村主任是个好村主任，他知道错了，小学校的房子已经倒出来了！这个检讨，写得很真心的！求求上头，就别再处理他了！"

车里村主任有些激动的脸。

那人："你说的，我们都知道了。"

李大海向那人拱手说："谢谢了！谢谢！"

吉普车开走了。

24. 王雪梅家，日

刘二哼着小曲儿，挑着一担水走进院来。

雪梅迎上去说："二哥，你看，又麻烦你！"

刘二："不是我说你，咋老把我当外人呢？让你敲汁水桶，咋不敲呢？我左听你不敲右听你不敲，后来一寻思，你家这水，不用敲桶我也得过来挑！"

雪梅："二哥，你是好心我知道，可我不想让人家说长道短的！"

刘二："说啥长道啥短哪？咋的？你寻思我刘二相中你了？我可跟你说，我刘二见着的女人多了，你岁数小啊？还是长得像天仙哪？这两条你都不占！"

雪梅没吭声。

刘二："你呀，我也是看透了，是心刚命不随！人家春杏是老师，是个黄花大闺女，长得又秀气，那都给大海哥洗脚，剪脚指甲，就差啃我大哥脚后跟了，那我大哥还二意思思的呢！你说你，跟人家春杏咋比，你是老黄花菜了，老得快干巴了，你老往人家大海哥跟前凑合啥？我是看咱们都不外了，我才跟你说这个话！"

雪梅扭过头去，哭了。

刘二："你哭啥呀？天底下男人不还有的是吗？你别怕找不着男人！实在不行，二哥我还是个独身，说不定我还能可怜可怜你呢！行了，别哭了啊！"

雪梅呢，却哭得更厉害了。

25. 村主任家，日

村主任坐在桌子旁喝闷酒。

春杏妈说："村里开村民大会了，听说乡里也来人了。"

村主任："检讨是通过了，可错误是犯下了，挪用小学校建房款，我错误不小，我主动提出不当村主任了，让大伙选新的村主任！"

春杏妈关切地："行了，这个村主任，你不干倒好！这一春零八夏起早贪晚的，累死了。"

村主任站起来："不行，我得去参加大会！"

春杏妈："村主任都不干了，还去干啥？"

村主任："干啥？我还是个村民，得选个大家伙信得过的人干！"

26. 村委会屋里（原小学校），日

村民大会。

李大海、春杏、雪梅、刘二、马长林等都在。

刘老爷子在说话："这个，年也过去了，乡政府也来人了，

李大海的校长也恢复了。可是，咱们的村主任提出不干了，让大家伙儿重新选举村民委员会主任！我呢，作为咱们村的老支委，主持今天这个村民大会，大家伙儿说说，这个事儿怎么办？"

村主任已来到窗外，他驻足听着屋里的一切。

李大海站了起来："乡亲们，村委会把房子给孩子们倒出来了，村主任给上头写的检讨也挺深刻的！错误是人犯的，也是人改的！我李大海有过错，很大个错，可我回来了，乡亲们容纳了我，没用斜眼看我，我很感动！我李大海不是大海，乡亲们的人心才是大海！咱们的村主任，这些年为了村里的事儿没少忙，渔业方面发展了网箱养鱼，农副业方面引进了优良品种又搭建了蔬菜大棚，村里的民营企业也发展起来了。工作干了一大堆，偶然出点儿错也是正常的！我看，村主任还是村主任，用不着换！"

众村民七嘴八舌地："大海说的对，是人哪有没犯过错误的！"

"不干工作的人没错，可我们不喜欢那样的人！"

刘老爷子："大家伙儿的意见，我都听明白了，看看乡里领导什么意见？"

马长林："乡政府派我来，到这是看看选举结果，不参与选举意见。只要村民委员会定了，乡里就支持！"

大家的掌声很热烈。

刘老爷子："好，那村主任就还是咱们的村主任！"

大家伙热烈鼓掌。

门开了，村主任泪光盈盈地站在门口！

在大家的掌声中，村主任进了屋，他说："啥时候知道乡亲亲？这时候知道乡亲亲！人心换人心，五两对半斤！"

他和李大海握握手，说："村委会占了小学校的房子，是我的错！房子倒出来了，对！可事儿还不算完！我还当村主任，那我就得当大家伙表个态：两年以后，咱村一定用村里各业发展挣来的钱，给小学校盖个楼房！"

热烈的掌声。

27. 李大海和雪梅家院外，日

李大海和春杏并肩走着。

刘二隔墙招呼正在院中拾掇院子的雪梅，示意她看。

李大海对春杏说："村里想着咱们，咱们也得想着村里！咱们得利用小学校的有利条件，给村里办学习科技知识夜校，村里人都变富了，咱村才能成为一个又富又强的村子！明天，你去城里买点科技致富的书回来，咱们备备课，就开讲！"

春杏突然站住了，她深情地望着李大海。

李大海看了她一眼，从她那目光中感觉到了什么，匆忙避开视线。

春杏呢，却轻轻地扑到李大海怀里，紧紧地抱着他哭了。

李大海呢，用手抚摸着她的头，眼里也有了泪："春杏，你是个好姑娘！为了你好，我不能和你好，真的不能！"

春杏呢，却不说话，泪流得更厉害了。

刘二用两个大拇指向中间点着，意思是两人要拜天地。

雪梅一扭头，回屋去了。

刘二呢，翻墙而入。

那边，春杏突然推开李大海，打了李大海一拳说："我要你不仅要当个好校长！还要当个好男人！"

李大海呢，愣愣地看着她。

春杏呢，却莞尔一笑，跑走了。

李大海默默地看着她的背影，又看看春杏打过的地方。

28. 雪梅家，日

刘二坐在雪梅家炕头上，"来，大妹子！小菜炒得不错！咱哥俩儿今天也喝点儿，看着他们高兴，咱也高兴高兴！村子里人这个嘴呀，都说咱俩好上了。把一锅感情的生米，活呲拉的给煮成一锅熟饭了！完了，我算栽到你王雪梅手了！"

雪梅："我可没跟你煮成熟饭，那是你自己说的！"

刘二："那是我说的吗？你去问问，人家都说咱俩早就那啥了！不过我想咱们是自由恋爱！你是独女，我是单男，天王老子也得说这是合情合理的！"

雪梅："刘二，我得问你！"

刘二："问啥？"

雪梅："我找男人，是给自己找个终生依靠，你能真心对我？"

刘二："问这个干啥？这不废话吗？不真心对你，我成天扯这个干啥？小水桶挑得悠悠的！"

雪梅："你说的话，我还是信不实！"

刘二："我知道你信不实我刘二，但我得跟你说，我刘二不是以前的刘二了，我说半句假话，天打五雷轰！"

雪梅："你不用起那恶誓！"

刘二："大妹子，关系一公开，就没人说了！处差不多了，都认为行了，咱再登个记，那就更准称了！"

雪梅叹了口气。

刘二："大妹子！你有眼光，我这辈子准得对得起你！"他突然拿出在集市上扯坏的那件花衣裳："这件衣裳是新的，扯坏过个口子，缝缝就好，送你的！"

雪梅用手摸摸那件花衣裳，睃了刘二一眼。

雪梅家屋外，窗子上人影晃动。

灯忽地灭了。

29. 李大海家，晨

晨鸡啼鸣。

李大海走了出来。

刘二却从隔院儿探出头来。

李大海："昨天晚上你上哪儿去了？"

刘二："哥呀，多亏你拉帮我，你兄弟这回也有了自己的家了！可以像个人儿似的生活了！哥，我有家了！"

房后的喜鹊窝上，有喜鹊在翻飞鸣唱。

李大海立马明白了："你小子可要好好对雪梅！登记了吗？"

刘二："就去！"

李大海笑了！

字幕：两年以后

30. 小学校新校舍门前，日

一座新的楼房矗立在这里。

鞭炮炸响。

李大海和春杏笑容可掬。

刘二和雪梅兴高采烈。

刘老爷子看着新校舍，用袖口揩揩眼泪："早有这么好的楼房，小琴就不会了，不会了！"

李大海和村主任一起剪彩，众人鼓掌。

村主任："下面请村小学校长李大海讲话！"

李大海走近麦克风，半晌儿没说出话来，沉静了一会儿，他说："乡亲们！小学校的新楼建成了！这里有我们的一片心思和希望！过去的都过去了，新生活的太阳正在向我们生活在这片土地上的每一个人微笑！"

这声音传得很远，在雪原和冰湖上回响。

一个花炮响过，李大海和春杏的头上是缤纷的花雨。

隐约间，我们仿佛听到了孩子们朗读《瀚海情怀》的声音："小时候，我们不知道什么是海，长大了才知道：大海不是人类赖以生存的大地，却可谓是人类精神的家园！它从不拒绝带有污垢的千江万河的涌入，默默地接纳，默默地沉淀，永恒的蔚蓝！我们家乡的海是内海，是藏在人心里的一片蔚蓝！它是传统的，也是当代的，更是未来的……"

哦，一轮新的太阳，正升起在东方的地平线！

剧终

（中央电视台播出）

电影文学剧本

头上就是天

1. 中国北方某城市一居民楼

绳子，一根从楼顶垂下的绳子，紧紧绷着。

楼顶上，几位民警向下顺着绳子。领头的民警向楼下喊："哎，李所长！到位没有？还有多远距离？"

镜头顺着绳子摇下，我们见到了身系着绳子、身着警服没戴帽子的李所长，他手把着绳子向上喊："再放点儿，放点儿！"

李所长的脚终于踏在了一处阳台上，他跃上阳台，解下身上的绳子，冲楼顶喊："张教导员，你们收绳子吧！"

楼下，有不少群众在围观，一辆面包警车向他鸣笛，开车的是警长刘长顺，从车窗探出头来："哎，李所长，还得多长时间，那边儿等你们去接人呢！"

李所长边拉开阳台上的窗子，边向下喊："就好！就下去！"

2. 居民楼某居民家里

李所长从阳台跃进屋内，打开了门锁。

一位大妈拎着菜等待在门口，见门开了，焦急的神情转为欣喜："哎哟，可多亏了你们派出所这些天兵天将了，不然大妈就得砸门了！"

李所长一笑："大妈，没事儿了，我们可走了！"

大妈忙说："哎呀，坐一会儿，叫楼顶上的人也都下来歇一会儿！吃点儿水果喝口茶，你说我这人老了可咋整，净给你们添乱，钥匙活活的就给锁屋里了！"

李所长："大妈，我们还有事儿，那窗子您可关好喽，我们走了！"说完笑吟吟地往外走。

大妈说："帮我这么大个忙，连口水都没喝，大妈这心里不得劲儿！"

李所长："大妈，您回吧！"

3. 某监狱大门口

沉重而响亮的铁门开启的声音。

狱警带着孙大喜、孙二喜兄弟俩人一起向外走。

在大喜、二喜的主观视线里，看到了他们的妹妹香莲，还有派出所的李所长、张教导员、户籍警邵滨和警长刘长顺。

大喜和二喜愣愣地站在那里，二喜子怀疑眼前的一切是真的，他揉了揉眼睛，再定睛向人们看去，哦，是他们，真的是他们！

香莲跑上前去："大喜哥，二喜哥！是东胜路派出所的李所长和张教导员他们来接你们来了！"

二喜子扑了上去，他拥在了李所长的怀里，像孩子似的嘤嘤地哭了："李所长，你们还拿我们当人看？"

李所长拍拍二喜的后背，不无感慨地说："二喜子，出来了好，回家好好过日子吧！"

大喜子呢，一直冷漠地站在那里，他脸上的肌肉一直在抽搐着。他突然厉声说："好好过日子？过什么日子？有什么好日子让我们哥们儿过的？我们没家没业的过个啥好日子！你们东胜路派出所不就是全国的红旗派出所吗？专会弄这套花架子！二喜子，别理他们！走！"

二喜子面有泪水和难色："哥！"

大喜子带几分怒气地："走！你给我走吧你！"

香莲带着哭腔说："大哥！你怎么能这么对待派出所的同志呢？你们不在家，他们像亲儿子似的那么对待咱妈！担水劈柴，买米买煤，有时候连酱油醋都给买到家！妈走那天，是他们代你们尽的孝道。今儿个李所长、张教导员、邵滨、刘长顺他们都来接你们，咋？接你们还接出冤家来了？"

大喜子脸上的肌肉抽搐几下，沉吟片刻又说："没有三分利，谁起大五更！他们做的都是往自己脸上搽胭粉儿的事儿，我不领情！"他又死盯了一眼二喜子，闷着头拎着东西自顾向前走。

二喜子和香莲都愣愣地看着哥的背影。

李所长笑着对二喜子他们说："还愣着干什么？快上车！"

大家伙儿都上了车。

4. 吉普车上

张教导员笑着说："二喜子，派出所可没有轿车接你。"

二喜子："张教，你可别逗咱哥们儿乐了，出了监狱，还能坐上这车，这心里老得劲儿了！这是谁的车？这叫派出所的车，代表的是政府！"

李所长对正开车的刘长顺说："刘警长，慢点儿开，跟在大喜子后边儿走！他走累了，想上车的时候就请他上车！"

刘警长："好嘞！"

邵滨："二喜子，你们俩的落户证明在谁手呢？"

二喜子："啊，都在我这儿呢！这呢！"

邵滨："行了，给我吧，回落户口的事儿，我就给你们办了，过几天，户口本呢，我给你们送去！"

二喜子感动的："邵滨大姐呀，哪能让你送呢，我大闲人一个，我自己来取！"

透过车窗，能看见大喜子的背影。他仍在倔倔地向前走。

大喜子那疾走的脚步。

跟着他的那缓慢的却带有深情的车轮。

大喜子有些扭曲的脸。

李所长盯着他背影的炯炯有神的眼睛。

香莲带几分忧郁的眼神。

二喜子拉开车窗："哥，你不上车，你有病啊你呀！"

大喜子苦着个脸，像没听着，继续走他的路。

李所长："他呀，还是对我们派出所有气，我们抓了你们，又把你们送了进去，他对我们的气还没消呢！这个弯儿不能硬捌他，你们出来了，咱们常见面了，慢慢处！"

香莲对李所长说："李所长，我哥他不会再和政府对抗吧？"

李所长笑笑，未置可否。

5．香莲家胡同口

警车停在那里。车里的人都拎着东西在大喜子身后走了过来。

一位五十多岁戴着"治保主任"红袖标的大妈早等候在胡同口。她热情地对大喜子、二喜子说："哎哟，大喜子二喜子，你们可回来了，香莲，都到大妈家喝口茶吧？"

香莲："不得了，王大妈！我家现买的新茶，我哥他们俩还是先到家吧！"

6．治保主任王大妈家

王大妈和李所长、张教导员他们走了进来。

王大妈："老头子，赶紧儿的沏茶！"

王大妈老伴的声音从画外传来："嗨嗨，还等着你张罗哇，那茶早就沏好了！"

王大妈笑眯眯地说："别说，我们家这傻老头子还真有个笨心眼儿！"

说着，端过茶壶给大家伙儿倒茶。

邵滨："大妈，我们自己来吧！"

李所长："大妈，这几天情况咋样？"

王大妈捧着茶碗："挺好！昨天哪，咱们这片的那个自来水地下管道，不怎么就虎巴的就坏了！居民们有一天没吃上水，你们所的片警们耳朵灵着呢，听着信就来了，昨晚黑起就带人咣咣地刨沟，今儿个一早，咱们一拧那水龙头，那水就哗哗地来了！水来了，居民把修水管子的钱齐了上来，可你们所的人没了，那钱叫他自己掏了！你们看，这可是全委老百姓签的万民折！这叫感谢信！看，这还有首诗呢！民警真情感人深，吃水不忘引水人，东胜爱民好传统，就像抗洪解放军！"

7. 香莲家里

大喜二喜子都在吃饭。

大喜子边吃边说："东胜路派出所这帮小子，净猫哭耗子，假慈悲！他们有那份慈悲心，当初别把我们送进去呀！哼！打了一耳刮子，又给颗甜枣儿吃，我才不吃他们那一套呢！他们错翻了眼皮儿了！"

二喜子："哥，你说那也不全对，那当初，咱不是真犯法了吗，不然人家能收拾到咱们哥们儿头上？"

香莲一边给他们夹菜盛饭一边说："大哥，你说那不对！东胜派出所哪件事儿人家没办公平？哪件事儿不是为的咱老百姓？你们犯了法，人家不管，像猫把耗子养起来，再喂喂耗子奶是不是？你说的根本就不对！"

大喜子："这个红旗，那个红旗，我看全是飘给上边领导看的！东胜路派出所真就能一直那么好？谁乐意信就信，反正我不信！"

香莲："大哥，你去打听打听街坊邻居，大家伙儿可都是真心实意地说他们好！"

大喜子："行了，求求你，别给我上政治课了！我耳朵都听出茧子来了！你们给我听好喽，我和二喜子进去，就是这个李所长办的案，我跟他是骑毛驴看唱本，走着瞧！"

香莲用忧郁的眼神看了一眼大哥，抿抿嘴唇儿没再说话！

8. 治保主任王大妈家

李所长："大妈，咱们工作做得越好，老百姓就越平安！老百姓平安，那就是咱们国家的福分！公安公安，为的就是社会的和谐稳定，老百姓的平安！"

张教导员："大喜子、二喜子那哥俩儿，人是出来了，可还得帮教，不能让他们再往下坡道上走！他们要走，咱们得往上拽他们！这不光是为了对他们哥俩好，也是对社会好！"

王大妈点头："嗯，这俩小子从小是我看着长大的，老大犟，老二滑，他们的事儿，要想掐根儿，还得想法儿给他们找个挣钱的道儿！"

李所长："这事儿，我们想了，不像吹泡泡糖那么容易，咱们一厢情愿不行，得人家用人单位要！"

张教导员："大妈，你们家的饭店，快开张了吧？"

王大妈："是啊，办这饭店你们没少帮我啊！不过，他们俩没啥专长，弄到咱家饭店来，咋行？"

张教导员："大妈，不是说非要往你那饭店里安排，您哪，也帮我们想想办法！"

王大妈："哪能不想吗？我是干啥的？治保主任！往深了你们也不用再说，大妈分得出这事儿的分量来！"

9. 街巷

夜晚的城市。

万家灯火。

李所长和张教导员用自行车推着米什么的，走进了一家小院。

门开了，一道柔光泻了出来。

他们拎着东西走进了屋里。

屋主人是一位白发苍苍的阿妈妮。

李所长亲切地："阿妈妮！"

阿妈妮："哎哟！这么晚了，你们又往这跑啥？邵滨在这儿呢！"

邵滨甩着两只湿手从厨房进来："阿妈妮，所长和教导员这两天就惦记，你老人家住这一片，住房马上要动迁了，要来看看您呢！"

阿妈妮："哎哟，邵滨这孩子，老来，缺啥少啥的，她都给我办了。动迁我也好搬，邵滨这闺女呀，房子也给我租好了，是三气的！那些年，你们所唐淑芬没退休的时候，跟我亲闺女似的照顾我，淑芬退休了，又来了这个邵滨，你们还总来看我，叫我说啥好呢？"

邵滨洗好了一些水果，端了上来："阿妈妮，您尝尝这茄梨，软乎乎的，好吃。"

阿妈妮用手接过了茄梨，眼里盈满了泪花："李所长，张教导员，阿妈妮，这回真的是有件事儿求你们！"

李所长："阿妈妮，您说什么事儿？"

阿妈妮："我老了，还能活几年？这回旧房又快换成新房了，我没儿没女的你们知道，邵滨就是我的亲闺女，我想了，我死了，这新房子就留给邵滨了！阿妈妮就这点儿心事儿了，我求你们了！"

邵滨攥住阿妈妮的手说："阿妈妮！您的心思我领了，可这个房子我不能接受！您老人家多活些年，就是福分！"

李所长："阿妈妮！邵滨说的对！房子的事儿以后就不要再提了！只要阿妈妮您过得好，我们比什么都乐！"

阿妈妮："这回房屋动迁，为了争房产，有的一家亲兄弟都打破了头，可你们哪，咋说呢？"说着有些哽咽了，她揩揩眼泪说："好人哪，都是好人哪！"

张教导员为了转移话题："阿妈妮，这茄梨，你吃呀！"

阿妈妮又揩揩眼泪："嗯，我吃！"说着，眼泪扑簌簌地掉下来，那泪水流过她苍老的面颊，滴在梨和手上。

屋里静悄悄的，墙上的老挂钟突然当当地响了起来！

邵滨说："下星期天，赶在阿妈妮动迁前我们再来一趟，把拆洗好的东西再整理整理！"

李所长："这些细活儿，我和张教导员就伸不上手了，你们给阿妈妮想细点儿，做好喽！"

阿妈妮泪光闪闪的脸。

10. 香莲家

大喜子依在床头，不声不响，一张苦闷的脸。

香莲："大哥，回来几天了，二哥还知道出去到市场啥地方转悠转悠，可你老在家里闷着，长了，这不得闷出病来！"

大喜子："我上哪儿去？哪块儿我这秃脑瓜子的人好去？二

喜子出去了，我就得出去？我知道，我们哥俩儿在你这住，你心里犯堵，我心里也犯堵！我正琢磨着找派出所说话呢！"

香莲："有话，跟着人家好好说，别老横倔倔的，好像人家欠你八百年账没还似的。"

大喜子："这话就分怎么说了！"

香莲："大哥呀，就算妹子求你了，说话别总推横车！你是咱家老大，你不往好道走，那我二哥呢？你不怕再把他带坏了？"

大喜子沉默的脸。

11. 东胜派出所

户籍窗口前。

邵滨和另外一个女民警正在忙业务。

邵滨把户口递给一个人，说："下一位！"

来人递进窗口一个信封："办身份证的照片！"

邵滨打开信封，看到那联照片说："这个照片不行！"

来人："哪不行？不是说一寸免冠照片吗？我这不是一寸免冠照片吗？"

邵滨："是一寸免冠照片，但这头部要大一些，你这个头部太小了。"

来人："那上哪儿照去呀？"

邵滨："附近就有个照相馆，出了这门往左一拐就看着了。"

来人："是你们派出所开的照相馆吧？不就是说这不合格那个不合格，要挣二遍钱吗？人家还都说你们是红旗派出所呢，哼，我看你们也是属大萝卜的，皮儿红心儿不红！"

邵滨笑了："这位大哥,您别生气,你看,要求头部大一点儿,这有要求。"说着,拿出一个示范的样儿来:"推荐您到附近的照相馆,不是别的意思,一是近,二是他们身份证照片照得好,怕您到别的地方照了,多跑道,再不合适的话,耽误您的事儿。"

来人:"真是,一张身份证,还得跑好几趟!我这一天事儿多着呢!"

邵滨:"您要是事多事忙,您就把相照了,我去给您把照片取回来,我认得你,下周你就来取身份证好了。"

来人:"下周什么时候?"

邵滨:"什么时候都行。我们这二十四小时有人值班。"

来人:"星期天行吗?"

邵滨:"行!如果我不当班,你就打我手机,这是我的手机号码!"说着,递上一张名片。

来人看看名片:"行,那我就照你说的办,照完相我可就不管了!"

邵滨:"行,下一位!"

那人走了。

值班大厅。

警长刘长顺正在值班。

大喜子背着个行李卷走了进来。

刘长顺迎上去:"哟,是你,大喜子,快坐!"

大喜子阴沉个脸儿:"坐就不坐了,我找李所长!"

刘长顺:"你找他有事儿?"

大喜子:"嗯,有事儿。"

刘长顺："我能处理不？"

大喜子："你？你算老几？一个小警长，能管了我的事儿？"

刘长顺看看大喜子，笑着说："好，我领你去，他在楼上！"

两人一前一后走上楼去。

12. 李所长办公室内

一个人正在把一摞子钱放在李所长面前："李所长，一点儿小意思，我弟弟的事儿就拜托您了！"

李所长："咱们是老同学不假，关系不错也不假，可我收了你的钱，办案子还能办公平吗？"

那个人："哎呀，公道不公道，只有天知道！你知我知，不就得了！"

李所长："是呀，只有天知道，可我们民警头上是什么你知道吗？"

那个人："大盖帽哇！"

李所长："是大盖帽，可帽子上边呢？是天啊！这个天是老百姓，是法！"

那人有些不高兴："老同学了，你给我上课？"

这时刘长顺敲门。

那人忙用一张报纸把钱盖上。

李所长："请进！"

刘长顺带大喜子走了进来："所长，大喜子找你有事儿！"

李所长："哎，大喜子，好几天没见了，快坐！"

大喜子站到那没动。

李所长撩开报纸对那个人说："不用捂着盖着，钱你拿走！"

那人讪讪地蹙着眉头说："老同学，就这么不给我面子？"

李所长："分啥事儿，你结婚我没去吗？你老爹去世，我没去吗？可今天这个事儿不行，不是我不答应你，是我们公安人员的职责不允许，老同学，对不起了，就请你多包涵了！"

那人生气了："行了，办不了就算，今后你就灶坑打井，房顶扒门，谁也别认识就得了！"

李所长用手搭在那人肩头："老同学呀，你消消气儿，哪天我请你喝酒！"

那人："你那酒，我还喝得起吗？"

李所长亲昵地给他一巴掌："老同学，别说这话！长顺，代我把老同学送到家！"

那人："不用了，不用了！"

刘长顺："您别客气，走吧！"

李所长："大喜子，进了我的办公室，怎么不坐？站客可难答待！"

说着，倒了杯热茶递给他："来，喝杯茶！"

大喜子接过茶，坐在一边："我可不是要坐到你这儿，我是要住到你这儿！"

李所长："嗯？住到我这儿？呦呵！这是刮的什么风？"

大喜子："我没家没业的没手艺，就得靠你们了！二喜子说是在市场要卖鱼，过段时间要租个房子住。我呢，我咋办？不能总在妹子家住吧？李所长,要不,你就重新把我送回大狱里去,管咋说,有个地方吃饭住宿！"

李所长笑了："这么说，大喜子，你来了，我得谢谢你！"

大喜子："这话怎么讲？"

李所长："咱们东胜派出所五十多年前，就是全国的一面红旗，一茬一茬的所长和民警换了多少回了，可就传留下这么一句话：派出所就是老百姓的家！你有困难了，没想像以前那样，去偷，也没想去抢，先是想到了找我们，这说明你心里有我们东胜派出所了，我不得谢谢你吗？"

大喜子："你谢也好，烦也好，反正我是来了，就在你们这安营扎寨了！"

李所长："好！我们这值班室里正好有张床，你就先住下。"

说着，领大喜子走进值班室："把被褥放床上，今晚你睡这儿吧。"

大喜子："你呢？"

李所长："我睡地上！"

大喜子腾地站了起来："李所长，你这不是骂我呢吗？骂人还咋骂？"

李所长："你看看，你想哪儿去了？我是当过兵的人，啥苦没吃过？大雪窠子都趴过，这地上是地板，再铺上被褥，不满好的吗？"

大喜子一抖被褥："我在地上睡吧！"

李所长用手按住被褥："不行！到所里了，就得听我的！不听话，我可撵你走！"

大喜子没再作声，看李所长在地上摊开被褥，他明显的很受感动。

大喜子："今晚你不回家了？"

李所长躺下说："值班！今晚我陪你住，明晚张教导员陪你住，我们俩值班轮班倒。正好，咱哥俩有个时间唠唠嗑儿。"

大喜子第一次用敬佩的眼神看着李所长。

香莲和二喜子走了进来。

香莲："大哥，你咋跑这来了，我们到处找你！我和二喜子还寻思让李所长帮着找你呢！"

李所长坐了起来："哎，香莲，二喜子，你们来了！坐坐！"

香莲："坐就不坐了，我们和大哥回家！"

李所长："回家？你大哥，打今儿起就住我们这了！"

香莲："那咋行？你们一天到晚忙得够呛，哪还有时间照顾他呀！"

李所长笑呵呵地说："你大哥在我们这，是不是怕我们照顾不好哇？"

香莲笑了："那可不是！我是怕大哥在这牵累你们！"

李所长："牵累啥？你大哥他乐意在这住，你们哪，就别瞎操心了！二喜子，你要到市场卖鱼的事儿张罗咋样了？"

二喜子不说话，就是低头笑。

李所长："二喜子，不说话，一个劲儿笑啥你？"

二喜子："不是怕所长笑话，我是真想去哪儿卖鱼，我都打听好了，早上在批发市场进货，卖一白天，挣个几十块钱不成问题，现在海鱼和咱地产的胖头、鳊花、沙胡鲁子出手特快！可就是……"

李所长看看二喜子，说："我知道了，你是没有经营的本钱，是吧？"

二喜子："李所长，你有点像孙猴子，钻到我肚子里去了，我的这点儿事儿，你咋都知道呢？"

李所长："香莲，你拿点儿钱给你二哥，我呢，个人借你三百块钱！"说着，把三百块钱放在了桌子上。又说："二喜子，你要听明白喽，你要是卖鱼卖好喽，这钱你就不用还了，你要是没卖好，这钱你就必须还我！"

二喜子有点发蒙："这话啥意思？我没听懂！"

香莲："我听懂了，李所长话的意思是，你一定得干好，不能干砸喽！"

二喜子："李所长和派出所的人，对咱哥们儿十个头儿的好，那还说啥了，咱头拱地也得干好，干砸喽，对得起谁呀？"

李所长笑了："有这个决心就好，看来二喜子是个好样的！"

二喜子："好样孬样，现今说话还是梦生！这钱我收是收下，可我得说，真是借的，等咱哥们儿挣了钱，不还您，那我二喜子还叫人吗？是驴！"

李所长说："二喜子，买卖啥时候开张？"

二喜子："这还问啥？明个一早，你在市场准能看见卖鱼的我！"李所长有些惊喜："真的？"

二喜子发誓似的："糊弄你，我就不是人！"

电话铃声响了。

13. 街巷

入夜的街巷。

街灯悠然地亮着。

李妻背着孩子在疾走的影子，突然她跪倒在地上，可她努力地向前跪去。她忍着疼痛回首看看孩子，哦，没摔着孩子！她松了口气，嘴角竟漾起几丝笑意。她用手扶在地面上一点儿一点儿地站起来。这是艰难地站起。站起来后，她已经气喘吁吁了。

她背着孩子艰难地走向大街。

14. 东胜派出所

值班室内。

坐在地上的李所长在和坐在床上的大喜子聊天。

李所长给大喜子点着一支烟。

大喜子抽了口烟，说："李所长，你这么对待我，我大喜子没想到，实话说，我今儿个就是找你来打仗的，带把菜刀来的！"

李所长："真的？你不是跟我说笑话吧？"

大喜子从被子里抽出一把菜刀，扔在地上："真的！"

李所长拿起菜刀，用手试试锋刃，笑了："哎呀，磨得还挺快呢！可这是切菜的刀，不能用它干别的！"

大喜子低下了头："现在我不想用它了，把它交给你了！"

李所长："别，这把菜刀，还是留给你，还有用项！"

大喜子："啥用项？"

李所长："所里准备跟你们委上的治保主任王大妈再商量商量，她要同意，准备让你到她那饭店先学切菜改刀，以后有机会再参加个厨师班什么的。当厨师吧，你身体好，一般的苦也能吃得！"

大喜子突然哭了，扑地跪在了地上："李所长！"他啪地给自己一个大耳光，带着哭腔说："我再不好好做好，我也不是人了我！"

李所长扶起大喜子。

大喜子坐在床边儿上，仍然在哭。

李所长沉重地说："人，没有完人，都兴有走错路办错事儿的时候，错了知道改了就好，就怕一错再错！大喜子，你今天哭，我不劝你！你平时是个不掉眼泪疙瘩儿的人！今儿个你哭了，你是想奔好道走了，你哭吧！"

大喜子泪如雨下。

电话又响了。

李所长去接电话："嗯？有人入室盗窃？好，我们马上到！"

李所长："大喜子，你安心睡觉吧，我有事儿得出去！"

大喜子揩着眼泪点点头。

李所长出去了。

15. 街巷

一个黑影，从一户居民楼门洞里闪出来，匆匆地走向街巷。

突然，他的面前，出现了民警。

他一惊，见四面都有人围上来，从怀里拔出一把刀，叫道："别上来！要命的就别上来！"

李所长带人最先冲了上来。

歹徒惊慌地抡着刀。

李所长威严地:"把刀放下!"

歹徒狰狞地:"想见血的上来!"

李所长冲上去,与歹徒展开殊死厮拼!

歹徒一刀捅了过来。

李所长用戴手套的手抓住了尖刀,另一只手扼住了歹徒的脖子。

众人上来,把歹徒按在了地上。

16. 医院

诊室里,香莲正在给李所长的孩子输液。

香莲:"大嫂,这些药走的时候,您都带上,款我都付完了!"

李妻惊讶地说:"那怎么行!"

香莲:"你不是东胜派出所李所长的爱人吗?我以前见过你!"

李妻:"你是?"

香莲:"我是孙香莲,我那两个哥哥没少让李所长他们操心!"

李妻掏钱:"大妹子!说别的行,要说这些药不要钱可不行!大军不能让,我也不能那么做!"

香莲:"大嫂,你那么客气干啥?这药也没多少钱!"

李妻:"不在钱多少,我可不能坏了人家派出所的规矩!你不要钱,这药我不能拿!"

香莲睐了李妻一眼:"你回去问问李所长就知道,我不是外人!"

李妻："不是外人我知道，香莲大妹子，这钱你收下，我就谢谢你了！"

香莲接过钱，一双眼睛看了李妻好久。

17. 值班室内

电话铃声一再响起。

大喜子犹豫万分：到底是接还是不接呢？他终于接起了。

对方是李妻的声音："喂，大军吗？"

大喜子："啊，我不是李所长，他出去了！你问我是谁？那个我是外来的！"他放下了电话。

可电话铃声再度响起！

大喜子不得不接起电话："喂，你有什么事儿呀！哎呀，那可不知道他啥时候能回来！啊，孩子病了！你在哪儿？噢，在市医院！让我去接，那倒行，我可不是民警，你信得着吗？那行，在门口等着吧！ 20分钟吧！"

18. 街巷里

李所长他们押着歹徒往回走。

19. 大街上

大喜子在疾跑。每一步都像运动员在冲刺时的模样。

他脸上的肌肉在抽搐和颤抖。

额上汗水涔涔。

哦，这里的每一步，仿佛都是他在向着充满阳光的人生迅跑!

20. 东胜派出所

李所长他们押着歹徒走了进来。

那歹徒还喊着："你们抓我干啥……"

干警说："你自己干了啥事儿，你自己知道！"

21. 市医院门口走廊内

李妻和孩子正在焦急地等待。

大喜子汗水涔涔地走了进来。

李妻看见了大喜子。

大喜子："是李所长家里的吗？"

李妻抱着孩子站了起来："你是？"

大喜子抹了一把汗，气喘吁吁地说："孙大喜子，李所长他有急事儿出去了，我接的电话，来接你们的，孩子我背着！"

李妻："你是咋来的？"

大喜子："那个啥，坐 11 轮大卡车，跑着来的！"

李妻："哎呀，我说孙老弟，挺远的道，你咋不说打个车？"

大喜子："先别说这些，咱先送孩子回家！"说着，背过了孩子。

22. 市场

李所长他们几个人在市场转。

二喜子真的在那卖鱼，他起劲儿地喊："哎，咱家的带鱼是外宽内厚，咬一口保准净是肉哇，价钱实得不能再实啊，看这么好的谁不买心里都难受哇！哎，瞧一瞧来看一看啊！哎，你看这位大姐，眼神儿就是好，就知道我卖的这鱼好！来，称几斤？好，五斤！看哪，秤杆子是快撅上天了！哎，还谁买呀！"

李所长对刘长顺说："啥叫浪子回头金不换？这就是！咱们别到跟前打扰他了，回吧！"

二喜子忽然看见了李所长他们："哎，李所长！刘警长！"

他们显然听见了他的喊声，回过头来，冲二喜子打了个招呼。

二喜子呢，匆匆忙忙地装了两袋子宽带鱼，匆匆地跑了过来。他拎着两袋鱼，挡在了李所长他们面前。

二喜子："你看，你们咋说也得给兄弟一个面子呀！看我卖鱼，离老远儿打个招呼就走，咋的？怕我这鱼里给你们下毒药哇！"

李所长笑了："不是那意思！看见你卖上鱼了，我们比吃什么鱼都香！"

二喜子："光说不行，今儿个这两袋鱼，你们说啥得拎着！"

李所长："二喜子，鱼呀，还是你拎着吧，我们这正执行任务呢，人民警察能拎着鱼执行任务吗？谢谢了啊！"说罢，转身走了。

二喜子拎着两袋子鱼，愣在了那里。

李所长他们的身影陷入了人流里。

人流啊，川流不息！

23. 集市

邵滨和同屋那位女警正推着自行车一起逛集市。她们的自行车的货筐里已装了些蔬菜和洗衣粉什么的。

那位女警："邵姐，你昨晚黑起在医院照顾老爸，今儿个星期天，又惦着和我一起去阿妈妮那帮着做事儿，你是先进我知道，可老这么熬哪行？人不是机器，机器转累了，还得停下来擦擦油泥呢！"

邵滨："其实我不像你说得那么累，晚上护理老爸，也不是一宿没合眼，旁边有个空床，老爸打完吊瓶了，我也就睡了，人家说我睡得呼呼的，呼没呼呼的我不知道，反正睡得挺解乏的。"

她们走到一个日用杂品的摊床前，邵滨问："这刷子多少钱一把？"

货主说："两块！"

邵滨掏钱："我们要一把！"

那位女警："你买这玩意儿干啥？"

邵滨："阿妈妮家的厨房里用，这玩意儿硬梆，好使！"这时，邵滨的手机响了。

邵滨接通了说："喂，哪位？我是邵滨！噢，是您哪！好，您在那等我一会儿，我马上就到！妹子，快走，有人来取身份证来了！"

她们俩人骑着自行车，向市场外驶去。

24. 派出所值班室

张教导员拎了个饭盒走了进来，对正在那里的大喜子说："哎，大喜子，吃饭吧，听李所长说了你的情况了，你弟妹给你炒了两个小菜，快趁热乎儿吃吧！"

大喜子看看张教导员，接过了饭盒。

张教导员走上了楼去。

大喜子揭开饭盒看看，闻闻，内心独白："呀，做得这么香啊！"说着，操起筷子开始吃饭。他吃得津津有味。

25. 李所长家

李妻在给李所长缠手上的绷带，一边缠一边埋怨说："你看看，这手肿得像个小发面馒头了，你得上医院看看去，不行就住院！"

李所长："别扯了，苍蝇踢一脚，蚊子炝一蹶子，就值得去医院？我们干公安的没那么娇贵，我肉皮子合，用不了两天就没事儿了！"

李妻嗔怪地："你呀，跟你有操不完的心！"

电话响了。

李妻去接电话："喂，哪位？啊，是大哥呀？什么事？找他？他在！"

说着，把话筒给了李所长："我家大哥找你！"

李所长接过电话："喂，嗯，晚上一块吃饭？啊，你请啊，今儿个我倒是正好休班，如果晚上没有特殊事儿可以。"

李放下电话，对妻说："你家大哥真有闹，好模样儿的他请咱们吃啥饭？"

李妻："不行，孩子有病刚好，我去不了，要去你去吧！哎，我可是忘了跟你说了，那天可把你们那的孙大喜给累坏了，跑着去的医院，回来，是他背着小宝！"

李所长有些惊愕地："啊？"

26. 张教导员办公室

有人敲门。

张教导员喊："进来！"

来人是治保主任王大妈，她满面春风地走了进来。

张教导员："王大妈，是您哪！今儿个咋穿得这么喜兴？"

王大妈："哎，张教，你们是不是忘了，今儿个中午我们家的万福饭店开业，我请你们所里的同志都过去喝酒，可你们怎么一个人都没去？那别人家的酒，你们说不喝就不喝了，我家的酒，你们怎么能不去喝呢？"

张教："大妈，咱们管区内，二百多家饭店和娱乐场所，要是谁家开业了就去喝酒，那还喝得过来吗？谁家的酒咱也不能喝！"

王大妈："看来我这二十来年的老治保主任是白干了，请你们吃顿饭都费劲儿！"

张教导员："王大妈，不吃请，不收礼，这是咱们派出所的规矩，不论对谁！"

王大妈："我一不腐蚀你们，二不求你们给大妈办事儿，你们也不能这么不开面儿吧！"

张教导员："大妈，你不求我们办事儿，我可还要求你办事儿呢！"

大喜子在水池子里刷好了饭盒，他走向张教导员的房间，在门口他停住了。

屋里，王大妈正说："张教导员，你说的那事儿我知道，我给跑着问了不少家，一开始，人家都说用人，可一听说大喜子嘛嘛不会，又是个从大墙里边出来的人，人家都抠鼻子！你设身处地地想想，谁乐意整这么个人在身边呀？"

张教导员："大喜子这阵子表现得相当不错！"

王大妈说："咋不错，他不还是犯过错，有错呀，那要比那没犯过错的人呢？谁都知道谁好！"

屋外，大喜子的脸色变了，他呼地推开了门，气呼呼地说："老王太太！你听着，我孙大喜冻死迎风站，饿死喂大狗，我不用你给我找工作！你也少埋汰我！"

王大妈有些愣住了："这不是为了你好，给你商量事儿呢吗？"

大喜子依然气呼呼地："不用你为着我好！收起你那份好心吧！"

说着把教导员的饭盒子咣地放在桌子上，转身就要出去！

张教导员站了起来："大喜子！"

孙大喜停住了脚，可没有回头，说："张教导员，还有李所长，你们的好心，我全都领了，咱们后会有期！"

张教导员有些急了："大喜子，你要到哪儿去？"

大喜子："我……不到哪儿去！"说着，他头也不回地走了出去!

王大妈说:"你都看着了,在派出所还耍驴呢,这要是弄到我那,不得愁死我呀,我能管得了他?他能听你招呼?行了,我是好心成了驴肝肺了!他的事儿,咱可不管了!"

张教导员:"大妈,你不管可以,我们不能不管哪!我不信凭大妈的心肠和为人处事的办法那么多,能不管这事儿了!咱们不管他,那些社会渣滓就会把他重新拉回到他们那一帮一块去!大妈,我得去撵大喜子,把他找回来!"说着用车钥匙打开了自行车,骑上飞也似的走了。

27. 路上

张教导员飞快地骑着自行车。

孙大喜已登上了一辆公共汽车,他颓然坐在一个角落,想着很沉很沉的心事。

在一个十字路口,张教导员停下车子,向前后左右望,在他的视野里,只有车流、人群,没有大喜子的一点影子。他推着自行车向交警走去。他询问那位交警,那位交警摇摇头。

张教导员又骑上车子走了。

28. 阿妈妮家

邵滨和那位女警正忙着给阿妈妮叠衣服、被子什么的。

另一间屋里,阿妈妮戴着老花镜,在扒葵花籽仁儿,她把扒好的瓜子仁儿一个一个地放在一个小盘子里。

她们两个汗水涔涔,邵滨不时地撩着额上那绺好看的刘海儿!

阿妈妮颤颤地走了出来，手里端着那盘瓜子仁儿："孩子，你们歇歇吧，吃点儿这瓜子仁儿！"

邵滨："阿妈妮，你老人家就别忙了，我们一会儿就忙完了，忙完了再吃！"

老人端着那盘子瓜子仁儿，看着邵滨她们，她那双眼睛像两眼深深的老井，她那双手，像枯藤老树！看着看着，她的眼里涌起了泪花，她颤着声说："你们东胜路派出所的这些孩子，一个赛一个的好！在我这孤老婆子眼里，你们派出所是啥？就是政府！就是社会！你们好，就是政府好，社会好！"

那位女警抬起头停住手，听着阿妈妮这些震颤人心的话！

邵滨拉过来一个凳子："阿妈妮，您坐！"

阿妈妮坐在那里，用手捏起几个瓜子仁儿，颤颤地送到邵滨嘴前："阿妈妮洗了手的，孩子，你吃！"

邵滨用手捧住了阿妈妮的手："阿妈妮！您这么大年纪了，眼神又不好，还给我们扒瓜子仁儿！"她的眼里已经漾起了泪花。

阿妈妮颤颤的手，把瓜子仁儿送进了邵滨的嘴里。

阿妈妮又捏起瓜子仁儿，用手颤颤地送到那位女警嘴边："孩子，你也吃！"

那位女警深情地看着阿妈妮的手和瓜子仁儿，说："我吃！"她把瓜子仁儿含进了嘴里。

阿妈妮："香不香？"

邵滨把瓜子仁儿在嘴里嚼了一下："香！真香！"她的眼里

还有泪花，却又露出了幸福灿烂的笑。哦，这是十分美丽的笑！

阿妈妮："孩子，阿妈妮活了八十多岁了，见到过多少事？不瞒你们说，阿妈妮十六岁，就叫日本鬼子给抓去做了慰安妇，我不从那帮禽兽不如的日本兵，他们就用刺刀捅我，差点没把我捅死。你们看，我这身上现在还留着伤疤！这些老伤疤，就是到了现在下雨阴天的时候，还直犯痒痒！日本鬼子不拿中国人当人啊！熬到解放，我才算过上了人的日子，可阿妈妮染上了那脏病，一辈子不能生育了，没儿没女，可没想到共产党给我这孤老婆子送来了几茬儿女！你们东胜路派出所啊，好得我没法说啊！"

阿妈妮忘情地叙述着这一切。

邵滨和那位女警都停了手，湿润的眼睛，看着阿妈妮。

阿妈妮突然笑了，用衣袖揩揩眼睛说："你看你看，我一高兴了就爱提这些过去的事儿！"

29. 市场

二喜子在叫卖："哎，海鱼、江鱼和湖鱼呀，收拾内脏带去皮啊！"

张教导员推着自行车走了过来："哎，二喜子！你看见你哥没？"

二喜子："我哥？他不是在你们那呢吗？"

张教导员："他刚才拿着行李走了，我跟腚儿追，可他就没影子了！"

二喜子："张教，他挺大个人，丢不了，你这么汗巴流水地找他干吗？他到了哪儿，也能告诉我一声！您把心放在肚子里吧！"

张教导员："这些天生意怎么样？"

二喜子眉飞色舞地："好，好！"他伸出个手指头："一天净挣这个数没问题！"

张教导员笑了："挣了钱，想干啥？"

二喜子："买房子，说媳妇！好好过日子！咱得走正路喽！可不能像年轻时候，干那些想一出是一出的事儿了！"

张教导员笑了。

30. 一座豪华饭店内

晚上。

李所长走进了一个包房，透过窗子可以看见城市入夜的灯光。

他的大舅哥和另外一个陌生人坐在那里。看见李所长进来，他们站了起来。他的大舅哥介绍说："大军，介绍一下，这位是我的高中同学尹来富！"

李所长握握他的手说："噢，幸会！"

李所长对大舅哥说："我说你是不是有病？"

大舅哥说："咋了，我有啥病？"

李所长："咱们哥几个吃饭，上这来干啥？随便找个小饭店不就得了！有钱没地方花了？"

大舅哥："哎,管那么多干啥？客随主便！今天你是客不是？"

李所长笑了："行！你不怕挨我宰就好！"

大舅哥："今儿个大舅哥兜里可是鼓溜儿，菜，我们点了几道了，你愿意吃啥，再点两道！"

李所长："都点啥了？"

大舅哥："鲽鱼头，斑节虾，鲍鱼刺汤，红烧海参，甲鱼炖本地鸡，阳澄湖大闸蟹，还有……"

李所长："行了，闹什么笑话？"

大舅哥："怎么是闹笑话呢！咱们真的是点了这些菜！"

李所长："三个人吃饭，要这么多高档菜干什么？吃得了吗你？"

大舅哥："吃不了，咱不会打包哇！"

李所长无奈地："真是奢侈浪费！你能点得起这菜，我可没有能享受得起这些菜的胃！"

大舅哥："嗨，也不用你花钱！说那么多干吗？"

李所长："好好，你安排吧！我不说了行不行？你这个有名的老抠，今儿个这是出了血了！"

31. 香莲家

张教导员和王大妈在这里。

香莲："我哥他没回来，那他能上哪去呢？他没别的地方能去呀！"

张教导员："香莲，你别着急，我们再找找！"

香莲："不是我着急，我是怕你们着急！我哥这个人哪，挺大个人，怎么就没正事儿呢！"

张教导员："香莲，今天这事儿不怨你哥！"

香莲："那怨谁？"

张教导员："怨我们，具体说来就是怨我！"

香莲："怨你？不可能！"

王大妈："香莲哪！说怨张教导员那是假的，说怨大妈那是真的。是大妈的话呛了他的肺管子了！他要回家来，你可跟他说，大妈给他认错了！"

香莲："哎呀大妈，你这不是把话说远了吗？你是他长辈人，别说说他两句，就是骂他两句，他不也得听着吗？"

32. 饭店包房里

尹来富端起杯："来，李所长，喝一口认识酒！"

李所长端起杯来："我不会喝酒，只能意思一下，您别见怪！"

尹来富："好，我大点儿口，您随意！"说着一饮而尽。

大舅哥："哎，大军哪，大舅哥跟你提个正事儿！"

李所长："什么事儿？"

大舅哥："尹大哥有点儿事儿想跟你说。"

李所长："什么事儿？"

尹来富："嗯，不好意思啊，我那个不争气的叔伯弟弟，叫你们所给抓起来了！"

李所长："嗯？"

尹来富："也姓尹，三十多岁了可是不立事，还得请你这一所之长高抬贵手！"

李所长扬起受伤的手："啊，我知道了！那人是你叔伯弟弟？"

尹来富："亲叔的孩子，要不然我也不会管这事儿！"

李所长："这个事儿实话说，我管不了。"

尹来富："哎呀，你是所里一把手，你管不了，谁管得了呢？"

李所长扬起缠绷带的手："你看看，这还是一把手的手吗？"

尹来富："这手，是我弟弟给砍伤的？"

李所长不置可否。

尹来富："哎呀，这可太对不起了！这不是大水冲倒龙王庙，自家人不认自家人吗？这是怎么说的呢！兄弟，看哥我的面子上，你多原谅！看手的钱，我给你拿！"

李所长："那不用了！"

尹来富："还有什么要办的，我都可以办！"

李所长："别的事儿没有，就一件事儿，你得帮助你弟弟认罪伏法！别再活动关系了！"

尹来富面有难色，他看看李的大舅哥。

大舅哥说："哎，大军，大人不记小人过，我的老同学这么求你，给个面子！"

李所长："给个面子？你去问问他们吧？"

尹来富："谁？"

李所长："老百姓！你去问问他们答应不答应！"

尹来富："这说哪儿的话呢？老百姓多了，去问谁呀？"

李所长："去问问民心所想，民心所向！对这样的犯罪分子，能不能高抬贵手？"

尹来富站了起来："行了行了，不说了，服务生，买单！"

大舅哥一脸不好意思："哎呀，老同学，不好意思！"

李所长很严厉地："你不是说你请我吃饭吗？买单去！"

大舅哥面呈窘态地站在那里。

尹来富在买单。

李所长气愤地对大舅哥说："你瞅瞅你干的好事儿！我说你今儿个咋这么慷慨呢？咬别人的手指头不嫌疼是吧？我告诉你，这种事儿，今天是第一次，也是最后一次！人有脸树有皮，你的脸皮呢？"

尹来富买完单，生气地走了。

大舅哥："大舅哥千错万错，可人家请你吃了饭，事儿也没办，这不算什么大错吧？"

李所长："这吃的是啥饭？是接受贿赂饭！一想这些，我都想吐！"

大舅哥："好好好！全社会顶数你干净，顶数你纯洁！行了吧！哼！连我的面子都不给！"

李所长："你乐意咋想就咋想！这种面子，我李大军是一个也不给！"

手提电话突然响了。

李所长接电话："喂，是张教导员，什么事儿？噢，我马上回到所里！"他揣好手机，对大舅哥说："丢人现眼的事儿，今后少干！"说着走了出去。

33.　东胜路派出所

一辆又一辆的摩托车从派出所门前驶出去。

李所长和张教导员上了一台警车。

警车呼啸着驶了出去。

34. 快餐店

门前停着警车。

李所长和张教导员从店里走了出来。

他们上了车。

警车又向前驶去。

35. 火车站

李所长、张教导员转了一个又一个候车室。

他们对在椅子上睡觉的人格外注意。

大喜子脸上蒙张报纸，正在睡觉。

李所长看看他的那身衣裳，掀开了报纸。

灯光刺得大喜子有些睁不开眼睛："谁呀？"说着，扯过报纸盖在脸上又要睡。

李所长说："不行了，大喜子！火车'到站'了，要'下车'了，不能睡了！"

孙大喜睁开眼睛："怎么是你们？"

李所长："走，快跟我们回去！"

孙大喜："你们回吧，我不回了，打今儿个起，我就蹲车站了！"

张教导员："你在这还能睡着觉？小心感冒了！"说着用手摸摸大喜子的头："哟！已经发烫了啊！"

李所长用手摸摸大喜子的头说："嗯，他正发烧呢！"

张教导员："来，我背他吧！"

李所长："别了！你身子骨弱，拎行李，我背他！"说着，他把大喜子背在了身上。

大喜子在李所长背上悲怆地哭了："李所长，你不能背着我，我下来自己走！"

李所长："大喜子，我的好兄弟，你发着烧呢，你得听话！"

李所长吃力地背着大喜子走下楼梯，走出车站。哦，他那只受伤的手啊！

他把大喜子放到车上。

张教导员也上了车。

李所长告诉司机："马上去医院！"

警车在夜的大街上疾驰！

36．城市

城市的又一个早晨。

太阳红红的，跃起东方。

37．医院

病房里。

大喜子躺在那里。

王大妈手持一束鲜花，走了进来："大喜子！"

大喜子抬眼看看她。

王大妈坐在了床前："大喜子，大妈听说你病了，心里不得劲儿啊，昨儿黑起就是翻过来调过去折饼子睡不着！唉！老邻旧居的，大侄大妈地喊着，可论到事情头上，还是有打不开点儿的时候！大喜子，别生大妈的气了，大妈是长辈人，给你买了束花，这花里的话，大妈就不说了！我想好了，你要是不嫌弃大妈那个饭店，就到我那先练练手，吃住就都在大妈那，你看行不？"

大喜子显然激动了，他起身，抓住王大妈的手，半晌才说："啥也别说了，从今天开始，我就叫你妈了！我不好，你可以打我骂我，我都认！"说着，流下了长泪。

王大妈呢，一脸灿烂的笑。她看见病房门口，站着的两个人也在笑，他们是李所长和张教导员。

38. 李所长家

李妻正和自己的哥哥说："我早跟你说，你少管闲事儿，少管闲事儿的，你就是不听，老撑个自己的老猪腰子！这回可好，大舅哥叫内弟给撞回来了！看你以后还有没有记性！"

李的大舅哥："妹子，你说咱们家大军是不是有点儿傻帽儿？说句话放个人，身上也不少块肉！钱拿着饭吃着，人家还念咱们一个好！这回好，人家说了，不找咱了，还要把事儿办成！这个大军哪！放着红脸的人情不做，非要唱黑脸包公！"

李妻："他们是干公安工作的，能像你们一天糊糊涂涂的，啥事儿没个原则性啊？你以后哇，少掺和人家的事儿，听没听着！"

李的大舅哥："看着吧，人家说，要找比他大的官来办这个事儿，人家都说女人是有了文夫，就远了亲哥，原先我还不信，今儿个我眼见为实了！"

李妻端上一盘子水果，送到大哥面前，笑着说："给你吃水果，堵堵你那专往歪处说的嘴！"

39．万福饭店

窗明几净。

后厨里，身着白色工作服的大喜子正在练切菜，王大妈在一边看，一边教："手指头儿得回弯儿，用指关节顶在刀面上，才能切出细丝儿来，又不能碰着手！"

大喜子切得很认真，他额头有些冒汗了，手有些颤，一刀两刀……

这是一把有些笨重的菜刀，也是凝聚着毅力与新生渴望的菜刀。

香莲走了过来，笑模滋儿地说："哎呀，我大哥真成了刀师傅了！"

王大妈也笑着说："现在说是刀师傅了还早，正练习成为呢！"

香莲："大妈，我寻思我大哥第一天在您这做活计，他笨手拨拉脚的，不一定干到好处，就寻思过来看看。"

王大妈："你哥现在还不能说菜切得好，可他是真用心劲儿切了！这大妈能看得出来！香莲啊，你一天到晚的家里外头的事儿也不少，你哥在我这，你就放心，不用惦着他！"

香莲："大妈，他在您这，惦着我是不咋惦着他，主要怕给您这添麻烦！今儿个我正好休班，别的帮不上忙，洗个菜，抹个桌子，收拾个碗啊筷啊啥的，我还在行！"

大妈："哎呀，香莲！你心思到了，大妈就领了，这些活计，店里都有人干，你可千万别伸手！走，咱们那边坐着喝茶去！"

王大妈和香莲向外屋走去。

大喜子呢，仍然在埋头切菜，一刀一刀地切……

外屋，王大妈把一碗茶送到香莲跟前："香莲哪，这大喜子还是真有变化呀，像变了个人似的，原先那毛驴子脾气，谁不知道，你看，说变他就变了，变成个大姑娘家似的。来这两天，脾气好了不说，人也有了笑模样，我跟你说，打从小看这么大，我还真就没看见大喜子这么正经笑过！"

香莲笑了。

40. 李所长办公室

李所长正在接听电话："嗯，对那个姓尹的案子是我们所办！从宽处理？他是夜入民宅盗窃，我说潘副书记！"

听筒里的声音："我不是从领导的角度跟你说这个事儿，是从朋友的角度，你看着能办就办！"

李所长脸色十分沉重："嗯，那个姓尹的人赃俱获，这个案子我们怕是得按程序上报！"

听筒里的声音："啊？这事儿就说到这吧！另外你们晋升警衔的工作马上就要开始了，你们局领导让我过去帮着参谋参谋！你这回怎么样啊？用不用我帮着说句话呀？"

李所长："谢谢了，您别为我的事儿费心了！"

听筒里的声音："哎，这跟我刚才跟你说的那个事儿可没有关系呀！"

李所长机敏地："我知道！"

他神情沉重地放下电话。

张教导员走了进来："哎，你这是怎么了？脸拉拉得快有二里地长了！"

李所长："现在，办一个案子真难啊！这边一办案，那边说情风就开始刮，钱也往上冲，酒瓶子饭菜也往过砸，不刮得你晕头转向，也得叫你犯犯迷糊！"

张教导员："咋了？又有人给那个姓尹的说情？"

李所长："有，来头还不小呢！管政法的副书记！我想好了，我李大军宁可警衔不要了，也不能不要人民的江山社稷！"

41．阿妈妮家

邵滨和那位女警正在这里。

她们烧好了一壶水，氤氲的水汽在小屋里弥漫升腾。

邵滨把热水倒进一个洗脸盆里，那位女警往里兑了些凉水。

邵滨用手搅了一下，觉得水温还有点热，示意再兑点儿凉水里，那位女警就又倒了点儿凉水，邵滨觉得水温合适了，对女警说："水好了，你去把阿妈妮搀出来！"

女警搀阿妈妮从里屋出。

邵滨扶住一个小凳："阿妈妮，你坐这！"

女警扶阿妈妮坐下了。

邵滨笑呵呵地开始给阿妈妮洗头。

阿妈妮布满核桃纹儿的脸上也绽出笑容："每回滨子给我洗完头，都觉得脑袋里清亮不少！尤其你用指甲挠那几下子，好得劲儿哩！"那女警端起一盆水，想往外走。

邵滨："哎哎，那热水先别倒，留着一会儿给阿妈妮洗脚用！"

那女警"啊"了一声，又把水盆放在了地上。

42．万福饭店

李所长、张教导员和刘长顺警长走了进来。

王大妈见了，一惊："哟！这是刮的哪阵风，把你们给刮来了？"

李所长笑眉笑眼地说："看看，请我们来，不来，不请，又自己来了！这就叫该来的，不用叫也得来！"

王大妈笑着说："还没吃饭呢吧？我叫后厨赶快弄点儿！"

李所长一摆手："别！大妈，你有所不知，今儿个我们是要在您这请客！"

王大妈："请谁？"

李所长："请大喜子和你！他到你们店里当了刀师傅，有了份工作，你又多了个儿子，不得祝贺祝贺吗？"

王大妈一拍巴掌："祝贺祝贺好，可得是我请你们！"

李所长："谁请谁的完事儿再说。"

43．大街上

邵滨和那位女警骑着自行车，走在大街旁。

那位女警说："邵大姐，通过这些日子业余时间跟你走街串巷的为一些五保户老人送温暖，跟你说心里话，我体会到了一种东西！"

邵滨："什么东西？"

那位女警："一种幸福感！这种幸福感是在那些老人对我们的眼神里，一举一动中感受到的！我懂得了什么叫：人心换人心，十两换一斤！"

邵滨："好！妹子，其实咱们这么做，不是为让老百姓领我们个人和派出所的什么情，老百姓会感受到这个社会好，老百姓和政府心贴心了，我们这个国家就能兴旺发达，社会就能和谐发展！我真心图的是这，你信吗？"

那位女警："刚来所里的时候，你要说这，我会说你唱高调，现在我信，真信！"

街上，美丽的绿色信号灯。

邵滨她们在街上穿行。

色彩缤纷的灯河里，有她们美丽的身影。她们的身影渐渐融入了灯海。哦，她们就是城市缤纷灯海里的一道美丽的色彩！

44．万福饭店

圆桌边上，坐着李所长、张教导员、王大妈、刘长顺、大喜子、香莲。

桌子上摆上了看上去颇丰盛的菜肴。

李所长："现在请孙大喜讲话！"

大家鼓掌。

孙大喜有些哽咽了："我的菜切得三长四不扁的！用它炒菜，同志们还说好！我知道你们的心思！我呀，就是高兴啊！"他说着这些话，脸上的泪水像小河一样，在脸上流淌。可大喜子确实在笑着，他淌的是欢乐的眼泪。

王大妈："大喜子说了，我也说两句！大喜子管我叫妈了，我就得当好这妈！大喜子真有啥不对，我真得管他说他，可也真得打心眼里往外疼他！他不是从我身上掉下的肉，可我得把他当成从我身上掉下的肉！所里的领导你们请放心，我这当治保主任的，决不能给咱派出所的脸上抹黑，让老百姓戳我的脊梁骨！多余的话我就不说了，来，同志们吃菜！"

香莲用筷子给大家拌着凉菜。

李所长："大喜子，多吃点啊！"

大喜子抹了把眼泪，龇牙笑了："有胃口！"

45. 东胜派出所

二喜子走了进来。

值班室里有个民警在值班。

二喜子："我说，看见李所长张教导员他们没有？"

值班民警："他们出去有事了！你有事儿？"

二喜子愁眉苦脸地："有事儿！"

值班员："急吗？"

二喜子："我就在这等他们了！"

值班员端过一杯茶来："请！"

二喜子没看茶水，却从兜里摸出一根烟来，划火点着，使劲儿抽了起来。他的眉头拧成了个大疙瘩。

缕缕烟雾，像他心里扯不断的愁绪。

46. 万福饭店

王大妈、香莲、大喜子他们往外送李所长他们："有空儿多过来啊，你们不想我，我可想你们呢！"

李所长："好好，大妈，您就回去吧！所里还有事儿呢！"说着，他们走了。

王大妈他们看着李所长他们的背影，看了好一会儿才转身回屋。一女服务员："大妈，给你！"

王大妈："什么？"

女服务员："钱，一百元钱！"

王大妈有些不高兴："谁收的？"

女服务员："压在盘子底下了，我们收拾桌子才看到！"

王大妈："这些个孩子，真是的！啥时候一眼没照顾到，他们又把钱掖到盘子底下了呢！他们来我这吃饭用得着给我掖钱吗？真是气死我了！"

大喜子、香莲面面相觑。

47. 东胜派出所

李所长他们走了进来。

二喜子马上站了起来。

李所长："哎，二喜子，这么晚了，你怎么又跑来了？"

二喜子："遇着愁事儿了呗！"

张教导员："哟，看来这愁事儿还不小呢！愁得小脸儿都抽条了！"

李所长："上楼，到办公室说吧！"

48．李所长办公室

李所长对二喜子说："二喜子，你有啥事儿，说吧！"

二喜子："原先寻思卖点儿鱼，挣俩钱，日子就过好了！可是霜刀单砍寒号鸟，破船偏遇顶头风！市场上的摊位又出事儿了！"

李所长："摊位出什么事儿了？"

二喜子："这不吗，马路市场取缔，都到大棚里经营！昨天31个业户一起抓的阄！31个摊位，只有一个摊床是冲着背面墙的，我就手那么背！背得你都觉着巧出花儿来了！这个31号床子叫我一把就给抓来了！这一抓，把抵押金钱抓没了，把娶媳妇的事儿也抓没了，房子长膀飞了，我也意冷心灰了，完了，摊位退不了，挣钱挣不着！这不完了吗！"

李所长："二喜子，先别灰心！张教导员，我看明天，你带人去那个大棚看看，找找他们的经理，新大棚，调个摊位也不一定是个太难的事儿！"

张教导员："好，明天一上班，我就去！"

二喜子打个招呼走了。

电话铃声。

张教导员接起电话："喂，哪位？噢，是局长啊！啊，找他，他在！"

大军接过电话："局长，是我。"听筒里的声音："我说大军，局里收着一封检举你在办案中有吃请行为的信，你大舅哥还收了人家一千块钱，这些事儿你是有还是没有？"

李所长："我是吃了人家的饭了！"

听筒里的声音："蠢！蠢透了！你吃了迷糊药了？去做这种事儿？"

张教导员抢过电话："局长，大军他吃请的事儿，我知道，是那么回事儿……"

局长听筒里的声音："你不用给他说情，我也不听，明天叫他把检讨送上来再说！"说着挂断了电话。

张教导员脸色很沉重地放下了电话。

李所长："这个事儿我有错！我检讨是应该的！"

49. 李所长家

灯下，李所长在写检讨。

李妻走了过来，放他眼前一杯茶水："这么晚了，咋还不睡？"

李所长苦笑着："摊着个好大舅哥，他给我惹的事儿，检讨却是我来写。"

李妻："你们领导是不是有点拿着鸡毛当令箭了，吃一顿饭，错还能错到哪去？还值得写个检讨？"

李所长："你这话说得也不对，吃饭要看吃的是啥饭？这是一顿贿赂饭，让公安人员徇私枉法的饭！吃了，不就像吃肚里一个苍蝇似的吗？吐，吐不出来，还恶心！他还拿了人家一千块钱，那钱，叫他给退回去！"

李妻："有这事儿？明儿个一早，我就给他打电话！"

李所长："你叫他拿着钱到我办公室去，我找他说话！"

50. 东胜派出所

全所人员大会。

李所长："刚才，我去了局里送了一份吃请的检讨，主动要求局里给我这次不晋升警衔的处分！今后，我们每个同志都要以我的这个例子作为警钟和教训，赃钱一分不能收，脏饭菜一口不能吃！"

众人认真听着，有人做着笔记。

张教导员："李所长严格要求自己，这是对的！这提醒我们每一个同志：一蚁之穴，可溃千里之堤，我们民警要廉洁自律，永远不要让老百姓背后戳我们的脊梁骨！说我们是穿着人民公仆衣裳的蛀虫！"

51. 市场大棚

经理室门前。

张教导员敲响了门。

屋里传出"进来！"的声音。

张教导员和二喜子进了屋。

张教导员："您是经理？"

老板椅上坐着的人："正是在下，尹来富！您是？"

张教导员听了他的名字，微微一愣："哦，我是东胜派出所的。"

尹来富："哎哟，你们东胜派出所可有名啊，那大红旗都红得冒火星子呀！你们有啥事儿找我办哪？"

张教导员："这位孙二喜是在这卖鱼的，抓阄没抓着好摊位，想找您看看能不能给调个摊位！"

尹来富故意卖关子："调个摊位？咱们这么大个市场，这还不是小菜一碟吗？你相中哪儿了？"

二喜子："不是冲墙的，背面的，哪儿有块能卖鱼地方都行！"

尹来富："嗯，这好办好办！"

张教导员："那就谢谢了！"

尹来富话锋一转："不过，你们派出所的李所长怎么没来找我？"

二喜子："这是派出所的张教导员！"

尹来富笑笑："啊啊，张教导员，我不是不给您这个面子，我是必须把这个面子给你们李所长！不好意思了啊！"

张教导员听出了话里有话，说："好，那我们就先回了！"

尹来富："不送！"待他们出去后，他得意地笑笑："哼哼，东胜路派出所，没想到今儿个撞到我的枪口上了！"

52．李所长办公室

大舅哥坐在那里。

李所长："你拿人家那一千元钱呢？你给人家送回去！"

大舅哥："送回去？送给谁？我没说能给他办成事儿，也没向他要钱，他主动给我的，和我有什么关系？"

李所长："吃人家的嘴短，拿人家的手短，你凭什么白拿人家一千块钱？你以为这钱是给你的吗？是通过给你，达到贿赂我的目的！人家已经把咱们告了！"

大舅哥惊讶地："告了？这不可能！我那位老同学尹来富不会做这种事儿！你别吓唬我！"

李所长："要想人不知，除非己莫为！"

大舅哥："他当时可跟我说得严丝合缝儿的，还起誓发愿的，说打死也不能把给我钱的事儿说出去！"

李所长："我为什么知道你拿了人家一千元钱？你这是受贿，懂不？"

大舅哥："论说是该还他，可是钱都叫我花了！"

李所长："你不乐意还我替你还！你去找你妹妹，在我家存折里提出一千元来！以后这种好事再帮着我多干点儿啊！净帮倒忙！"

大舅哥："那我可就走了！"

李所长开玩笑地："不走在我这住也行，就是没地方！"

大舅哥刚出屋，张教导员和二喜子就走了进来。

张教导员："李所长，那市场大棚的经理叫尹来富，是不是你说的那个？"

李所长："咦？是他？"

张教导员："他说，二喜子的事儿只有你去了能办，别人不行！"

李所长若有所思："这是跟我叫板呢！好吧，我去！"

53. 某单位门口

李妻从里边走来。

李妻的大哥："妹子你咋才下班呢？我都在这等你一个多点儿了！"

李妻警觉地："啥事儿？"

李妻的大哥："大军说，先从你家存折里提一千元钱……"

李妻："干啥？让我们代你还钱？不行！大军说了也不行！你收了人家的钱，你去还！啊，你在中间打个滑儿，还钱的事儿就成了我们的事儿了？别的事儿你用钱行，这个事儿不行！你立马把钱给人家还喽！你听着没有？"

李妻的大哥故意苦着脸："那钱真叫我花了，我能上哪儿整钱去呀？"

李妻："你说花了也行，都干啥了？鸟飞还得有个影呢吧？说吧！"

李妻的大哥哑口无言。

李妻："行了，我的好大哥，你就舍心割肉吧！把钱拿出来吧！还给人家，咱手上干净，不是心里也干净？"

李妻的大哥仍然闷着头："妹子，钱叫我真的花了！"

54. 大棚经理办公室

尹来富正把脚搭在椅子上哼小曲。

门开了，李所长、张教导员、二喜子走了进来。

尹来富故作惊讶状："呀呀呀！是李所长大驾光临！有失远迎！"

李所长："别客气，尹经理非要见我，我就来了！"

尹来富："是啊，十分想念！咱们哥们儿之间不是得多找点儿机会熟悉熟悉接触接触吗？"

李所长："二喜子的床子，能调一下吗？"

尹来富："能调哇！今儿个李所长能给我面子，登门相见，这事儿还有什么不行的！行！一百个行！一千个行！一万个行！"

这时候，门忽然大开，李的大舅哥气冲冲地走进来："尹来富！你小子当面是人背后是鬼的，你搞什么乱七八糟的东西！"

尹来富："哎，是老同学呀！坐坐！"

李的大舅哥："什么老同学？说！告我们大军黑状的是不是你？"

尹来富遮掩的："什么呀？你说什么呢？"

李的大舅哥："别装了！这是你给我的一千元钱，退给你！哼！还说就咱俩知道，现在可好，差不多全天下的人都知道了！你这种人，什么人呢！"他把钱扔在了尹的桌子上。

尹来富一副窘态。

李所长，张教导员锐利的目光。

55. 万福饭店

大喜子仍在切菜，可以看出来，他切菜的技术明显地提高了！

门帘儿一撩，邵滨走了进来："哎，这是还练改刀哪？"

大喜子："你好！"

邵滨手里拿了一摞子书："这是所长和教导员让我到书店里

给你买的！都是烹饪方面的书，说让你有空儿多看看。"

大喜子接过书："哎呀，这得花不少钱吧？可我不像二喜子，他念过高中，我大字不识多少，这些年都就饭吃了，这书怕是看不懂！还是拿回去吧，给我看白瞎了！"大喜子边说边翻书："哟，这可真是好书，看这纸就看出来了！"

大妈笑笑："没关系，字我都认得，我念给你听！"

大喜子："你教我？那多不好意思！教我切菜，还教我看书！"

邵滨："有人教还不好，咱学的是本事儿！"

大喜子："那好，邵滨都说了，那就收下了，谢了啊！"

56．东胜派出所

所长办公室。

张教导员陪公安局局长走了进来。

李所长起身："哟！是局长大人驾到！"

公安局局长："算不上驾到，是过来串串门儿！大军，你的检讨我看了，情况我也了解了，红旗派出所的所长难当啊！你们对自己要严要求，我们对你们也得严要求！局党组讨论了你的问题，认为不影响你正常晋升警衔！"

李所长诚恳地："局长，说心里话，这次晋升警衔我真的不该晋了！"

局长："混话！是局党组说了算，还是你说了算？摆不正个人和组织关系，看来你的检查还没写完！组织上会因为有个小疵点儿而砸碎一块玉吗？也许你当局长会那么干，我当局长不会！我们派出所的干警啊最辛苦，也最挨累！老百姓大事儿小情，社会治安的管理整治，那件事儿离了你们行啊？靠我一个局长行吗？不行！"

电话铃响了。

局长抄起电话听筒："喂？"

电话里传来潘副书记的声音："李所长吗？"

局长把听筒给了大军："找你的。"

李所长接过电话："喂？"

听筒里的声音："李所长，我是老潘哪！告诉你个好消息，你晋升警衔的事儿基本定了，别忘了，我在你们局长面前还是说了你好话的，哪天请我的客吧！"

李所长苦笑着应酬："啊啊啊！"放下电话。

局长："谁？这么不要脸！"

张教导员："政法委的潘副书记！"

局长一听，眉毛拧成个疙瘩儿，冷冷一笑："党组定的事儿，和他有什么关系？嗤！"

李所长和张教导员都用激动而敬佩的目光注视着局长。他们的胸中仿佛激荡着一种音乐，那是激情与抒情的交响！

57．市场大棚里

二喜子占了一个摊床，在叫卖："鱼呀，虾呀，大螃蟹！贱了贱了啊！"一市场管理人员走了过来："哎，你怎么能在咱这卖水产品呢？两边都是卖菜的！"

二喜子："我一样交钱一样卖货，咋了？"

那管理人员说："交了钱也不能乱占地方，那不全乱了套了吗？"

二喜子："我说这位大哥，你咋这么死心眼呢？我这个地方，是尹经理直接安排的！他没对你说吗？"

那管理人员："没有！"

二喜子："真的！是东胜路派出所领导找的他！"

那管理人员："真的？连东胜路派出所都出面了？"

二喜子："糊弄你，我是这个！"说着用手比作王八状。

58. 万福饭店

屋里，李的大舅哥和尹来富坐在那里。

服务员端上酒菜来。

另外一间小屋里，王大妈一边打毛衣，一边听着这边小屋里的人说话。

尹来富："来，咽一口！吃菜！"

李的大舅哥："我还吃什么菜呀，我这也是满肚子火，你说我不来退钱吧，我那妹夫大军和我直瞪眼珠子，我来退吧，你又不要，弄得我进退两难，我都糊涂了我！紧着说不吃饭不吃饭，你这又整了一桌子，上回你整了一桌子，把我们大军还给拐带上了！你说你这整的都是啥事儿呢？我可跟你说下，一见饭菜，我也是有点儿饿了，可这是老同学之间的事儿，吃是白吃啊，你别打别的主意，你的事儿我办不了！"

尹来富笑笑："老同学饭还得吃！你那内弟大军，叫我咋说呢？我说句话你别生气啊，当个红旗派出所所长，你瞅把他装的，我倒要看看，他小子要装到什么时候算是个头儿！"

王大妈向这边觑了一眼。

李的大舅哥："他也不是装，他就是喜欢那个活法儿！他们找你那个事儿就那么着了？"

尹来富："那还想咋着？二喜子不是找了个摊位吗？一个释放出来的人，我总不能打快板儿给他供起来吧？你放心，我不能撵他走！管大牌小牌攥到我手里也是张牌呀！"

李的大舅哥："你瞅瞅你，一肚子花花心眼子，谁斗得过你！"

饭店门口，李的大舅哥和尹来富都喝多了。尹来富半架着他晃晃悠悠地走了出来！

李的大舅哥打着酒嗝说："尹来富，你小子还算是够意思！钱没要，还请我喝酒！你小子还算够意思！"

"松开他！"一声厉喝，好像一声炸雷！

尹来富抬头一看，竟是李所长。

李所长冷峻地站在那里，他用眼睛盯着大舅哥："把钱还给人家，当着我的面！"

大舅哥："我已经还给人家了！"

李所长："你把这话再说一遍！"

大舅哥看着李所长威严的面孔，有些心虚了，没敢再吭声！

尹来富："我说李所长，你是不是管得有点儿太宽了？我们老同学之间的事儿，用得着你掺和吗？"

李所长："因为他是李所长爱人的哥哥，所以，我要对他的行为负责！"转脸对大舅哥说："钱呢？"

大舅哥迟滞地把钱拿了出来。

李所长接过钱，递给尹来富说："这件事儿你们就算两清了，你看怎么样？"

尹来富迟迟不接："我给他的钱，要还他还我，你还算怎么回事儿？"

李所长把钱递给大舅哥："还给他！"

大舅哥接过钱。

李所长："还给他！"

大舅哥缓缓地抬起手。

李所长看不过去了，抬手啪地一巴掌，刮在了大舅哥的脸上！钱，飘了一地，他转身走了！

李的大舅哥一手捂这脸，带着哭腔说："哎呀，你怎么动手打我呀？"看钱掉了一地，还要哈腰去捡。

李所长停住了脚，头也没回地喝道："那钱，你不能捡！"

李的大舅哥登时僵在了那里，半晌儿，看看李走远了，对尹说："我内弟就这脾气！钱，您就自己捡起来吧！"

尹来富蹲下捡钱，满脸不满意的神色！

李所长向前走着，他的眼里竟盈满了莹莹泪水。

59. 李所长家

李所长走了进来，他掀起小饭锅，想找一点儿饭菜什么的。锅里空空的。

他打开厨房的柜橱，里边没有一点儿可吃的东西。

他走进了屋里，见妻子正躺在床上，闭着眼睛想心事。就在他走进里屋的一刹那，妻子拧了个身，把背冲给了他。

李所长笑笑："哟，这是要的哪一出？厨房里怎么一点儿吃的也没有？"

妻子没好气地："没吃的拉倒！我也不是给你做饭的机器！要吃自个儿做去！"

李所长笑笑，坐在了妻子身旁："我哪会做饭做菜呢？你这不是难为我吗？"

妻子呼地一下坐了起来："啊，饿了想吃饭想起我来了？你动手打我哥哥的时候咋没想起我来呢？"

李所长脸色立马严峻起来，他脸上的肌肉抽搐着，沉吟了一会说："这种人太不要脸，脸皮子都叫熊瞎子舔了！我不是故意打他，是碰着他了！"

妻子眼里涌出了泪花："啥？碰着了？我哥哥就是有错，轮到你动手打吗？你把你那手伸出来，看看手指头长齐没！"

李所长低下头，沉默不语。

妻子哭着说："你痛快了，我家里人怎么看我？我怎么跟家里人交代？在外边你们所扛红旗，打前阵，我啥时候拉过你后腿儿？可你在家里还得弄出个事儿，让我跟你担冤屈！咱们家这日子我看也是没法儿过了，要打你连我也一块打吧！给你打！打呀！"说着用头抵在了李所长的胸前，她仍在哭泣。

李所长有些茫然不知所措了，他低下头，看着妻子正用头顶在自己胸前饮泣。他有些动情了，用手轻轻地抚着妻子的头，从胸腔深处发出一声叹息："唉！"

妻呢，却哭得更欢了。

李所长沉重地说："我是碰了他！我有错！你跟你爸爸妈妈，

还有大嫂替我解释解释，说我认错了！"

妻的哭泣声弱了些，她手捂脸坐在了床边上。

李所长恳切地："求求你，你别哭了！碰着了他，我的心里也不得劲儿！"

李所长的手机突然响了起来，他接听手机："啊，啊，知道了，我马上赶到！"

妻子突然放下捂着脸的手，带着哭腔说："你不能走！"

李所长用劝慰的口气说："我的好媳妇，你知道官身不由己呀。"说着就要往外走。

妻子站起来说："你等一下！"

李所长愣愣地看着妻子。

妻呢，揩了把眼泪，进了厨房，趔身端出一些饭菜放在饭菜桌上，抽着鼻子说："要走，吃了再走！"

李所长怦然心动了，他低下头，再抬起头时，眼里已有泪光在闪。

妻呢，仍在揩眼泪。

李所长用手臂揽住妻子，和妻拥在一起。

少顷，妻却推开他："谁要你抱，吃饭去！"

李所长眼里泪光仍在闪，嘴上却笑了："不行！我得马上走了！"说完趔身下了楼。

妻呢，看着他的背影，复杂的情感在她心底交织，眼里滚出了大滴大滴的泪。

60. 路上

路面上，李所长一边骑着自行车，一边大口大口地嚼着手里拿着的面包，喝着矿泉水。

61. 某房屋开发公司门前

这里聚集了很多群众。有的群众手里拿着棍棒，房屋开发公司的人手里也拿着棍棒。他们剑拔弩张，双方对峙着，人们在沸沸扬扬地争吵着什么。

一持棍子的群众怒气冲冲地说："你们是什么房屋开发公司？你们卖的什么狗皮膏药？为什么道北的房屋开发公司可以给动迁户原面积之外二十平方米的优惠价，你们就只给十平方米！说，你们是看我们好欺负，还是拿我们当不识数！"

一开发公司的人手里拿着红头文件说："你们看看，我们这执行的是红头文件！执行的是文件精神！怎么能是我们欺负你们呢？"

有群众气愤地嚷嚷："别拿文件糊弄我们！道北的开发公司人家就没执行文件？人家执行的是哪家文件？"

又有群众喊："告诉你们！我们也要优惠二十平方米！不然我们都不签协议！都不搬家！看你们房屋开发，开发得成不！"

有群众喊："我们不同意，你们为什么强行给我们断电断水！你们也太霸道了！"

有群众喊："给我们恢复供电供水！"

一开发公司的人员说："请大家往后一点儿，我们这是办公的地方！把道儿给让出来！"

有群众喊："不把事情说清楚，道儿不能让！"

开发公司的一些人，开始推挡在道上的群众。

一被推挡的群众把手中棒子一横："咋的？你们还想动手哇？你们要动手，我们就跟你们拼了！"

群众蜂拥而上，喊着："对！咱们跟他们拼了！"

群众和开发公司的人撕扯起来。

还有一些群众手持棍棒，往这里跑。场面十分混乱！

警笛！警笛在鸣叫！

一辆警车风驰电掣地开了过来，车上下来了李所长、张教导员、警长刘长顺等。

李所长登上公司门前的台阶："住手！大家都住手！我是东胜路派出所的，大家认得我不？"

很多群众几乎是一齐喊："李所长！认识！"

李所长："对，我是李大军！你们大家相信我们东胜路派出所不？"

群众："相信！"

李所长说："相信我们，那好！现在双方的人各撤后两米！"

人们开始向后撤。

在群众和开发公司的人员之间已经出现了一个隔离带。

张教导员和刘长顺已站在了中间。

李所长提高了嗓音说："现在我命令：所有拿棍棒的人在五秒钟之内都要把棍棒扔在中间的过道上来！开始扔！"

群众和开发公司的人都把棍棒扔到了中间过道上。

李所长举目四望，有一位老者手里拿着一根棍子。

老者看到了李所长在看他，他举起手中的棍子说："我这个棍子不能扔，这是我的拐杖！"

有些人哑然失笑。

李所长："好！断水断电的问题，我向大家保证：让开发公司马上恢复供水供电！关于道北开发小区居民得到二十平方米优惠价住房问题，我们早就做过调查！他们那个小区开发的比我们这早了几个月，那个时候，动迁法还没有下来！他们执行的是原来的地方法规！我相信大家都是守法的公民，一定要坚持不执行法律的人，请你走出来，或者把手举起来！"

全场的人静默，人们面面相觑，没有一个人走出来，或者举手的。李所长："不同意执行关于原面积之外优惠十平方米的，请你走出来！"

仍然没有人走出来。

那位手持拐杖的老者说："李所长！灯不点不亮，话不说不明！你一说，我们心里透亮了！既然有这法，没的说，那咱执行！"

李所长："这位大叔说得好！那么大家伙儿就都回家吧！今儿晚上电灯不亮，自来水管里没水，你们就找我们派出所！"

那位老者："李所长说话，我们信得过！走了，回家了！"

群众开始散去。

有的群众边走边说："你看人家李所长说那几句话，受听！哪像他们开发公司的人杵倔横丧的！"

张教导员指着那些棍棒，对迎面推着一车破烂过来的大叔说："大叔，这些玩意儿你都装走，推到家去，烧火！"

62. 开发公司办公室

那位工作人员对李所长他们说："这些闹事的！你们不来，都能一口把我们吃喽！"

李所长严正地说："有些该做的解释工作是你们没做到！今儿个险些弄出大的乱子来，你们有责任！话说开了，我们的老百姓还是通情达理的！水和电，你们必须马上恢复供应！知道吗？"

那位工作人员："有你们在，没说的，我们马上恢复供水供电。"

63. 那位拄拐杖的老者家里

老者对老伴说："派出所李所长可是说了，说是恢复供水供电，不知开发公司能不能给恢复？"

他用拐杖拨拉了一下电灯线，电灯在摇晃中豁然亮了。

老者灿烂地笑了："呀哈！电真来了哎！老婆子，你再去拧拧那个自来水儿！"

老伴去拧自来水，水龙头里汩汩地淌出了清流。

老者拄着拐杖笑着对老伴说："派出所这些年轻人，嘴巴上没长我嘴巴上这么长的毛，可是说话更牢！"

老伴说："你说那叫啥话？人家是谁？人家那是人民的警察！"

64. 东胜派出所

所长办公室。

李所长正接着电话："哪位？啊，黄小凤，老同学！啊，挺好的，就是忙！啊，什么事儿？你在我们管区开了个饭店？啊，那个饭店是你开的呀？检查防火？对！不检查不能开业！照顾？不行，我们得检查！我去呀，也不是不可以，但我们有专门的防火检查人员！嗯！明天！"

电话里女人甜甜的声音："大军哪，老同学老不见面，真有点想你了，明个儿过来看看我，中午就在我们这吃饭吧！"

李所长："你别准备，我不一定能去得了！有人去！好，谢谢了！"

电话里那女人的声音："大军，跟我那么客气干吗？别忘了，当初你可是追过我！"

李所长愧然一笑："过去的事儿了，别提了好吗！"

65. 凤凰酒店

这是一家较豪华的酒店。

刘长顺警长带着两个防火治安员走了进来。

黄小凤，一位打扮入时，风姿绰约的女子，穿着酒店的黑色套装，步态款款地走了过来："先生，你们是？"

刘长顺："我们是东胜路派出所的，你们黄小凤经理在吗？"

黄小凤应道："我是！"

刘长顺："李大军所长有事，来不了，他把检查防火的事儿交给我们了。"

黄小凤的眼里掠过了一丝不为人察觉的不快，但她马上笑容可掬地说："好啊好啊，请到我办公室坐吧！"

刘长顺："黄经理，坐就不坐了，还是先忙工作吧！"

黄小凤客气地说："哎呀，刚进门儿，怎么说也该歇口气儿，喝口茶呀！"

刘长顺："不客气不客气，一会忙完了再说！好吧？"

黄小凤说："好吧。"

66. 阿妈妮家

李所长、张教导员、邵滨他们都在帮着阿妈妮往一辆汽车上抬东西。

汽车上装了一些家具。

李所长和干警们把一个小柜子抬了出去，屋里已经搬空了。

阿妈妮拄着手杖站在那里，静静地端详住了几十年的屋子，她眯着眼睛看着。

李所长和张教导员、邵滨他们走了进来。

李所长："阿妈妮，没啥东西了吧？"

阿妈妮像是在对李所长他们说，又像是在自言自语："有哇！搬走的东西，没多少值钱东西，搬不走的给座金山换不来！"

她的话说得大家有些发愣。

阿妈妮摇摇头："孩子们！你们看，这屋子炕上地下，里屋外屋，有你们派出所几十年的人，几十年的事儿！随便哪个地方都能看出来你们这些孩子们的影子！还有笑呵呵的样子！不是这个老屋子有多亲，是这屋里装过的那么多的人和事儿亲！说是退休的唐淑芬，得病了？还是癌症？那是多好的人啊，她照顾了我那么多年，我想她啊！谁得病她也不该得那病啊！这病应该我这个老婆子替她得！"说着撩起衣裳襟来揩了揩眼泪。

屋子里静静的。

每个人的心中仿佛有一条音乐的河流在流淌，这是一条充满了深情和让人心灵震颤的河流，是往事的记忆让人感怀的阿妈妮的心理音乐！

邵滨挽着阿妈妮走出了小屋。

邵滨扶阿妈妮上了驾驶室。

李所长他们都上了车。

67. 凤凰酒店

一间装饰一新的包房里。

服务生在给刘长顺他们倒茶。

黄小凤话锋锐利地说："我那个大军老同学，真的是不给我面子，不肯赏光啊！"

刘长顺解释说："哪里哪里！他真的是很忙！派出所，全国可能多得像蚂蚁！可他们的事儿也多得像蚂蚁！他来不了，您这老同学就得多包涵了！"

黄小凤笑笑说："大军来不了，你们就得多关照了！快点儿帮我把这防火安全检查的合格证办下来，要不，其他手续都办不了！我这正等着开业呢！"

刘长顺笑着说："黄经理，我们刚才检查了一圈儿，你们这真的是有问题！餐厅厨房里有条动力线距离火源太近！你们得改！不改，防火安全合格证办不了。"

黄小凤看看刘长顺，沉吟了一会儿，假笑了一下，说："我们知道了。"

这时候，服务生却端上酒菜来。

刘长顺腾地站了起来："哎呀，黄经理，饭，我们可是不吃，所里有规定，我们还有别的事儿！"说着要走。

黄小凤说："怎么？大军这个老同学不给我面子，你们也不给我面子？"

刘长顺："不是，我们真的是有事儿！"

黄小凤："我这饭菜里没有毒药吧？"

刘长顺："不是，我们真的有事儿！"说完，他们走了。

黄小凤一脸不高兴。

68. 东胜派出所

李所长一边吃着一碗方便面，一边和开发公司的那位工作人员一起说话："计划十五天搬完，现在看还有多少户没搬？"

那位工作人员说："那起事之后，我们公司的人，也没敢到老百姓家去！情况不了解。"

李所长："其实不会的！你们把老百姓的觉悟看低了！"

那位工作人员："李所长，动迁这事儿，开发公司就得请你们多帮忙了！"

李所长："没问题！你们在这搞开发为了谁？城市建设好了，投资环境不也就好了！这是我们份儿内的事儿！"

他推开方便面纸碗，抹了一下嘴说："走，现在咱们就走！"

那位工作人员指着方便面纸箱说："怎么？李所长，你们经常吃这？"

李所长说："方便面好！方便面是我们派出所民警的好朋友！泡上就开吃！好，这玩意儿是个宝贝！走！"

说着，他们两个人走出了办公室。

69．大棚市场尹经理办公室

尹来富问市场的一位管理人员："那个叫孙二喜的卖鱼的业户，在那个摊位上卖了几天了？"

那位管理人员："有几天了！"

尹来富："这个人是东胜路派出所的帮教对象！你呢，既不能不照顾他，又不能都照顾他，明白没有？"

那位管理人员："尹总，怎么对待那小子我们明白，可我觉着折腾他没劲！"

尹来富眯起眼睛："你啥意思？"

那位管理人员："治人得治在根上，摔跤玩把式讲话了，给那姓李的来个黑虎掏心！"

尹来富说："别胡扯，事儿可不能整过了头！"

那位管理人员："放心，事儿我保证办得恰到好处！"

尹来富阴阴一笑："我倒要看看你小子有啥本事！"

70．那位拄拐杖的长者家

李所长带着民警和开发公司的那位工作人员走进院来。

那位拄拐杖的长者迎出门来："哎哟，是李所长！快进屋！"

李所长他们进了屋。

那老伴忙过来倒茶。

那位拄拐杖的长者："李所长，你那天的一番话，说得大家伙儿心里暖和又亮堂！大家伙儿也是合计好了！签完了合同，咱就痛快地搬家！哎，今儿个，你咋又来了？"

李所长笑笑："大叔，我陪开发公司的同志过来看看，帮大家把协议都签喽！"

那位拄拐杖的长者："啊，你是怕签协议的时候，大伙儿再有啥麻烦是不是？我告诉你：不能！你是一所之长，一天到晚地事情多得要命，你要是信着大叔我了！我就带着开发公司的同志一起来完成这个任务！"

李所长："大叔，那可太好了！要是万一有什么麻烦事儿，您再找我们！"他对开发公司的那位工作人员说："你看这样好不好？"

开发公司那位同志："好好好！"

那位拄拐杖的长者："那好！你说上哪家，我就领着你上哪家！我是这一片的老住户了，街坊邻居没有不熟的！李所长啊，这事儿你就不用跟着太操心了！我们能办！"

71. 阿妈妮租用的房屋内

邵滨和女民警正帮着阿妈妮收拾东西。

邵滨她们有的擦着东西，有的在帮阿妈妮拖地。阿妈妮深有感触地说："这租的房子，比原来住的房子还好！以后住了新房，那就比这更好了！"

邵滨笑着说："那是肯定的！咱们老百姓的日子肯定是一天比一天好，这没的说！"

72. 东胜路派出所

刘长顺在李所长办公室在向李所长和张教导员说:"黄小凤那个饭店,防火检查根本通不过!"

李所长:"黄小凤这个人啊,在外边做了几年生意,胆子有老牛那么大!她在我们管区内做生意,寻思靠老同学的面子,她想错了!我这个老同学是当了人民警察的老同学了!长顺!防火检查不过关,你给我卡住!"

刘长顺:"明白!"

73. 李所长家

李的大舅哥正和李妻说着话:"话像你那么说,他打了我还就打对了?你胳膊肘向外拐,也有点儿拐得太厉害了吧呀你!这家伙的,结婚没几年,连你亲哥都忘了!"

李妻:"你是我亲哥不假,可你瞅瞅你做的那些个丢人事儿!大军是派出所所长你知道吧?你给他找事儿不说,你还拿别人家的钱!那钱咋就那么好花!人活在世上,是人的脸面德行值钱,还是纸做的钱值钱?"

李的大舅哥:"脸面德行是值钱,可它不当吃也不当喝!这年头有权不使,过期作废!他当派出所所长,扛杆红旗,是,他不捞!可亲戚朋友打着他的旗号捞点儿,总该不算个啥事儿吧?嗯!跟他一点光儿也借不上!真没意思!"

李妻:"你挺大个人,别总想借别人光儿,占别人便宜!你让谁借着你光,占着你便宜了?"

李的大舅哥:"拿来我作啥比方,咱不是没能耐吗?我要是当他那个所长，都能搂飞它！把自己家房子变成钱库！你信不信？"

李妻："所以，人家也是长着眼睛，不会让你这样的人当所长！"

李的大舅用奚落的口气说："大军乐意扛红旗，那就扛吧！那红旗里肯定有金有银！不然，傻瓜！大傻瓜才会去干那活儿！哎呀，大头死了，那脑袋得多大呀！"

李妻："你活你的，我们活我们的！我们不强求你像我们这么活！可我们绝对不像你那么活！"

李的大舅哥："他打我不能白打，打人侵犯人权你也知道，咱们是亲戚，我就不说让你们给我赔多少钱了！可这事儿不能算完！亲戚咋了？亲戚也不能打完人就白打！"

李妻："你啥意思？"

李的大舅哥："实话说，我也不是非得找你们要钱！可我在亲戚圈里实在是没面子！你们总得有个说法，给我圆圆面子吧！"

李妻："你就当他们说我们给你钱了，赔了礼道了歉了，不就完了！"

李的大舅哥："那可不行！你嫂子那我瞒得过去吗？"

李妻听了也没吱声，矬身走进里屋。

李的大舅哥，看她进屋了，似乎有些洋洋得意。

李妻把一叠钱摔在哥的面前："这些钱你拿走！以后咱们的关系也就一刀两断！"

李的大舅哥拿起钱，揣在兜里，笑着说："啥叫一刀两断，那都是想的！咱们是啥亲戚？你是我亲妹妹，他是我亲妹夫！

断得了吗？"

李妻突然厉害起来："你给我滚出去！我没你这样的哥哥！"

李的大舅哥说："你看，让我走就走呗，你还生啥气呢呀你！"说着，走了出去，又回过头来："哎，这钱你别告诉你嫂子啊！"

李妻生气地坐在沙发上："你给我回来！"

李的大舅哥："啥事儿？"

李妻："一天到晚，你东划拉钱，西划拉钱的，没看着你咋吃也没看着你咋穿的，说，钱都干啥了？"

李的大舅哥："嘿，真问哪！"

李妻："今儿个你必须给我说明白！"

李的大舅哥："那个啥！"

李妻："哪个啥？"

李的大舅哥："你是我妹妹，挑明了也没啥，你也不至于去告我！有了点钱，我就是抽两口！"

李妻瞪大了眼睛："你吸毒？"

74. 李所长家

窗外是万家灯火。

李所长在往下脱外衣，显然是刚从外边回来。

卧室里的灯悠然地亮着。

妻子依着床仍没有睡，她在想很沉很沉的心事。

李所长进来："哎，咋还没睡？"

妻子看看他，没有吭声。

李所长坐在她身边，问："哎，你这是咋了？"说着钻进了被窝。

妻子回身对大军说："大军！有件事儿，不知道，跟不跟你说好！"

李所长："啥事儿？"

李妻："我哥哥的事儿！"

李所长："他的事儿，你还有啥不好跟我说的，我是碰了他一下，咱也给他赔了礼了！他来要钱，你也给他钱了，他还要咋的？"

李妻："不是这事儿！"说着，就掉开了眼泪。

李所长有些奇怪："是啥事儿？"

李妻："他要干了啥违法的事儿！你们会不会抓他呀？"

李所长追问："什么事儿？"

李妻："我哥小时候过得挺苦的，一直是挺好的一个人，谁知道这些年，他咋变成了这样了呢？"

李所长："坏人能变好，好人也能变坏，这没错呀！告诉我，他有啥事儿？"

李妻："你知不知道他为什么拿钱那么重？他吸毒！"

李所长一听眉头立即拧成了个疙瘩儿："啊？嗯！我知道了！他为啥瘦得像个灯笼杆儿似的？吸毒吸的！"他依在床头，闭上眼睛想着心思。

李妻："大军，能不能不抓他，给他弄到戒毒所去戒戒毒！"

李所长长叹了一声："事到如今，我没什么话说，我说啥？我们的头上有法，法是天！"

75. 李所长家

电话响了！李所长接听电话："嗯，知道了！我马上到！不用车接我，我骑自行车！嗯，我马上到！"说着，就起床穿衣服。

李妻静静地看着他，没有吱声。

李所长穿好了衣裳，到床头吻了妻子额头一下，转身要走，又回过身来："你告诉你哥哥，明天中午叫他到万福饭店，我要和他见个面！"

灯下，李妻闭上眼睛，不知是享受刚才一吻的甜蜜滋味儿，还是在想很沉的心事。

76. 凤凰酒店

李所长和刘长顺走了进来。

黄小凤一副媚态："哟！大军来了！"

李所长和刘长顺坐在了门厅的沙发上。

黄小凤："别，别坐这。你们难得来一次，还是到会客室吧！"

李所长："别了！咱们都是忙人儿，说几句话就走，长话短说！你们酒店，不经过批准就开业是违法经营！这由其他部门管着，我作为老同学，只能从个人关系角度提醒你，这么做不合适。防火检查不合格，这可是归我们管的事儿了！你们马马虎虎的忙于营业，可重大的火灾隐患你们考没考虑？水烧解干渴，火烧当日穷！你们知道不知道？你不要老以为是我们在难为你，其实，是你们自己在难为自己！你在和自己过不去！"

黄小凤："老同学，话我听明白了，谢谢忠告！"

李所长："我们这番话是好心还是坏意，你们自己琢磨！我走了！"

黄小凤："现在就走？在这吃顿饭吧！"

李所长："改天吧，我们请你！"说完走了。

77. 万福饭店

李的大舅哥吃饱喝得的样子："今天你挺出血，酒菜不错！"

李所长："吃好了？长顺！给他铐上！"

刘长顺上前给李的大舅哥铐上了手铐。

李的大舅哥："呸！李大军！你个不讲情分的东西！管咋说我也是你大舅哥呀！你铐我？"

李所长："是，你是我的大舅哥！我是你内弟！你要吃基围虾、鳜鱼，我都舍不得花钱吃的，我可以让你吃！但你别忘了，我还有一重身份，我是人民警察！你干违法的事儿，我就是你的克星！这没二话说！长顺！把他带走！"

刘长顺："走！"

李的大舅哥狠狠地看了李所长一眼："李大军！你小子狠到一定份儿上了！请我吃饭，原来是设的鸿门宴！"

李的大舅哥被押上警车。

78. "灯光隧道"街旁

夜，灯光迷人的街道。

李所长和妻子依偎着，就那么向前走着。

他们谁也不说话。

李所长脸上是坚毅的神色。

李妻呢，脸上充满了忧伤与沉重。

79. 东胜路派出所

张教导员、刘长顺在审问李的大舅哥。

张教导员："你吸毒的毒品，从哪儿弄来的？"

李的大舅哥："无可奉告！"

张教导员："你要明白！不要以为你是李所长的大舅哥，就可以死硬到底！"

李的大舅哥："无可奉告！"

张教导员："好吧！你既然不讲，把他带走吧！"

刘长顺："是！走！"

李的大舅哥有些惊恐："你们要带我去哪儿？"

张教导员："无可奉告！"

李的大舅哥喊道："我哪儿也不去！我就在你们这儿！"

张教导员："在法律面前没有一个特殊公民！"

刘长顺："走！"

80. 李所长家

李妻对大军说："大军，我哥的事儿到底能治个啥罪？爸爸妈妈还有我嫂子都来了好几回电话了！"

李所长："不知道！这个案子不是我办的！"

李妻："你是派出所所长，案情你能不知道？都是自己家里人，说说怕什么，我们还能把你供出去啊？"

李所长："我说了不知道，是真的不知道！你跟爸爸妈妈解释一下，我不负责办这个案子！"

81. 看守所审讯室

刘长顺带李的大舅哥走了进来。

刘长顺指着一个椅子说："坐！"

李的大舅哥坐下了。

李所长看了他一眼说："大哥！你的案子我不负责，我是过来看看你！爸爸妈妈都知道了你的事儿！他们那么大岁数了，是你叫他们不省心！你不交代就没罪了？不但有罪，还要罪加一等！"

李的大舅哥看看李所长说："得了吧！你小子！我记着你！我没你这样的内弟！你也没有我这个大舅哥！我就是不交代！看你们能把我怎么的？我不信你们能把我的眼珠子抠出来当泡儿踩！"

李所长："比你死硬的人多了，哪个该交代的没交代？哪个该判刑的没判刑？死硬顽抗是一条走不通的死路！我想这个道理，你不会不明白吧！"

李的大舅哥："没啥！脑袋掉下来不过碗大疤！何况我犯不到死罪！我不在乎你们！就是不交代！乐意咋的就咋的！"

李所长厉声厉色地："你跟我说句话，到底交代不交代？"

李的大舅哥看看李所长，半天没吭声。

82. 东胜派出所

晚上。

李所长办公室。

房屋开发公司的那位工作人员和那位拄拐杖的长者走了进来。

大军见他们来，就站了起来。

那位工作人员："李所长！这位大叔帮了我们老多忙了，所有的协议都签完了！我们来谢谢你们！"

李所长："谢我们？谢错人了吧你？你要谢就谢谢这位大叔！是他们直接帮的你们！"

那位长者："我是帮着跑跑腿儿！连着锻炼锻炼筋骨！谢我？我冲啥帮他们？是东胜路派出所这杆旗子叫我感动！你有所不知，那年你大叔我闹了场大病，没有你们老所长刘长山，三更半夜地往医院背我，我这条命早顺着大烟囱往上爬走了！我这条命都是你们从阎王爷手抢回来的，你们说得谢谁？"

李所长笑着说："这么说，咱们都是一家人，那就谁也不用谢谁了！"

那位工作人员："那不行！我们还是得实实在在地说：谢谢你们！"

这时候门开了，大喜子走了进来。

李所长："大喜子，你有事儿？"

大喜子："报告李所长，你们安排我去厨师学习班学习，我学习完回来了！"

李所长："哎哟，坐坐！学得咋样？"

大喜子展开一张奖状："口说无凭，看看这个！"

李所长："哟，还是第一名呢！好好好！"

大喜子："不得第一名对得起你们吗？说啥我也得得个第一名！"

李所长拍拍大喜子肩膀："大喜子，你真变了，变得像另外一个人儿了！"

大喜子："人儿呢还是原先那个人儿，"他指指脑子："这儿是真变了儿！"

那位工作人员："我们的工作开展得这么顺利，公司总经理特意让我来，问得怎么感谢你们呢！"

李所长："保质保量地加快施工进度，让我们管区的老百姓都能如期回迁进新房！就算是感谢我们了！"

那位工作人员："那是一定，一定！"

83. 李所长家

灯下，李妻躺在床上想心思，这是很沉很沉的心思。

突然，窗子上啪嚓一声响，紧接着有玻璃的破碎声。

李妻起来一看，自家的窗子玻璃被一个石块砸碎了！她捡起那块石头看看，有些惊恐地扔在地上！她小心翼翼地靠近窗子，外面是漆黑一片。

她回身到里屋给孩子掖掖被子，看孩子睡得正香，就拉紧房门，拿起一个小撮子，开始收拾地上的玻璃碴子。她的手不慎刮破了，鲜血从手指肚上流下来。她撕扯了一块药布，缠好手，又开始收拾碎玻璃叉子。

她把一张旧挂历纸贴在了被砸坏的窗口上。

挂历纸上是一个美人，正明眸皓齿地对她微笑。

她呢，却捂着脸悄悄地哭了。

84．大棚经理室

尹经理正和那位管理人员说话："经过潘书记做工作，检察院把我叔伯兄弟的案子给退回去了！可姓李的那小子，还往上盯！气得我够呛！你是不知道哇，为了我那叔伯兄弟，我光在潘书记那儿就扔了这个数了！"说着伸出两个手指头。

两位没穿制服的保安人员走了进来："事儿都办完了！"

那位管理人员："顺手吗？"

两位保安没吱声，都点点头。

尹经理佯作不知地："你们出去干啥了？我可是什么也不知道啊！"

85．东胜路派出所

李所长接着电话："喂，你是谁？"

刘长顺也在他的办公室里。

电话里的声音："你就不要问我是谁了，我就问你，是不是你家的窗子玻璃被砸了？"

李所长："嗯，家里来过电话了，有这事儿！"

电话里的声音："那我就告诉你吧，这次砸你家玻璃，是大棚市场尹来富整的事儿！"

李所长："你到底是谁？"

电话里的声音："李所长！我在老百姓的口碑中知道你！你们派出所是个好派出所！你是一个好人！你要坚强点儿！别怕

那些邪的歪的！老百姓的民心向着你们！"

李所长："我知道！喂！喂……"

对方已挂断了电话。

李所长："那个姓尹的盗窃人员的案子，有关部门给咱们局里退回来了！那个姓潘的书记手插得很深！局长征求我意见，我说了：案情哪块儿不足，可以补充！但这个案子不能实案变成空案，最后不了了之，那不行！这个案子我们要办到底！一是人证物证俱在，二是我们不会向那个姓潘的低头！有人砸了我家玻璃，想在这个节骨眼儿上恐吓我，我们会怕他们这些？他们把我们想错了！"

刘长顺："这帮家伙可是啥屎都拉，你得小心点儿！你说用不用找那姓尹的经理算算账？"

李所长："只因为砸了我家一块玻璃，就找人家算账，那显得我李大军太小气！犯不上！咱民警受点儿委屈就受了，没啥！"

86. 万福饭店

时近中午，大喜子正在上灶。

王大妈用筷子夹了一口碟子里的菜，尝尝说："嗯，好好好！味道真好！大喜子的手艺真不赖呢！"

大喜子看着大妈笑笑。

87. 大棚市场

刘长顺带两名警察走了进来。

一进门儿，迎面却碰上了尹来富。

尹来富："哎，是刘警长啊！"

刘长顺："到这边儿来看看！"

尹来富假笑："跟我没事儿吧？"

刘长顺："说有也有，说没有也没有！"

尹来富："这话啥意思？"

刘长顺："没意思！"

尹来富："可我听着你这话里有话呀！"

刘长顺："那就对了！"

尹来富："那你是啥意思？"

刘长顺："人心哪，都是肉长的，这对吧？"

尹来富："没错！"

刘长顺："砸李所长家的玻璃，是你弄的事儿，是不是以为我们都不知道呀？"

尹来富有些脸红了："这……"

刘长顺："这什么？李所长是抓了你的叔伯兄弟，可他不是连自己的大舅哥也抓了吗？为什么抓你叔伯兄弟？因为他们是扰乱社会治安的害群之马！不打击他们，老百姓有好日子过吗？你整的一些事儿，都太小儿科，李所长不和你一般见识！"

尹来富脸色很不正常："说是我指使的，你们有啥证据吗？"

刘长顺看看他。

尹来富没敢再吱声。

刘长顺："派人买一块玻璃，给人家上上，就没你事儿了！以后你们别再干这种损事儿！"

尹来富："刘警长，李所长真的不跟我们计较？"

刘长顺："嗯！我保证！"

尹来富看着刘长顺："行了，那就啥也别说了！玻璃我亲自带人去给上上！"

88. 东胜路派出所

夜。

刘长顺放下电话，从值班室急步跑出来，跑上楼去。

他砰地推开李所长办公室的门："所长！凤凰酒店出事儿了！"

李所长："怎么了？"

刘长顺："失火了！"

李所长："啊？通知值班民警！出发！"

警车和摩托车从门口驶出。

89. 凤凰酒店

一楼冒出滚滚浓烟，并有火光。

警车驶来，警灯闪烁。

黄小凤她们都在外面，一副焦急的神色。她问手下人："给119打电话了吗？"

手下人："打了！"

李所长奔了过来："怎么失的火？"

手下人："厨房里什么东西叫火烤着的！"

李所长："电源断了没有？"

酒店的人："电闸是拉下来了！"

李所长："厨房里还有什么易燃易爆的东西？"

酒店的人："咱们是提前营业，没有煤气，临时买了十个煤气罐！"

李所长："煤气罐？火要把它们烧炸喽，那就是一颗颗炸弹哪！长顺！"

刘长顺："到！"

李所长："马上组织人，咱们进去，把里边的煤气罐都拖出来！"

黄小凤一直在一旁听着，这时她说："李大军！你们不能进去！火在着着，万一……"

李所长带头冲进了厨房。

民警们冲进厨房。

外边，救火车鸣笛赶到。

厨房里，浓烟滚滚。

李所长他们呛得直咳嗽。

火，在蔓延！

他们置身在火海中。

李所长拖起了两个煤气罐，在奋力向外拖。

他们的脸被烟火烤得黑漆燎光。

烟火之中，是民警们往外拖煤气罐的身影。

李所长他们的额头上都是汗水。

哦，一个又一个民警刚毅面颊的特写！

李所长身上着着火，他冲出了火海。他被烟呛得昏了过去。

他的手上，紧紧拖着两个煤气罐。

门口的消防队员们有的在扑打李所长身上的火，有的正往里冲。

有医护人员把李所长抬上救护车。

黄小凤眼里似乎有了泪水，她感动地看着眼前这一幕。

消防队员在向外面拖民警和煤气罐。

一个又一个受伤的民警被抬上救护车。

救护车旁围了很多人。

救护车开走了。

黄小凤望着远去的救护车，无声地流了泪。

90. 医院急救病室

病床上躺着李所长、刘长顺和几名警员。他们的脸上缠着绷带。

香莲和几位女护士在给他们看护着吊瓶。

走廊里，站着许多群众，其中有王大妈、大喜子、二喜子，拄拐杖的老者，还有许多我们不熟悉的面孔。

病房门口，站着张教导员、邵滨她们，还有李妻和黄小凤。

黄小凤眼泪盈盈地对李妻低诉："都怨我！大军他们要有个好歹的，我真没法儿跟你们交代了！"

李妻的脸色显得很沉重。

91. 大棚市场

上午。

经理室里。

那位管理人员对尹来富说："刚才听二喜子说，李所长他们昨晚在凤凰酒店救火，都烧伤了！"

尹来富一惊："啊？真的呀！"

那位管理人员说："真的！"

尹来富思忖良久："上回那事儿，你小子整完了还叫人家知道了，弄得我挺不够面子，你说他们住院，我该不该过去看看？"

那位管理人员说："其实，咱们是不该和他们结冤家！"

尹来富："我在这个当口儿过去，人家会不会以为我是幸灾乐祸呀？"

那位管理人员："我看不会！你实实在在地去看人家，人家不会那么想！"

尹来富："那我就去看看他们去？"

那位管理人员："我跟你去！"

92. 医院病室内

病室里，静悄悄的。

李所长他们躺在病床上。

李妻、张教导员他们都守在他们床前。

门开了。黄小凤走了进来，她捧着一个鲜花花篮。

她走向了李所长。

她站在了李所长的床前。

李所长睁开眼睛看到了是她。

黄小凤泪眼汪汪地："大军！是我不听你们的，惹下了祸！是我对不起你们！那些煤气罐要不拖出来，我的祸就惹大了！"

大军的嘴被绷带缠着，他轻轻抬起手，拍了黄小凤一下。

黄小凤用手抓住李所长的手，哭了。

李所长用手又拍了她的手几下，安慰着她。

李所长示意妻子拿笔过来，他用缠绷带的手吃力地写着。

李所长写了一张纸条，李妻送给张教导员，上面写着："我的大舅哥交代了吗？"

张教导员看了纸条后说："你放心吧，他正在交代中！"

尹来富和那位市场管理人员走了进来。他们拎来了一兜水果。

李妻看他们来了，就站了起来。

尹来富对李妻："还认得我吗？"

李妻："认得，认得！头几天到我家上玻璃的大哥！"

尹来富："听说李所长烧伤了，我心里很不安。过来看看！"

李所长示意他坐到他的跟前去。尹就坐到了他的跟前。

李所长用手拉住了尹来富的手，紧紧地攥着。

尹来富看着这只缠着绷带的手，用自己的另外一只手搭在了上面，他沉重地低下了头。

93. 万福饭店

大喜子对王大妈说："大妈，我怎么也没想到他们这些人也会住院！真烧伤的是我该多好！昨个晚上我翻来覆去睡不着，想了好多好多事儿！没有他们，我孙大喜子哪还会有今天？"

王大妈叹了口气说："是啊，先给他们熬点儿粥送去，等他们都好喽，你好好给他们炒俩菜，咱们慰劳他们！"

大喜子:"那敢情好,可是就怕他们又是不来哩!"

大妈眉头一皱:"就怕这!大妈心里疼他们,可又拿他们没招儿!"

94. 阿妈妮家

阿妈妮拄着拐杖和邵滨一起出了门。

邵滨扶着她说:"阿妈妮!都好几天的事儿了,你腿脚不好,非去干啥?他们都好得差不多了!"

阿妈妮:"我这不是刚听说不是!我就是爬也得爬着去看看他们!"她抽抽鼻子,颤着声地说:"他们不是我身上掉下的肉,可都是我的好孩子!"

95. 病室里

李所长他们脸上的绷带已有部分拆掉。

他们坐在床边上。

邵滨扶阿妈妮站在那里。

阿妈妮颤着声说:"孩子们哪,我没带什么来看你们!我带着这颗老心来看你们来了!你们都知道我们朝鲜族爱唱歌!我老了唱不动了!牙也露风喽!可今儿个,我非唱一个不介!我给你们唱一个《桔梗谣》吧!"

在场的人鼓掌。

阿妈妮:"别鼓掌,别鼓掌!一鼓掌我就不会唱了!"

阿妈妮唱起了《桔梗谣》。哦,这古老而又充满深情的歌声,就在病房里回荡!

李所长和警员们的嘴部虽然已拆除绷带，但那里还有黑痂。那一张张结着黑痂的嘴巴，在阿妈妮的歌声中都露出微笑。

片尾字幕：

本剧根据长春市东盛路派出所的先进事迹为素材进行创作。五十多年来，东盛路派出所一直是先进红旗单位，先后荣立集体一、二、三等功 54 次，受到国家级表彰 14 次，省级表彰 42 次。1964 年，派出所被公安部树为"全国公安战线的十面红旗"之一；1980 年被公安部评为"公安战线先进集体"；1999 年 9 月 1 日，被国务院命名为"人民满意的派出所"。

（中央电视台播出，获电影频道电视电影百合奖）

舞台戏曲文学剧本

春回桃湾

人物表：

李春英——35 岁，县科技局局长，代职桃湾村党支部第一书记

霍三爷——70 岁，桃湾村的老共产党员，村党支部委员

张巧菊——35 岁，村里的文化骨干

刘长军——38 岁，共产党员，复员退伍军人

田二江——50 岁，桃湾村现职党支部书记

侯大金——45 岁，桃湾村被撤职查办的原村委会主任

赵方田——55 岁，进城返乡农民工

赵妻——50 岁，赵方田之妻

李贵——45 岁，烈士后代，挂拐杖的残疾人，贫困户

李小花——9 岁，李贵之女

田二江妻子——人称巧嘴八哥，45 岁

白丽——外号大白梨，30 来岁，村"妇女主任"，侯大金姘妇

侯大银——42岁，侯大金之弟，地痞

牛淑云——人称二锅头，40岁，侯大银之妻

群众若干

主题歌起：

> 长白山的血脉，是那条条江，
>
> 松花江的骨肉，是那道道梁。
>
> 山梁扳不倒，大江日夜淌，
>
> 黑土地的魂魄就是那个老太阳。
>
> 老太阳明亮亮，明亮亮的老太阳，
>
> 万紫千红春归来，
>
> 花开桃湾更芬芳。

第一场　进村

天幕上，冬日的长白山区，千里林海银装素裹，蜿蜒迤逦的松花江在桃湾村甩了个优雅的小弯，簇拥着小小村庄，而后向远处流去。

傍晚时分，炊烟袅袅升腾的小山村，冰覆雪盖，静谧地散发着质朴厚重的关东气息。突然，幕后有小汽车清脆的鸣笛声。

（女声伴唱）百里风霜，一路风尘，

　　　　　　代职书记今天进山村。

（男声伴唱）村头大树仰脸盼啊，

　　　　　盼只盼，浩荡春风早日绿山林；

（合唱）村中炊烟挥袖望啊，

　　　　　望只望，拨云见日还我好乾坤！

（幕后：汽车鸣笛声，司机告别的声音："李春英局长！没什么事儿的话，我可就先回去了！"

李春英的幕后声："回吧，雪大路滑，慢点儿开啊！"

汽车渐渐远去的声音）

李春英围着鲜亮的红色围巾，背拎着行囊上：

（唱）半月前组织上找我谈了话，

　　　　离城下乡，到桃湾村里把根扎；

　　　　今日临行，婆婆依然卧病榻，

　　　　膝下的宝贝疙瘩挖挲两手喊妈妈；

　　　　春英我不是那无情女，

　　　　上了车一路泪水也滴答。

　　　　早听说桃湾村干群关系问题大，

　　　　百姓的意见如巨石入江水翻花。

　　　　不知春英我柔弱肩膀能否胜大任，

　　　　与乡亲们风里浪里一起把船划。

　　　　转眼间来到了村门口，

　　　　只听得，有人吵吵巴火不停喧哗！

（喧哗声从幕后远处传来）

（独白）："春英我呀，先别着急露面，先闪在一旁，看个究竟再说。"

（撩起围巾，半掩面孔。下）

村民们上。

田二江（村书记）大声喊："哎，我说，你们大家伙儿都别磨磨蹭蹭的，快走两步行不行啊？霍老爷子，你把胳肢窝里夹那个大喇叭端起来，赶紧鼓腮瞪眼地整出个响动来！张巧菊！平时乐意拧拧嗒嗒的那几个秧歌队的人呢？赶快聚堆儿扭起来呀！"

霍三爷依然在胳肢窝儿里夹着唢呐，不应声，一屁股坐在一个小树墩子上，掏出小烟袋抽上了闷烟儿。

张巧菊呢，也一脸不高兴地站在一边不吭声。

田二江的妻子，人称"巧嘴八哥"走到他们跟前："霍三爷！巧菊大妹子，村里今儿个欢迎上头派下来的村书记，平时和我们家二江书记，有点儿小小不然舌头碰牙的事儿，都别当回事儿啊，快点儿的，看在我一张纸画个鼻子——好大的脸的面子上，把唢呐吹起来，秧歌扭起来，好不好？"

霍三爷磕磕烟锅儿，站起身硬倔倔地说："不吹！喇叭'叫叫'冻住了！"

张巧菊就势蹲在地上，一偏脑袋："不扭！胳膊腿儿不想动弹！"

田二江急急地："霍三爷！你是村党支部委员！村子里有事儿，你得带个好头啊！"

霍三爷腾地站起身来，缠着手里的烟口袋，把烟袋锅子别在腰间，说："田二江啊田二江！你还知道我是个党支部委员啊？呸！"

（唱）昔日里好端端个桃湾村，

是山美水美人精神；

自从你搭班儿那侯大金当主任，

桃湾村的权力就不再属人民；

你自私透顶两眼只盯着自家小天地，

侯大金私放山地霸选贿选欺压百姓还把那公款吞。

老百姓有意见你们不闻也不问，

（白）"吹什么喇叭扭什么秧歌啊。"

全村人早就叫你们整得散了心！

田二江："老霍头，你还是个党员不是？是党员就要听我管！"

霍三爷："呸！你还是个党员是个书记吗？你不要脸我还要脸呢！我这个老党员啊，不听你这个自私自利的牌位书记摆弄！"

张巧菊快人快语地："扭啥秧歌呀？村里早就应该成立秧歌队和文化室，我们提了多少回意见了，可你们都当了耳旁风！把党的那些优惠政策的温暖阳光都照耀到你自己家和亲戚家小院儿里去了！这用着我们又想起我们来了！不扭！坚决不扭！"

侯大金、侯大银、白丽、牛淑云上。

侯大金醉意微醺，喝得醉醺醺的侯大银趔趔趄趄栽栽歪歪地上。

侯大银嚷道："让开！都给我让开！眼珠子都长裤裆里去了？没看见村里头的侯大主任来了吗？"

霍三爷用手颤颤地指着侯大金说："侯大金！你这个村主任已经被上级停职了！你在这桃湾村作威作福的那一页，打今往后就彻底翻过去了！"

侯大金哈哈一笑："霍老三！又是你！"

（唱）从打我侯大金当了这村主任，

　　　你就处处扭头别棒跟我死较劲！

　　　打官司告状在村委会门上堵门锁，

　　　我看你是河套里的蛤蟆也想驾风云；

　　　八村你访一访，三乡你问一问，

　　　上上下下，左左右右，男男女女，老老少少，

　　　有谁能扳倒我侯大金！

侯大银："别以为我哥侯大金在这桃湾村真的就下世了。"用手指着围拢过来的老百姓："告诉你们！凡是长眼珠子有耳朵的，都给我看着听着：桃湾村上边下来代职的村干部左一个右一个，来过好几茬了吧，怎么的了？哪个到头来不是蔫退的蔫退，滚蛋的滚蛋！从古到今，有谁听说过强龙能压得过地头蛇？"

侯大金佯作谦逊地："大银，别瞎吵吵！冲着大家伙的面儿说话，还是得客气点儿！"

侯大银脖子一梗："客气啥呀？跟谁客气呀？老霍头这几个搅屎棍往死里头告你，我一个小白人，我怕啥！听说新来的姓李的书记，还是个蹲着撒尿的老娘们儿，驴驾辕马拉套，这老娘们儿在桃湾村当书记，那不是瞎胡闹吗？"

侯大金："大银！你喝多了，别乱说话！哎呀，诸位乡亲！我弟弟他灌足的尿水子，乱说话，大家伙别见怪啊！大家伙儿都来这欢迎李书记，该欢迎就欢迎哈！我这个村主任已经被停止工作了，欢迎队伍里，我就不好再伸头露面了，特意来跟田书记请个假！"

霍三爷："侯大金，侯大银！你们尽管一会儿唱红脸一会儿唱黑脸，可你们是什么样人，全村老百姓谁不知道？苍天有眼！你们这些苍蝇跳蚤，再想在村子里长期横行霸道下去，行不通了！"

牛淑云："哎哟！我说这两天我这脚面子咋直痒痒呢，原来是大冬天的，有只招人硌硬的老癞蛤蟆蹦到脚面子上来了！老霍头，我看你这个老棺材瓢子，是作得紧死得快，要死不留念想了！"

张巧菊："二锅头，你这是咋说话呢？全村子人谁不知道你是有名的泼妇？是人有你这么说话的吗？"

牛淑云："张巧菊，我知道你心里向着老霍头。不就因为老霍头是你心里恋着的那个刘长军的亲娘舅吗？你再多嘴多舌地说话，小心我把嘴给你撕烂喽！"

张巧菊不肯示弱地："你敢！"

牛淑云："不敢（擀）的是煎饼，敢（擀）的是饼！你看我敢不敢！"说着，上前要与张巧菊撕打。

霍三爷、刘长军、赵妻等人急忙上前推开牛淑云。

刘长军冲着牛淑云说："二锅头！她恋着我怎么了？她是单女，我是独身，哪块儿碍着你什么事儿了？你有什么能耐冲我使！我不怕你！"

侯大金："老霍头！刘长军！张巧菊！我知道，堵塞村委会门锁、告状、上头把我这个村主任停职，与你们几个有直接关系！你们既然和我摊牌了，我得不着好，你们几个就能得着好吗？我想，你们心里应该明白！"

霍三爷："哑！怕你们我就不姓霍！状是我带头告的！村委会门上的锁眼儿就是我带头堵的！我不信你们能把我的眼珠子抠出来当泡儿踩！"

侯大银撸胳膊挽袖子地说："好哇！我还真就不信这个劲儿了我，你看我敢不敢把你眼珠子抠出来当泡踩！"说着，冲上前去抓霍三爷的脸。

刘长军、张巧菊、赵方田、赵妻、李贵、李小花等众多村民，都上前护着霍三爷，把侯大银搡到了一边！

侯大银噌地从怀里掏出一把弹簧刀来，喝道："刘长军！张巧菊！赵方田！还有你老婆！穷鬼李贵！你们几个拉偏手是不是？谁敢过来，我就先桶了谁！"

霍三爷梗着脖子往前走："小子！别拿着这玩意儿吓唬谁！有能耐，往你爷爷我这儿捅！"

"住手！"随着一声长喊，李春英出现在众人面前。

田二江："你是？"

李春英："我就是从县里来村代职的李春英！"

侯大金对侯大银说："大银！咋还把弹簧刀舞扎出来了呢？快点儿收起来！"他走到李春英面前，假意地鼓了几下掌："哎哟！是李书记啊，久仰久仰！欢迎啊欢迎！哎呀！李书记，真是百闻不如一见，没想到你这么年轻，长得也这么的带劲儿哪！"

（唱）侯大金这里暗惊讶哎，

　　　这女人长得像一朵花；

　　　粉得噜脸蛋儿弯眉俏，

　　　黑嘟嘟的眼眸亮瓦瓦；

唇带棱角满带严正劲儿,

一搭眼就知道是个不好对付的茬!

这么好的天鹅肉可惜到不了我这老虎嘴,

我只能眼巴眼望,近瞅远瞧,远瞧近瞅,

罕喇子白滴答!

(白)"李书记!由于我侯大金现在已被上级停职,我就不好在这伸头欢迎你了!先撤了!失陪!"说完,要走。

李春英不卑不亢地说:"不送!"

妇女主任白丽跟着侯大金,也要一起走。

田二江扯扯白丽的衣袖,小声说:"哎,我说白丽!管咋说你现在还是村里的妇女主任,你不在这欢迎欢迎新来的村领导哇?"

白丽说:"哎呀,胡主任刚被上头停职,人,不能太势利眼了不是?"说着,和侯大金、候大银、牛淑云一起下。

霍三爷冲着田二江说:"什么妇女主任?这个大白梨根本就不是咱们桃湾村里的人。不知侯大金从哪儿淘弄出这么个娘儿们来,白天陪他喝酒打牌,晚上陪他睡觉,真是鱼找鱼虾找虾,乌龟恋个大王八!"

田二江对李春英赔着笑脸说:"哎呀,李书记,我是田二江!"

李春英:"刚才已经单面认识了!"

二江妻不无醋意地:"我男人!村书记!你是一把书记,他现在算二把书记,上头文件是这么说的!"

田二江假意呵斥妻子:"老娘们儿家家的,上一边拉儿待着去！李书记，你看，这也太不好意思了！你刚进村，就看着这么一场戏。"

李春英："田二江同志！"

（唱）纸难包火苗，雪难挡春风，

　　　有问题总不能遮遮掩掩饰太平！

　　　一叶障目青山依旧在，

　　　两耳塞豆雷声照样鸣！

　　　民心才是咱暖身的宝，

　　　对百姓咱应作那春风化雨润物细无声！

（女声伴唱）润物细无声！

李春英与田二江商量："田书记，我们先到村委会吧？"

田二江尴尬地笑着："嘿嘿，呵呵，村委会一冬没生火了，待不住人。再说……"

李春英："我刚听说，门上的锁眼儿被堵塞了是吗？"

田二江笑笑："是，安全门的锁眼儿里老有人往里堵东西，今天堵几根火柴棍儿，明天抹上水泥，今儿个修了，明儿个又堵塞了。真跟他们折腾不起！"

霍三爷："群众对村党支部和村委会有意见啊！所以就拿锁眼儿撒气！堵塞锁眼儿的，就有我这党支部委员一份！"

张巧菊、刘长军、赵方田等人："还有我！"，"有我！"

李贵："还有我，我这个烈士子弟，残疾人李贵！我也用玻璃泥子堵塞过他们的锁眼儿！村委会不为老百姓办事儿，留着它干啥？"

李春英：

（唱）一道锁，堵住了村委会的门，

　　　　门是一道山，隔住了干和群。

　　　　门里门外，本该是连心路，

　　　　对群众没感情肯定有纠纷。

　　　　干部本该是那领头的雁，

　　　　群雁跟飞，桃湾才能暖如春。

　　　　群众本是干部扎根的土，

　　　　紧贴地气，才能叶茂根更深！

"田书记，村委会既然住不了！你看我是不是住到老百姓家去？"

田二江："村委会是住不了！我原来打算让你住到我们家里，我家东厢房空着，没人住。"

李春英："田书记，临来上任之前，组织上找我谈了话，让我们跟村里的党员和基本群众多接触，这样才能更多地了解掌握咱桃湾村的一些情况。"

田二江："既然上级组织有这个意思，我也不好勉强！那你们住到谁家去好呢？"

张巧菊上前挽住李雪英："我是张巧菊，李书记不嫌弃的话，就住到我家去吧，我就一个人！"

李春英："我知道你，村里的文化活动骨干是吧？"

张巧菊："以前县里办农业科技知识学习班，我还去听你讲过课！"

李春英："田书记，你看这么安排可以吧？"

田二江："也行！"

李春英说："好，那我就住到张巧菊家里去吧！"说着，要和张巧菊一起走。

二江妻："先别走哇，家里都准备好四菜一汤了，管咋说，新来的书记也得到我们家吃口热乎饭哪？"

李春英："田嫂，谢谢了！我就住到谁家吃在谁家了，这样更方便些！"

霍三爷大声地："李春英书记！村里来的下派干部有那么几拨子了，可你，是真的给桃湾村带来了希望！"

（唱）我从小生长在桃湾村，

　　　　坐地生根的一个老农民，

　　　　县里头党代会当过老代表，

　　　　长这双老眼睛还是会看人！

（白）"李书记，你是什么样的干部，我一搭眼睛，就看出个八九不离十。好哇！村里的老百姓是真心真意欢迎你进村！鼓掌！"

李贵拄着拐杖说："霍三爷！这个掌，我先不能鼓！她真的在桃湾村扎下根了，真为咱老百姓办事儿了，我再给她鼓掌也不迟！"

赵方田："李贵兄弟说得也在理！以前进村代职的干部，我们也都给他们鼓过掌，可到头来掌都白鼓了！"

霍三爷："乡亲们！咱们不能几次失望，就一辈子灰心！信我老霍头一句话吧：桃湾村眼下虽然是冰天雪地，但总有春暖花开的时候！我先把喇叭吹起来，你们的秧歌该扭也扭两下子，好不好啊？"

群众你看看我，我看看你，没有人应声。

张巧菊："现在让大伙扭秧歌，有心不顺的，也有对侯氏兄弟心有余悸的，能扭起来吗？我看就算了吧！"

李春英说："我看也是，天怪冷的，我来就来了，可别搞这些形式了！大家伙都赶快回家暖和暖和身子骨吧！"

田二江："那就听李书记的，解散！"

李春英与众人下。

（灯光暗转。第一场完）

（幕间合唱）一句话，暖心巢，

　　　　　　似有喜鹊唱树梢；

　　　　　　扯一缕春风进山村哎，

　　　　　　桃湾人的心潮，融冰解冻逐浪高！

第二场　开锁

天幕上，大雪纷飞。

张巧菊家。

（女声内心伴唱）灯初上，夜未央，

　　　　　　　　春英巧菊唠家常；

　　　　　　　　窗外风寒屋里暖，

　　　　　　　　话似春风绕房梁。

李、张：

（合唱）秧歌手绢灯下绣，

扎花插彩针线长。

李春英：（唱）我绣春催桃花红，

张巧菊：（唱）我绣春水戏鸳鸯；

李春英：（唱）我夸巧菊手红好，

张巧菊：（唱）我羡她更比我强。

李春英：（唱）我这里飞针，针针连心事，

张巧菊：（唱）我这里走线，线线扯情伤；

李春英：（唱）我看她定有难言话，

手绣鸳鸯眼里浸泪光！

李春英："巧菊，姐有句私房话，想单独问问你。听说你和刘长军有恋爱关系好几年了，论说岁数也不小了，怎么还没成个家？"

张巧菊叹了口气："刘长军那个人啊，死犟死犟的！他是个党员又是个复员军人，大前年因为和侯大金竞选村主任，想带领村民好好发展发展村里经济，没想到村主任没当上，还叫侯大金他们给害惨了！临选举前，他们逼他退出竞选。他死活不同意！结果家里的几头牲畜都叫他们下药给毒死了！挺富裕个家被弄得几乎一贫如洗！他心里就一直窝着这口气！说不争回这个理来，他一辈子不结婚！还说，一个男人要是真心爱一个女人，就一定让她过上好日子，不能让她跟着他遭罪！"

李春英："噢，也真是难得了刘长军对你有这份真心真爱！巧菊，我看，刘长军所盼望的那天在不远的将来就会到来！为了这，我这个新来的书记也一定要尽到自己的责任！"

张巧菊："李书记！全村几千口人，大事小情本来就够你累的，可别再因为我们这些小事儿操心了！"

李春英："你们的婚姻大事，怎么能说是小事儿？巧菊，从今往后，你别再喊我书记，叫我春英姐好不好？"

张巧菊激动地："春英姐？你让我叫你春英姐！"

李春英："哎！就是！这样我又得了个巧菊妹妹！"

张巧菊：

（唱）春英姐说的话好似刮春风，

　　　转眼间融化了心头雪和冰；

　　　人家是正局长论官不算小，

　　　可对咱们老农民却不架哄哄！

　　　都说是三九天农家的炕头热，

　　　我说是她的情更叫咱暖三冬。

　　　叫我妹喊她姐彼此的心拉近，

　　　刚进村就操心巧菊我好心疼！

（白）"春英姐，床铺我都给你铺好了，你早点儿睡吧！这些没绣完的秧歌手绢咱们以后接着绣！"说完，收拾起未绣完的手绢。

李春英点点头："好吧，巧菊，你也早点儿睡吧！"

张巧菊下。

李春英：（内心独白）"村里事，家里事，千头万绪，我哪能睡得着呢？"

她坐在椅子上，手拄着头，一副很疲劳的样子。

（幕后合唱）腊月雪，飘无声，

　　　　　　北风阵阵叩窗棂，

　　　　　　白日奔波身疲惫，

　　　　　　半睡半醒如梦中。

　　（李春英心里的意象：干冰的烟雾中，一束柔光中，出现秧歌队梦幻般的欢舞）

　　李春英：

　　（唱）浪不溜丢的秧歌舞哇，

　　　　　　嘎嘎笑的唢呐响连声。

　　　　　　绿肥红瘦彩绸飘，

　　　　　　小村整个浪的在沸腾。

　　　　　　碧水盈河待解冻，

　　　　　　树绿大山等春风。

　　（幕后合唱）忽闻巨响惊好梦，

　　　　　　　　窗现窟窿灌北风！

　　李春英被"乒——乒！"的响声惊醒，一下子站了起来，大喊一声："谁？"

　　小屋里充满了呼啸的北风声！

　　张巧菊边披棉衣边跑上，见地上有崩贱进来的"二踢脚"炮仗皮子："二踢脚炮仗皮子？"急拿棉衣去堵窗子，下。

　　李春英走到"二踢脚"炮仗皮子旁，边看边引起沉思："这个时候，夜深人已静，有人单单冲我住的房子窗户上崩个二踢脚，是何用意？"

　　（女声伴唱）一个炮仗冲破窗，

　　　　　　　　做事之人心不良；

　　　　　　　　分明是给我颜色看，

试试我是棉花还是钢？

李春英：

（唱）遇此事，心不慌，

从容不迫有主张；

心有靠山底气壮，

巨石压来也敢扛！

张巧菊："春英姐！村里每次来了新干部，他们都会来这么一下子。刚才左邻右舍都听着动静了，霍三爷和刘长军他们已经在外边，用老羊皮袄把窗户给堵上了！"

霍三爷、刘长军等人，推搡着侯大银上。

侯大银醉醺醺地梗着脖子："李春英！你们不用东查西问的，窗子上的炮仗就是我侯大银放的！老子放完了炮仗，压根儿就没离开这地方！我就要看看你们能把我怎么的？在这桃湾村，能制住我的人，还不知道在哪个娘腿肚子里转筋呢！"

李春英："霍三爷，刘长军，你们先与基干民兵，把他送到派出所去吧！社会治安的事情应该由派出所秉公执法处理！"

霍三爷、刘长军："好！走！"

侯大银嘿嘿冷笑："我当你新来的骚老娘们儿有多大能耐呢，闹了归期，还就是去趟派出所！那儿，我常去，跟走平道似的！"

霍三爷："侯大银，你做了坏事还敢嚣张！"

侯大银仍是一副醉态，嘿嘿笑着："老霍头，你说啥，我都全当狗放屁！谁敢来桃湾村挤兑我们侯家兄弟，我就敢崩谁！李春英！只要你待在桃湾村一天，我就一刻不闲着的和你对着干！想睡安宁觉？没门儿！"

李春英："侯大银！俗话说得好，'善恶到头终有报'！总有一天，你要为自己的恶行付出代价！"

刘长军喝道："走！"他们押侯大银下。

侯大银一脚深一脚浅地："走就走！"

李春英对张巧菊说："巧菊妹子，我万没想到侯家兄弟在桃湾村这么嚣张，干群关系中积累的问题这么深这么多。看来，要解开群众心里的疙瘩，把桃湾村的经济发展带上正路，不是件容易的事！万事开头难，我想过几天，先从乡里借点儿秧歌服装、锣鼓家什儿，你是村里的文化骨干，能不能先动员一部分老百姓，让他们来参加活动，先高兴热闹起来？"

张巧菊："群众再有疑虑，我也能逐渐地动员出一些人来！只是村委会的屋子太冷，取暖用的钱从哪儿来？"

李春英："这，要不了多少钱，我来想办法！"

张巧菊："你要自己掏腰包？那也带上我一个！我虽不是党员，但也一直是党的积极分子！"

李春英："不用了，取暖的钱我拿吧。"

张巧菊："别的，春英姐，我家的柴火垛有现成的柴火！我先贡献出来一些！"

李春英："这样也好！明天一早，咱们就带领群众打开村委会的门！在乡里的东西没借来之前，咱们先把炉火生起来！"

张巧菊："好！明天一早，我就带人解锁开门！"

（灯光暗转）

（幕后合唱）新书记进村气象新，

开门解锁凝聚人心；

驱寒化冷炉火生暖，

干群一心其利断金！

灯光再亮时，唢呐的试音声和锣鼓钹声响成一片。

村委会屋内外，众人在忙碌着。

有人抬大鼓，有人抱秧歌服装、大脑袋人儿啥的。

张巧菊抱着一些秧歌服装，戴着大脑袋人上，对正在办公桌前拿笔勾画一张图纸的李春英说："春英姐！乡里送过来一大车东西，把咱们村子里办文化室、图书室需要的东西都解决了！"

李春英："好啊！"转头对张巧菊："巧菊，现在能来多少人？"

张巧菊："来了一些了，我们还在走家串户，给大家做工作！"

刘长军上，他走到李春英的办公桌前，看着图纸说："李书记，你画的这是啥东西？"

李春英："来村里几天了，我把村前村后村里村外都转了转，咱们桃湾村依山傍水，几年以后，要想变成花果山、新渔村，从现在开始就得有一个美好的梦想！"

刘长军："李书记，桃湾村原来经济基础不错，这几年，村班子不干正事，经济大滑坡，已经成了远近闻名的贫困村。"

李春英："村民们要想脱贫致富，没有科技文化支撑不行。我看，村里办农民文化夜校势在必行！"

刘长军："我们农民都盼着村里有个文化夜校！可是上哪儿去请讲课的教员？"

李春英："我可以讲，县里科技局的人员也可以抽空来这里上课！"

刘长军："这可太好了！这就叫：科技送进村，城乡一条心！书记当教员，我们更觉亲！"

（幕后广播喇叭里传来张巧菊的喊声："哎——！各家各户的好姐好妹你们都听着，赶快带着家里人，到村委会参加扭秧歌活动啦！"）

"哎——"远远近近，有人此起彼伏地迎合着。

一些群众上。

田二江妻："哎——？""张巧菊啊，我可真是服了你了，还是你的人缘好啊，你这一亮嗓子，村里人可来了不少！连我这个村书记的老婆，也没有这么强的号召力。"

张巧菊："什么来了不少啊？你这是说风凉话呢吧？我看顶多来了一半人！"

田二江妻："一半人就不算少了，村子里哪回搞活动，都没有来过这么多人呢！"

张巧菊："这太阳是从西边出来了咋的？你也来了？我张巧菊还能叫动你田二江的老婆巧嘴八哥？"

田二江妻："哎，巧菊大妹子，当新来的村领导面前，能不能别叫我外号？这新领导来了组织活动，咱老领导的家属能不带头支持工作吗？"

田二江："对对对，这也是我的意思！"

刘长军质疑地："支持工作？你不带头瞎搅和，我看就是烧高香了！"

田二江妻："这话叫你们说的，这不是白菜地里捞镰刀，把棵（嗑）都（唠）捞散花了吗？扭秧歌，甩手卷，唱二人转，我都不外行！这回村里的文化活动，我必须得参加到底！春英书记！你听我给你来两句啊，'什么楼盖得高高遮日月，什么楼盖得矮晃太阳啊？什么楼盖在蛇盘地，什么楼盖在卧龙岗上'？咋样？不照那闫书平、董玮、闫学晶、白晶差多少吧？就是省吉剧团杜鹃、梁学华、安静芳、成桂荣那些个名角来了，我也敢和她们一起比比嗓子！"

霍三爷："行！你参与我们不反对！在里边得起到骨干带头作用，别光是尿壶镶个金边儿——嘴好就行！"

田二江："我说霍老爷子，在新领导面前说话，给我留点面子！"

李春英："霍三爷！长军！巧菊！你们先去组织活动吧，我和田书记还要一起谈点事儿！"

霍三爷又试了两声唢呐："走，咱们该换衣裳的换衣裳，该操家伙的操家伙，舞扎起来！"

众人下。

田二江抱拳作揖地说："李书记！怪不得你30啷当岁，就在县里当上了科技局长，真是个大能人！你来到桃湾村才几天，村委会好几年没打开的门打开了！炉子里也生起火来了！村里不少老百姓都聚拢到这儿热闹起来了！我佩服！由衷佩服！"

李春英："田书记啊！"

（唱）莫夸我是个什么大能人啊，

　　　我爹我爷也是个老农民；

我从小就生长在松花江畔，

油黑的黑土地铸就了我的魂！

人民情党的恩时刻不敢忘，

官大官小都得想着事事为人民。

进村来代职还请你多协助，

还老百姓一个亮瓦晴天的桃湾村哪！

（群声伴唱）还百姓一个亮瓦晴天的桃湾村！

田二江：

（唱）原本想新书记一介女流又是晚辈，

干几天镀镀金就得长膀飞；

没想到哈下腰真想做大事，

倒叫我心敲小鼓有点惧她的威！

怕的是往日事渐渐败露，

莫不如假送人情真拉她下水！

（内心独白）"这年头，有钱能使鬼推磨！我不信有哪个人不真的喜欢钱！"

（对白）"李书记，听说你婆婆病得不轻，我很着急！也没有什么可表示的，这点儿小意思，请您收下。（说着，掏出厚厚的一叠钱，递给李春英）正好，这会儿没有外人儿看见！"

李春英："田书记，这个钱我不能收。再说，我的婆婆病情已经好转了！"

田二江："咋的？嫌少？没看上眼啊？"

李春英笑笑："不是！"

田三江执拗地："那为啥不收？"

李春英："田书记啊。党的宗旨你忘了！老祖宗几千年来给我们留下的宝贵精神文化遗产你也忘了！"

（唱）有时间你读读增广贤文，

　　　别以为在世间钱能通神；

　　　走正道，人生大道才宽广，

　　　半夜不怕有鬼来敲门；

　　　走邪道，人生道路真狭窄，

　　　奔进那死胡同还引来祸雨淋！

　　　以权弄钱迟早要出事儿，

　　　黑钱赃钱咱们不可占分文！

田二江："你是说我送你手里的钱是脏的？嫌我这钱不干净？"

李春英："你手里的钱干净不干净，你心里最明白！上级信访部门接到的桃湾村村民告状信，都能用麻袋装！侯大金因为霸选贿选私放山地欺压百姓被上级停职，你是否收受了他的好处费？村党支部为什么这么软弱无力，在群众中威信大滑坡？你之所以对他们兄弟在村里胡作非为，睁一只眼闭一只眼不敢过问，是因为什么？我看是拿了人家的手短！这些，你应该心知肚明！"

田二江："这？李书记，话既然说到这儿了，我就斗胆问一句：上头派你进村代职，是不是为了来查办我的？"

李春英："我来桃湾村，对你的情况组织上做过交代！路在你脚下，往哪儿走，脚是你自己的！这话，你听明白了吧？"

田二江："可是，我，实话跟您说了吧。我是有些担心！"

李春英："我知道你担心什么，你过去那些年为村民们做了许多好事，是村里的老书记了，在大是大非面前起码的觉悟应该是有的。你是担心跟侯大金他们一起陷得较深，想拔出腿来难，是不是？"

田二江："李书记！你说我该怎么办？"

李春英：

（唱）我知道你的两腿陷泥潭，

　　　　到如今想要拔腿实在难；

　　　　可黑白总得要一刀断，

　　　　畏畏缩缩只会身如乱线缠。

　　　　俗话说：浪子回头金不换，

（白：田书记啊！我劝你）

　　　　悬崖勒马迷途知返退回赃钱清清爽爽重新做人，

　　　　才能心定神也安！

田二江："李书记，你能给我句准话吗，我田二江还有救？"

李春英："有救没救，舵把子握在你自己的手里！"

田二江："你李春英书记这句话，对我来说，就是定海神针！我田二江不是榆木疙瘩脑袋不开窍，我就知道该咋办了！"

唢呐声响起，张巧菊领群众欢舞着秧歌上，她不断地给他人做着动作示范。

张巧菊："春英姐！大家伙一穿上服装，拿起彩绸彩扇，还有我们自己绣的手绢，精神头儿就来了！来，打开场子！乡亲们！扭起来啊！"

众人欢乐地扭着秧歌。

李春英满心欢喜地看着眼前的一切，也加入了秧歌队伍中。

田二江打了个唉声，自言自语地："不行，我得找侯大金退钱去！"

侯大银上，大声喊叫："李春英！霍老爷子！你们不是想给我侯二爷治个罪吗？告诉你们！我侯大银回来了！"

田二江上前扯住侯大银："哎呀，我说侯大银啊，你刚被拘留了几天出来，又来这逞什么疯？快点儿跟我找你哥去，我找他有事儿！"说着，就要拉侯大银走。

侯大银一甩膀子，耍横道："哼，我蹲拘留？老子这几天在派出所里吃香的喝辣的！顿顿有酒有肉侍候着！我就是要到这儿来看看，还有哪些人跟在姓李的老娘儿们屁股后，摆腰扭胯的！"

田二江使劲儿推着侯大银下。

侯大银边被推着边回头喊："在这桃湾村，想整倒我们侯家兄弟，墙上挂个花花溜溜的小门帘子——没门儿！"

田二江与侯大银下。

霍三爷神情沉重地对李春英说："桃湾村惩治黑恶势力，难就难在一扯耳朵腮动，派出所的牛副所长是侯大银的大舅子，二锅头牛淑云的亲哥！没有他在背后撑腰，他侯家兄弟也不敢这么嚣张！"

李春英："噢？居然还有这么一层关系？"

（唱）浅巴溜丢的沿流水啊，

　　　也能勾起一堆老冰排；

　　　一扯耳朵腮直动啊，

能牵出一圈关系来；

侯家兄弟成村霸，

背后有人做后台。

打草惊蛇非明智，

顺藤摸瓜还须慢慢来。

村里事儿如同乱麻线，

东绕西缠，叫人扑朔迷离难释怀！

（白）"霍三爷，对派出所牛副所长给村里黑恶势力做后台的问题，我要分别向乡里县里主管政法工作的领导和公安部门直接反映情况！桃湾村是党和人民的桃湾村！绝不能成为侯家兄弟的家天下！"

霍三爷："春英书记，我作为一个老党员，完全支持你的意见！"

（切光，第二场完）

（幕间合唱）腊月雪，飘无声，

雪花轻柔心思重；

开锁容易解锁难，

面前难关一重重；

风吹青松松更翠，

雪埋山道踏雪行！

李春英啊，李春英，

雪埋山道她敢行！

第三场　村中　救火

天幕上：依然是冰雪覆盖的群山与松花江。

晚上。

侯大金在白丽的搀扶中，趔趔趄趄地上场。

侯大银、牛淑云紧随其后。

侯大金：

（唱）一脚沉来两脚空，

脚踩棉花驾云中；

人生得意须尽欢，

莫使空杯邀月宫。

田二江拎着个手拎兜，急匆匆地上："大金兄弟！"

侯大金醉眼惺忪地："你谁呀？一张嘴就跟我称兄道弟的！"

田二江："大金兄弟，是我呀！你的家里家外我都找遍了，没想到在这碰上你了。"

侯大金微微睁开点儿眼睛："噢，田书记呀？找我啥事儿？是不是村里来了新书记，心里憋气窝火，想找我说说话？"

田二江把侯大金扯到一边，递上手拎兜，低声说："不是。"

侯大金："那是要干哈？"

田二江："这是你私放山地时，给我的封口费，这个钱，我一直没动，还给你！"

侯大金满面愠色："什么？赶在这个时候还我的钱？就凭你堂堂的田书记，不至于怕那姓李的小娘们儿怕成这样吧？咋的？老太太穿毡袜——毛脚了？怕钱咬手了是不？想杀猪不吹

——蔫退了是不？哼哼，你放心，桃湾村的权把子，到不了那小娘们儿的手里！我劝你田书记不要错把树根当棒槌——看走了眼！"

田二江："大金兄弟，不管怎么说，这钱，我是坚决不能再留！"

侯大金冷冷一笑："哼哼，你拿我侯大金当啥人了？是你书记家装钱的大风匣吗？想拉就拉想关就关？"

侯大银上来一把把装钱的手拎兜打落在地上，说："我哥不要！这钱你拿回去！姓田的！你要想明白，我哥要有个三长两短，第一个就把你交代出来！"

侯大金："大银，你不要这么对田书记！我说田书记啊。"

（唱）南边下雪北边刮风，

　　　昨天河西今天河东；

　　　世间多有无常事，

　　　何去何从我劝你心里有个定盘戥！

　　　别整得两头没有一头靠。

　　　到头来人财两头空！

侯大银："哼！李春英跟我们作对，我们会让她囫囵身子滚出桃湾村的！还有村里的老霍头、张巧菊、刘长军那几个紧着跟着蹦跶的，都好不了！不信，走着瞧！哥，咱们走！"说完，与侯大金、白丽、牛淑云下。

田二江看着地上的钱兜，颓然蹲在地上。边捡边唱：

　　　收钱容易退赃难，

　　　侯家兄弟实难缠；

这些年，

村里的大事小情他们说了算，

我这书记表面有职其实已无权；

都怪我私心太重太把钱当钱，

如今是身陷泥沼地，我是进也难，退也难，

我已是船漏江心涡中打漩漩！

不退此钱把柄在人手，

反腐利剑头上悬；

欲退此钱他们不让还，

怎么办？钱难还，难还钱，还钱难，哎呀呀，

难什么难？只要不打小算盘，一切都不难！

（自言自语）："李春英书记的话已经讲得再明白不过了，组织上掌握我的情况，给了我改过的机会，我不能痛失良机！这才是一条明路！这钱，他们实在不收，那我就必须上交给组织，接受组织的处理！舍此，没有第二条路！"

（天幕上，闪现火光！幕后有人喊："救火啊！失火了！"）

村里群众拎水桶的，端水盆的，扛梯子的蜂拥而上。

（在急急风的锣鼓武场中，空翻、跟斗）

田二江匆忙拎起手拎兜，一骨碌爬起来。问救火群众："哪儿着火了？"

救火群众："那边！"

牛淑云和白丽嗑着葵花籽上。

牛淑云："哎呀，这火着得可真旺！这可真是新官上任三把火！我瞅瞅是谁家的柴火垛着了啊！"

田二江冲着牛淑云、白丽喊："着火了，还在这看西洋景，还不赶快帮着救火去！"

牛淑云冷冷一笑："救火？拿币子来！这年头，没有钱，就想巧使唤人儿？不好使！"

田二江使劲向她们啐了一口："呸！牛淑云你这个二锅头！到了这节骨眼儿上了，你还提钱，你们的良心掉钱眼儿里去了？呸！白丽！亏得你还是个挂名的妇女主任！呸！"说着，急忙向着火场方向奔去！

田二江边跑场边唱：

眼见村中起火光，

不知谁家遭祸殃。

树怕雷劈梦怕醒，

熊熊火场，来了我田二江！

（喊）：乡亲们！我来了啊！

（天幕上火光闪闪，人声嘈杂）

侯大金上，见只有牛淑云和白丽，一愣："呀？你们怎么没去救火？"

牛淑云笑笑说："看热闹还看不过来呢，我们哪有那闲工夫！"

侯大金阴险地："你们哪，就是头发长见识短！应该学学打太极拳，想往左打，得先往右比画！"

白丽："你的意思是？"

侯大金："那边着火了，你们在这隔岸观火，那不等于是引火烧身吗？你们应该比比画画地去救火，这，才是跟李春英他们斗智斗勇又不露真相的高手！"

牛淑云一拍巴掌："哎呀妈呀，听君一席话，胜读几花篓书哇！救火去喽！"边跑边咋呼："哎呀！哪着火了？牛淑云和妇女主任白丽也来救火来喽！"与白丽一起跑下。

侯大银一边扑打身上灰土，一边贼头贼脑地上："哥，任务基本完成，目的基本达到！"

侯大金："没人看见你吧？"

侯大银："应该没人！"

侯大金拿出一沓钱："你先到县里避避风！有人调查，你就死死咬住：你没在家！另外，到了县里，你要给我干出一件惊天动地让姓李的老娘们儿彻底滚蛋的事儿！"

侯大银接过钱，揣兜里，小声问："什么事儿？"

侯大金跟侯大银咬耳朵。

侯大银听着，瞪圆了眼睛，嘿嘿冷笑："嗯，这招毒！"

侯大金："为啥给你拿了这些钱？你别亲自上手，稍微闪开点儿身子，让和白丽有来往的那两个小混混干！"

侯大银："明白！哥，那我可就走了！"说完下。

侯大金："嗯，走你！"

（唱）连台好戏才登场，

　　　管叫她李春英家内家外起祸殃！

　　　心力交瘁出村去，

　　　不敢再来招惹我这个草头王！（下）

霍三爷、张巧菊等群众上，他们簇拥、搀扶着面部、手部烧伤的李春英、田二江。

田二江满面尘灰，带着哭腔对李春英说："李书记！谢谢你！我看见自家柴火垛也着火了，有点儿急，不是你把我从熊熊大火中玩命拽了出来，后果真的不堪设想啊！"

李春英："田书记！你在火场的表现我都亲眼见到了！火势那么大，你拿身子滚火！不然，火也不会灭得那么快！"

田二江："只是这些钱，"说着，从拎兜里掏出一些有点儿烧残了的钱，含着泪水悲切地说："这些钱，本来是我要退给侯大金的，没退成，又都被火燎成这样了！现在，我郑重地交给组织！"

李春英接过钱："田书记啊。"

（唱）钱虽燎破心未残，

　　　　完玉若碎瓦枉全；

　　　　心头云开雾一散，

　　　　依然是亮亮堂堂艳阳天！

田二江不无感激地："有了李书记的指点，我田二江才迷途知返！"

霍三爷："春英书记，你和田二江身上都有轻度烧伤！我看必须马上到乡医院去处理一下。"

（幕后有小四轮子驶来的突突声，停车声）

刘长军拎着几个空柴油桶上："李书记！你看，这是在起火现场发现的几个空的柴油桶！"

李春英接过一个柴油桶，细细端量：

（唱）起火原因不用再猜疑，

　　　　有人故意纵火已经成定局。

东家不烧西家不燎，

偏偏选这几家定然有问题。

这件事一定要一查到底，

绝不能让黑恶势力甚嚣尘上成了漏网鱼！

刘长军："小四轮子，我已经开过来了。李书记！田二江！你们快上车吧！"

田二江："刘长军！刘老弟！别再大呼小叫地喊我田二江，不叫我书记，叫我一声同志不也行吗？"

（深情的音乐声中，大家都静静地望着刘长军）

刘长军（内心独白）"俗话说：浪子回头金不换，从田二江今天的表现来说，我真该喊他一声同志。可是，这么多年没这么叫他了，一时还真有点儿叫不出口！"

霍三爷在音乐声中缓缓地说："长军啊，要说最近这几年，对他整的那些个不光彩的事儿，最看不习惯的是我！意见最大的也是我，侯家兄弟敢在村子里这么张狂，他是一把手，他能没责任？现在他退了赃，组织上怎么处理，那是以后的事儿，我看可以先叫他一声同志！"

李春英："长军，咱们不能用老眼光看人，今天的田二江同志已经不是昨天的田二江了！"

刘长军缓缓低沉地说："那我就叫你一声：田二江同志吧！"

在场的李春英、霍三爷、张巧菊等人，都齐声叫道："田二江同志！"

这声音，在田二江心中产生巨大的轰鸣与回响！

田二江：

（唱）一声同志叫得我热泪流，

　　　　百感交集，悲悲喜喜涌心头，

　　　　悲的是，我与群众心隔远，

　　　　喜的是，孤雁归群信天游！

（伴唱）悲的是，他与群众心隔远，

　　　　喜的是，孤雁归群信天游！

　　田二江：（带着哭腔，白）"李书记！我田二江谢谢各位同志了！长军老弟，谢谢啊，这黑灯瞎火的，还得劳你亲自开车去送我们。"

　　刘长军："谢啥呀？都以同志相称了，这不都是应该应分的吗！"

　　这时候，田二江妻子"巧嘴八哥"号啕大哭着，扑了过来："哎呀，我的老公田二江啊！你在哪儿哎？伤成啥样子啦？你说你好模样的去救什么火啊？你要是有个三长加两短，那让我一个寡妇，可怎么活啊？"

　　田二江喝道："我又没死，你哭什么丧！"

　　田妻"巧嘴八哥"："哎呀，这邻居传话传的，可把我吓死了！说得血呲呼啦的，我寻思，老公你还不得糊了巴黢的在地上放挺儿躺着呢啊！"

　　田二江："闭嘴！满嘴跑火车！我们马上要到乡里看伤去了！"

　　田妻"巧嘴八哥"突然喊道："先别走！"

　　田二江疑惑地："你还有啥事儿？"

　　田妻"巧嘴八哥"："我们去救火的时候，咱们家进贼了？"

田二江："咋了？"

田妻"巧嘴八哥"："咱家柜子里，我那纸包纸裹的一沓子东西咋就没影了呢？"

田二江："别说了，我知道去哪了！"说着要下。

田妻"巧嘴八哥"上前扯住田二江："不行，你不说明白，可就先别走！那东西可是我的命根子！"

田二江一甩手："走开，要不人家说，家有贤妻，男人在外不做横事，妻贤夫祸少呢！告诉你，那钱是赃款，叫我退给组织了！"

说完，与刘长军先下。

田妻"巧嘴八哥"一拍大腿，号啕大哭起来："哎呀我的天哪，破鞋扎脚尖啊，着火又退款哪，那是我心尖儿上的钱哪！"

李春英、霍三爷等看着"巧嘴八哥"上演的眼前一幕！

霍三爷突然说："行了，巧嘴八哥！田二江当村书记这些年，给你们家三亲六故七大姑八大姨的少办事儿了吗？在你的枕头风劲吹之下，田二江越来越不走正道！"

李春英："我说田嫂哇！"

（唱）凤凰涅槃在重生，

　　　　迷途知返一身轻。

　　　　为人妻本该品行正，

　　　　不该怂恿丈夫犯错陷泥坑！

　　　　这监督那检察不如妻子是个监视器，

　　　　丈夫的言行人品一举一动你得听中看，看中听，

　　　　听听看看，看看听听，

赃钱分文不入手，

不能让他染歪风，

这才是贤妻良母持家理财的经！

（天幕上雪花纷飞）

（音乐起，田妻"巧嘴八哥"在台上辗转思量，内心激情翻涌）

内心化的女声伴唱起：

柔柔雪花飘夜空，

雪花吻脸真多情；

她情真语柔如姐妹，

让我这心眼里头呼呼啦啦地走春风！

霍三爷："春英书记，刘长军他们在那边等着，你赶快去上车吧！"

张巧菊递上抱着的棉被："春英姐！上了车，你们就用这棉被把脸和手都盖上！"

李春英深情地看着张巧菊："巧菊妹妹，真是个有心的人。"

幕后有小四轮子的鸣笛声！（切光，第三场完）

幕间曲，田二江在幕后唱：

雪中同志来送行，

撞翻了我心中的五味瓶；

五味杂陈泪湿眼，

泪水打漩儿在心中！

二江我退赃救火刚刚转心意，

他们却给了我这么深的情！

此情此意天高又地远哪，

（数板）二江我，记心中，心中有了定盘戥，

挥刀砍断乱麻绳，

知道今后路咋行；

好似那：

砸开冰冻松花江，

扑腾跳进冰窟窿，

重给灵魂洗个澡，

洗去污泥洗去垢，

洗得气爽神也清，

重新获得新生命，

重新跃上天一重！

铁下心揭发侯家兄弟，

眼睛明，界限清，我要弃旧立新功！

第四场　失子

（幕后张巧菊在广播：村民们请注意了！今晚桃湾村农民文化夜校正式开课，由李春英书记给大家主讲山地经济林木栽培。请马上到村委会听课）

村委会门外，已赫然立上了"桃湾村农民文化夜校"的牌子。

显然是散学了。人们三三两两带着书本什么的往屋外走。

李春英、田二江、刘长军、霍三爷走了出来。

田二江："李书记，夜校今晚开课，村民们比参加娱乐活

动更积极，来的人多出不少，大家伙儿都反映说听着很是解渴过瘾！"

李春英："嗯，只要我们把工作做到家，群众对侯家兄弟的惧怕心理和对我们的怀疑观望态度就会逐步解除，村里的工作也就会逐步打开局面！讲完这堂课，刚才我反省了自己，自从当了局长以后，忙行政事务多了，下到村子里给村民们面对面地讲科学知识少了。这，也是我脱离群众的一种表现啊！"

张巧菊把拄着拐杖的残疾人李贵和李小花领了过来，说："春英姐，这就是你要特意认识的烈士子弟李贵和他的女儿李小花！"

李春英俯下身子："小花，多么好的孩子，怎么一直没去上学？"

李贵："不瞒李书记说，小花妈生下她就得产后风没了，我屎一把尿一把地把她带大。可是差点儿没让侯大银他们给拐走卖了。要不是公安人员追查及时，把小花给截了回来，我们爷俩早就天各一方了。能不想让去上学吗？可有了这么一桩子事，心里总像提了蒜挂的！我腿脚又不好，没法接送她！"

李春英："怎么知道是侯大银他们干的？为什么没有追查涉案者？"

霍三爷："村民们知道得一清二楚，抱走小花的那两个人，下午还在侯大银家吃饭喝酒。可在火车站公安人员截住小花时，他们两个扔下孩子就跑没影儿了。李贵他也曾到派出所告过侯大银，可你知道，有他大舅子撑腰，告了也白告！"

李春英："侯家兄弟作恶多端，怪不得村里很多群众都对他们心有余悸！由此可见，不为民惩恶除害，天理不容！"

刘长军："春英书记，刚才讲课前，你向大家通报了派出所牛副所长已被停职审查，公安部门已经查明放火烧柴火垛的就是侯大银，这个消息在村子里一传开，听见了吧？村民们都在高兴地放鞭炮！"（远远近近的鞭炮声）

李春英："噢，群众高兴了，就说明我们的工作做对了！李贵大哥，等过了年，学校一开学，小花就去上学吧！你别担心，我每天可以来回接送她！"

李贵闻言，很是感动："李书记，大风大雪的，你亲自接送小花？"

李春英："是的！如果我有事外出，我会交代给其他人接送！"

李贵：

（唱）闻听此言心里颤，

泪湿双腮口无言。

此情此意暖心肺，

怎是一个谢字可了然。

李春英："李贵大哥，你是烈士子弟，又是村里重点帮扶对象，你家里有什么困难，就只管跟我们说，村里会尽量帮您解决！"

李贵眼里汪了泪，颤着声说："你叫了我两声李贵大哥了！那我就得叫你春英妹妹了！你这么大的官，叫我一个老农民大哥，我李贵的心，受不了这个！我给你鞠上一躬啦！"

李春英："哎呀，李贵大哥，这可使不得！"

（唱）李贵大哥冲我鞠一躬，

　　　　春英我心里发颤泪花湿眼睛；

　　　　多么好的大哥多么好的老百姓，

　　　　多么厚道的人情多么朴素的好民风！

　　　　有你们在一起，我如鱼游在水，

有你们做靠山，我肩重心轻松！

李春英："巧菊，你们都先回吧。趁现在还不算晚，我和田书记再把有些工作一起合计合计！"

张巧菊、霍三爷、刘长军、李贵、李小花下。

田二江见众人走了，立马递上一叠纸："李书记，这是我写的揭发侯大金私放山地、从中徇私舞弊牟取暴利、贿选霸选欺压村里老百姓的材料！"

李春英接过材料，边看边问："唔，他利用私放山地从中牟利竟然高达四千二百多万元？以毒害牲畜、在人家祖坟上压女人用过的卫生巾等污秽之物的手段，打击报复与其竞选村主任的党员、退伍军人刘长军；对不选他当村主任的李贵家等老百姓，除毒害人家牲畜，甚至还有贩卖他人家孩子的极端恶劣犯罪行为？还有，对进城返乡的农民工赵方田等人采取欺骗手段，以村里开办新工厂为名募集资金，后来工厂未办，资金却不翼而飞？还有把上级拨给村里贫困户李贵家的扶贫款挪作他用？田二江同志，这一桩桩一件件，可句句都是实情？"

田二江："我还是这个村的支部书记！我拿党性和良心作保证：绝没有半句虚言！"

李春英："田书记，你提供的这些材料的内容实在太重要了！我要马上用电子邮件传给上级有关部门！"

田二江："组织上要找我约谈，我随叫随到！"

李春英："田二江同志，你最近的转变很大，我真心实意地为你感到高兴！二江同志啊！"

（唱）党是大树，人民是根，

　　　树树根根须臾莫离分。

　　　有群众滋养大树站得稳，

　　　风雨吹不折，枝叶也成荫。

　　　离根树就是那无本的木，

　　　空中楼阁，美梦再好难成真。

　　　咱是党的一分子，

　　　得知道，与谁远，跟谁近，与谁疏，跟谁亲，

　　　知道群众是亲人！

（伴唱）手心手背都是连心肉，

　　　　血浓于水干群亲。

　　　　风雨同行莫相舍，

　　　　不能让百姓寒了心！

霍三爷、刘长军、张巧菊、赵方田、赵妻、李贵、李小花等人急上。

李春英："咦，这么晚了，你们怎么又都来了？"

众人默不作声。

张巧菊："春英姐！"

李春英："什么事？"

张巧菊支支吾吾地："你的手机信号不好，打不进来，刚才

你爱人杜春发把电话打到我家里来了，你们家里发生了一件很大的事情！"

李春英："是我的婆婆她？"

张巧菊："春英姐啊！"

（唱）不是我欲说不说慢吞吞，

此事实在重大搁谁也闹心。

你日夜操劳为百姓，

让你难过着急实在是不忍心！

人是肉长的人，心是有情的心，

世上谁不知道亲生骨肉亲！

（群唱）人是肉长的人，心是有情的心，

世上谁不知道亲生骨肉亲！

田二江："张巧菊，什么事儿，你就干脆对李春英书记说了吧！我相信她能挺得住！"

李春英一脸疑问。

霍三爷等人：

（合唱）春英你别怕那地陷天塌，

你身后站的是我们大家；

遇危难和你一起擎天柱地，

在咱村你绝不是孤孤单单一枝花！

张巧菊："春英姐啊！"

（唱）刚才你丈夫给村里来电话，

说在楼下玩的小宝子该回没回家。

撒下了人马三街四巷找，

到现在没结果急坏了你的丈夫杜春发！

（白）：警方认为：你家杜小宝是被人拐走了！

李春英闻言，头脑一阵晕眩！向后倒去。

张巧菊赶紧扶她躺在了地上，含着眼泪说："春英姐！春英姐！……"

李小花："阿姨！阿姨！……"

田二江一脸惊诧，不禁自言自语地骂道："这些不是人的东西！竟然朝李春英书记家下手了！"对霍三爷说："你们照顾好春英书记，我马上去安排一下车，马上就回来！"（下）

（深情难以言喻、撩动人们心弦的钢琴、小提琴、弹拨乐器相混合的音乐声大作！紧接女声表达李春英此时内心情感的无词哼鸣！形成一个煽情片段）

李春英在地上舒缓过来，张巧菊把她慢慢扶坐在了椅子上。

李春英：

（唱）昏沉沉只觉得似梦非梦，

春英我心淌血欲哭无声。

晴天掉下个大霹雳，

轰得我五内俱焚头发懵。

小宝儿他是我的心尖儿肉，

三岁乖儿一颦一笑，都关母子情。

儿第一声叫妈叫得我泪花闪，

儿第一步学走路喜得我泪水盈。

朝夕里母子相伴享受天伦乐，

万没料从今往后离分难相逢。

　　　　儿在他乡，冷暖饥渴可会有人问，

　　　　儿无下落，生死安危怎能知细情？

（女声伴唱）霜打春苗谁不怜？

　　　　刀扎心尖谁不疼？

　　　　泪花打闪心打转哪，

春英她哭得是喑哑无声又动情！

李春英：

（唱）心疚疚，明知是不来桃湾没这事儿，

　　　　泪涟涟，心里边抛泪成河发山洪！

（女声伴唱）抛泪成河发山洪，抛泪成河发山洪！

李春英：

（唱）稳下心定住神冷静想一想，

　　　　遇大事不能光是动感情

　　　　春英我进桃湾为公来代职，

　　　　全村人千双眼看着我李春英。

　　　　心有苦泪咽下肚，

　　　　当官为民总得有牺牲。

　　　　百姓们盼我是扎根树，

　　　　侯家人撺我离村万不能！

　　　　强忍悲痛脸作笑啊，

　　　　我坚信雷鸣电闪难长久，

　　　　风雨过后天会晴！

（众人合唱）风雨过后天会晴，

　　　　天地绵亘架彩虹；

> 彩虹缤纷人生画，
>
> 悲喜底色涂抹成。

李春英在张巧菊的搀扶中说："巧菊妹！你先用固定电话帮我给春发手机通个电话，告诉他，我会连夜赶回县城！"

张巧菊："好的！"（急下）

田二江急上，说："乡里的车子已经到了！"

霍三爷："春英书记啊！你家里出了这么大的事，让我们心里很不落忍。可是你也要知道！桃湾村的老百姓，是真的舍不得你啊！"

李小花："阿姨！你还会回来吗？"

李春英声音虽有些微弱，但很坚定："小花，你放心！李阿姨很快就会回来，我还要接送你去上学！乡亲们，你们都回吧！"

张巧菊急上："春英姐！电话打过去了！俺姐夫杜春发说，让你直接去医院，可能是您婆婆的病情又加重了！"

李春英："我知道了！"

（切光。第四场完）

第四场与第五场之间幕间曲：

（幕间合唱）知心的话儿没说够，

> 你的心是咱农家热炕头！
>
> 岁寒时有你三冬暖哪，
>
> 桃湾村有你解千愁。
>
> 今天的沟坎咱共跨，咱共跨，
>
> 明天的大道咱同走，咱同走！

第五场　惩恶

天幕上是正在跑冰排的松花江，还有冰消雪融的群山。

村委会内外，炉火发出闪闪红光。

张巧菊拍打着手上身上的炉灰：

（唱）火炉生光屋生暖，

　　　空屋含情等人还；

　　　春英姐返城已十天，

　　　让我度日如度年；

　　　惦念小宝可找到？

　　　惦念老人可安然？

　　　有心想打电话问，

　　　又怕添堵增悲酸。

田二江、霍三爷、刘长军等人上。

田二江："春英书记走了这么长时间了，你们说，是不是她不会回来了？"

霍三爷长叹一声："唉——！如果她家的小宝子真的没找回来，她的婆婆再万一有个好歹，那就真的不好说了！"

侯大金、白丽上。

刘长军："侯大金！你来这里干什么？"

侯大金冷冷一笑："哈哈，干什么？闲着没事儿过来逛逛，来看看姓李的书记还在不在？"

霍三爷："侯大金！你不要高兴得太早！李春英书记早晚会回来的！"

侯大金坐在一张办公桌旁的椅子上："是的！我没说她不能回来！可那得是猴年马月的事儿，你们抻着脖筋等吧！我可是要坐这儿用屁股先热乎热乎椅子了！"

霍三爷发怒了："侯大金！你给我站起来！那是李书记的椅子，你不能坐！"

侯大金故弄玄虚："嗯？我看这把椅子上没贴帖啊？我就是坐了，你们能把我怎么样？"

刘长军上前一把夺过椅子，侯大金被掀翻在地！

霍三爷手指颤颤地指着侯大金说："你！你给我滚出去！"

田二江对侯大金说："你已经被停职了，是不该坐在这里了！"

白丽把侯大金从地上相扶起来，侯大金一边扑打着身上灰土，一边说："好吧，我走！可我要告诉你们：李春英回不来了！"

屋门突然开了，李春英右袖佩黑纱，走了出来。

田二江、霍三爷、刘长军等几乎异口同声地："春英书记，你回来了？"

李春英："我回来了！"

霍三爷吼道："侯大金！你们快滚！"

侯大金、白丽脸现惊愕地退下！

张巧菊见状："姐！你婆婆她……还有，小宝子他？"

李春英：

（唱）小宝音讯依渺然，

　　　婆婆病重离人寰；

　　　料理完后事回村转，

人离心未离桃湾！

田二江："春英书记！你家里出了这么大的事，你这么快就返回了桃花湾，也真是难为你了！"

李春英：

（唱）月亮有缺亦有圆，

家事公事难两全；

家事月缺滴悲泪，

公事圆月为民欢！

众人眼里都汪了泪水。

李贵拄着拐杖与背着书包的李小花上。

李春英："李贵大哥！你们这是？"

张巧菊："春英姐，你没在，小学校今天开学！本来打算我去送小花！"

李小花："阿姨，小宝弟弟找到了吗？"

李春英："还没有。"

李小花："阿姨，你别太难过，小宝弟弟总有一天会找到的。好人有好报。"

李春英："小花啊！阿姨相信你的话！阿姨求你一件事儿，打今以后，你别再叫我阿姨了好吗？"

李小花："那让我叫你什么？"

李春英："你就叫我李妈妈好吗？"

李小花："李妈妈？"说着，哭了起来："我多少年没有叫过妈妈了，做梦都想有个妈妈！李妈妈——！"

李春英与李小花紧紧地搂在一起！

李春英：

（唱）人生有悲也有喜，

　　　悲悲喜喜常交集；

　　　李妈妈失子心悲切，

　　　喜认你小花作闺女。

　　　愿捧母爱化春雨，

　　　滴滴洒进你心里，洒进你心里！

李春英蹲下身子，把自己的红围巾围在小花的脖子上，动情地说："小花，走，李妈妈送你去上学！"

众人："我们也一起去！"

李贵激动得暗暗拭泪。（众人下）

（激情的心理音乐中，切光）

（一束冷光，打亮舞台的一角）

白丽与侯大金坐在一个小桌子旁，侯大金在拼命喝酒。

白丽抢下侯大金手中的酒杯："行了，别喝了！药不治假病，酒不解真愁！你弟弟已经被公安部门抓起来了，他大舅子牛副所长也被审查了。下一步怎么办？你得赶快拿个准主意啊！"

侯大金使劲儿摔掉手中的酒杯，气急败坏地："没想到这个姓李的小娘们儿骨头这么硬！出手这么快这么狠！"

白丽："事到如今，总得想个办法吧？"

侯大金阴险地自言自语："事到如今，只有想没有办法的办法了！"

白丽："什么办法？"

侯大金："没见最后输赢，我不能轻易认栽！哼哼，李春英啊李春英！"

（唱）玩黑道让你身家性命受威胁，

玩白道让你再认识认识侯大爷！

匿名信，妙又绝，

就告她吃吃喝喝搞破鞋！

无中生有不停地告，

直告到她自动离村算完活儿。

白丽："这些个活计我来干！可不知道匿名信能不能真正起到作用？"

侯大金："写假事儿，用真名！把假的做成真的，才是真玩阴的！水不搅浑，我们怎么浑水摸鱼？"

白丽："我看那田二江已经完全和那李春英、霍老爷子他们穿上一条连裆裤子了！"

侯大金阴阴一笑："哼，他拿了我的钱，把柄就攥在我的手里！真的把我姓侯的推下了水，他也别想在岸上干干爽爽地待着！"

（切光。灯再亮时，是村委会屋内）

墙上贴着很大一幅"桃湾村经济文化发展规划图"。赫然醒目。

田二江、霍三爷、刘长军、张巧菊、赵方田、赵妻、李贵、李小花、白丽、牛淑云，还有若干群众，都聚集在村委会屋内。

李贵拄着拐杖梗着脖子在群众中说："什么？有人告李春英书记？李书记要成了坏人，这天底下还有好人了吗！"

田二江说："大家伙儿都静一静，今天县乡联合调查组，进村来办其他事，顺便了解一下李春英书记进村以后的各方面表现，大家要依据事实，实事求是地说话。谁先说？"

牛淑云抢先说："我先说！上头今天来调查她，肯定是她有问题！自打她进村后，正事没看着干啥，背后偷鸡摸狗的事儿，也只有她自己说得清！"

张巧菊："他们还没干正事儿？那你说什么是正事儿？牛淑云，你胡啁八扯不怕烂舌头根子，天打五雷轰啊！"

白丽："县乡领导允许咱说话，咱也说两句，我是村里的妇女主任白丽！别的事儿不说，有一件事儿我是看准了。她进村就拉帮结派，除了和霍老爷子、刘长军、张巧菊好得就差穿一条连裆裤了。还和李贵家套近乎，让人家李小花，管她叫妈。李小花管她叫妈，那爸爸是谁？爸和妈又是啥关系？整得清不清浑不浑的，这还用细说吗？"

李贵听了这话，急了，顺手抄起拐杖，冲向白丽："大白梨！你这个侯大金的姘妇！你是哪村子人？让你再满嘴跑火车，老子现在就废了你！"

调查组的人和田二江等拦住了李贵。

牛淑云对调查组的人员说："你们都看到了，就这么不讲理，不让人说话！行了，不让人说话，我们不说了行不行？我们走！"

说着，与白丽要走。

赵方田突然拦住了他们："你们别走！你们刚才点了一些人名字，没有点我赵方田吧？按你们的说法，我没参加他们帮伙吧？那我就代表着村里基本群众说上两句话！李春英是党的好干部！有多好呢？这么说吧，要是她一直在桃湾村为咱们老百姓掌权撑腰，我们这些老百姓就天天连唱带扭：桃湾村的天是明朗的天！乡亲们你们说对不对？"

众乡亲如雷贯耳的喊声："对！"

田二江："赞成李春英是党的好干部，咱们老百姓贴心人的请举手！"

手臂的森林！

刘长军在行军礼："我是军人出身，我要向她致以军礼！她为我们桃湾村已经付出了很多！"

调查组的人员："乡亲们对李春英书记的评价，我们都记下了！今天我们来村里，主要是以县乡联合调查组的名义，向大家来宣布：村委会原主任侯大金涉嫌私放山地、贿选霸选、贪污腐化、与其弟侯大银等人结成黑恶势力团伙等犯罪行为，在原停职工作的基础上，现在对其实行隔离审查，并于近日移交检察机关进入司法处理程序。原所谓村妇女主任白丽，非本村村民，经调查，其本人在原籍不务正业，来到桃湾村后多次参与拐卖妇女儿童犯罪。立即解除白丽妇女主任的所谓职务，并移交公安部门处理！"

有检察人员押着侯大金上，公安人员给白丽戴上手铐。

喜庆的音乐声中，群众热烈鼓掌！

李春英上，与群众或握手或拥抱相庆！

侯大金突然狞笑道："田二江，你一屁股屎没擦净，跟着起什么哄？我先进去，你也得紧跟着进去！"

田二江："我不怕！该交代的我早就跟组织交代完了！我现在已经活明白了：身为党的基层干部，打铁就得本身硬，不怕你们那套邪！"

李春英："说得好！"

侯大金又喊道："李春英！你不要高兴得太早！我姓侯的进了监狱，可你也没了儿子！你断了我的路，我断了你家的根！"

李春英："侯大金！"

（唱）自从来到桃湾村，

　　　　我就没怕过你侯大金。

　　　　人间正道你不走，

　　　　净往那邪门歪道的地方奔。

　　　　你有今日是自食恶果，

　　　　苍天有眼不容作恶人。

　　　　我虽失去婆与子，

　　　　可却拥有了众乡亲！

　　　　乡亲的心，贵如金，

　　　　乡亲的情，暖如春！

（合唱）乡亲的心，贵如金，

　　　　　乡亲的情，暖如春，暖呀暖如春！

检察、公安人员押着侯大金、白丽下。

牛淑云一下子晕倒在地上。

李春英说："巧菊，快把牛淑云送回家里去，如果有必要就送她去乡医院。她虽然是侯大银之妻，但她并没有参与实质性犯罪。我们对她，还要多多做思想工作。"

张巧菊等人从地上扶起牛淑云，下。

村里，鞭炮齐鸣，如春雷炸响！

（切光，第五场完）

场间幕后音：

三年以后，经桃湾村群众选举，党员、退伍军人刘长军担任了村主任，张巧菊担任了妇女主任，村书记田二江保留原职。上级同意，在追回的侯大金贪污赃款中，返回赵方田等群众被侯大金以集资办工厂为名骗走的款项，李贵等贫困户在李春英等人的帮助下，通过培育山地经济林木，开展江面网箱养鱼，走上了致富路。李小花学习成绩优秀。李春英完成了驻村代职任务，即将离职。离职之前，村里又爆出了让人高兴的大喜事儿。

第六场　尾声

天幕上，山清水秀，百花盛开，桃花繁盛，一片春意盎然的景象。

幕启，满台秧歌、手绢在欢舞。

霍三爷带几个年轻人在吹唢呐。

刘长军与张巧菊的结婚典礼正在举行。

刘长军揭下张巧菊头上的红盖头。

张巧菊用又大又圆的红盖头表演耍手绢！

（群唱）喜鹊登枝唱姻缘，

　　　　鸾凤喜结并蒂莲；

　　　　秧歌扭得那是真叫个浪，

　　　　手绢耍得那是真叫个欢。

　　　　大唢呐扬脖吹那是嘎嘎在笑啊，

　　红盖头揭下来再喜洋洋地甩上天！

　　艳阳天，百花鲜，桃湾山青水也蓝，

　　人欢村新日子甜，生活天天像过年！

田二江："哎哎，我说乡亲们！今天的村民大会是别开生面，内容重要！第一个内容呢，刘长军与张巧菊的结婚典礼，就进行到这了。下面转入第二项内容！新郎官！刘长军主任！请你主持！"

刘长军："那我就接着往下来，下一个内容，是欢送从县里乡里驻村三年，新被任命为咱县副县长的李春英书记！现在请李春英书记讲话！"

众人热烈鼓掌。

李春英："要离开桃湾村了，这里，也应该是我人生的第二故乡！请乡亲们记住我一句话：我虽然当了副县长，可还是咱们桃湾村的人！现在咱全县二百多个村，像桃湾村三年以前情况的还有那么几个村！我这边还没离开咱村，那边又接受了新的任务，组织上又派我到靠山乡老河套村去兼任村支部书记！谢谢乡亲们三年来对我工作的配合与支持！别的就不说了，我给大家深深地鞠上一躬！"

众人鼓掌，有人在揩眼泪！

田二江："好，现在请村民们自由发言！谁先讲！"

群众内心化的声音合唱：

　　山高那个水远热土厚，

　　干群那个同心三度秋，

　　没想今日春英还要走，

　　　　知心的话语全都哽在喉；

　　　　眼浸泪花情无限，情无限，

　　　　天地人心——都想把你留！

　牛淑云拎着几只扑棱着膀子的活鸡，挎着一筐山货上：

（唱）紧跑慢颠来了我牛淑云儿，

　　　　真情实意说几句欢送词儿；

　　　　牛淑云我旧瓶里装了新酒，

　　　　三年间我已经变成了另外一个人儿；

　　　　李春英她苦口婆心对我做工作，

　　　　给了我新的人生，新的精气神儿；

　　　　昔日的二锅头，辣劲儿改甜味儿，

　　　　送上点儿山里货，也代表了乡亲们儿！

（白）哈哈哈！

　李春英："淑云大姐啊，这山货我们不能收，可你的这番心意我们收下了！看你换了个活法，我们比什么都高兴！"

　牛淑云嗔怪地："咋那么见外呢？这几只溜达鸡，是我家散养的，这点儿山货都是我自己上山采的，我寻思给你带去，咋的？不行啊？"

　李春英："不行啊，淑云大姐！咱们党有纪律，我当干部一天，这双手，就不能动老百姓的一针一线！"

　牛淑云："哎呀我的妈呀，这精神，这境界，都赶上当年的八路军了！"

　张巧菊逗乐子说："淑云大姐！认识你这么多年，难得你肯这么割肉出血，李书记她不要，回头把鸡拎我家去吧，我招待大家伙儿来顿小鸡炖蘑菇。"

牛淑云："别咯吱你姐乐了，这几年你家养的小笨鸡左一群右一窝，多得乌漾乌漾的，姐家的鸡，还不都是你这个好妹妹送的鸡雏吗！"

田二江"啊啊"地一直在接电话。他放下手中的电话："春英书记，告诉你个好消息！"

李春英："什么好消息？"

田二江："刚才派出所打来电话，说公安部门又破获了一大批拐卖妇女儿童案件，有证据显示，你们家的小宝子可能在其中，是否是他，要等你回城和爱人杜春发做完 DNA 检测后才能确定！"

李春英被突如其来的喜讯惊到了，惊喜得有些头晕！

张巧菊扶住了她。

霍三爷："好事啊！这叫啥？这叫苍天有眼，好人有好报！"

众人的掌声、笑脸伴随着深情而喜庆的音乐！

戴着红领巾和二道杠的李小花捧着一束野花走向李春英："李妈妈！春天来了，这是我在田野里采的小花！送给你！如果真的找到了小宝弟弟，也送给他！告诉他，是乡下有个叫李小花的姐姐对他的真情祝福！"

李春英亲吻了李小花的脸，也亲吻了花朵："谢谢你！李妈妈永远会记得，桃湾村有我个女儿李小花！长得像桃湾村的明天和花儿一样漂亮的李小花！"

田二江："春英副县长请你上车吧！乡亲们，咱们把秧歌扭起来，大喇叭吹起来哟！"

刘长军："慢着慢着，我和巧菊这个婚礼啊，没摆席，没喝酒，可我们的喜糖大家伙得吃啊！"

有村民端着喜糖上，众人扬向观众席。

李春英把几枝野花分送给张巧菊、李小花、赵方田妻子、田二江妻子、牛淑云，她们一起把五彩缤纷的花儿插在头上。

秧歌在扭！唢呐在吹！

李春英在与桃湾村的百姓挥手致意："再见了！亲爱的乡亲们！"

田二江、刘长军、霍三爷等人："再见了，春英书记，可想着有空的时候回桃湾村串门啊！"

剧场里，是喜糖的花雨！

（女声伴唱）三度春秋，几多风云，

　　　　　　代职书记今天离山村。

（男声伴唱）村头大树扯衣袖啊，

　　　　　　想留你，亲人春英共度好光阴；

（合唱）村中炊烟挥手送啊，

　　　　　盼只盼，骨肉亲人再来桃湾村！

在欢乐喜庆的秧歌音乐声中，剧终。

（第十一届中国评剧艺术节参演剧目，长春评剧院排演）